A FILHA DAS CINZAS

FERNANDA DE
PAULA MARQUES

A FILHA DAS CINZAS

partners
coerência

DIREÇÃO EDITORIAL
Lilian Vaccaro

COORDENAÇÃO EDITORIAL
Bianca Gulim

ASSISTÊNCIA EDITORIAL
Raquel Escobar

ANÁLISE CRÍTICA
Márcio Zanini

PRODUÇÃO GRÁFICA
Giovanna Vaccaro

CAPA
Sarah Libna

DIAGRAMAÇÃO
Michael Vasconcelos

Dados Internacionais de Catalogação na Publicação (CIP)

Marques, Fernanda de Paula
A filha das cinzas / Fernanda de Paula Marques – 1ª edição – São Paulo: Coerência, 2023

ISBN: 978-65-89850-57-1

CDD: 869.3

Índices para catálogo sistemático:
1. Ficção brasileira 2. Fantasia I. Título

Rua Coronel Leme, 43 | Centro
Bragança Paulista | SP | 12.900-340
www.editoracoerencia.com.br
Tele.: (11) 9.8020-0810

E foi das cinzas do fim que uma Incendiadora nasceu.

PRÓLOGO

Não importa quantos anos se passem ou quantas guerras aconteçam: enquanto as pessoas não conhecerem a história de seus antepassados, sempre vão continuar cometendo os mesmos erros. Mas como o mundo aprenderia com seus erros se todos eles foram levados ao vento?

Após tantas guerras, pandemias e colapsos ambientais, a Terra não conseguiu suportar a hipocrisia humana e, em um grito de socorro, ela reiniciou a vida, deixando as pessoas se reconstruírem neste mundo em fragalhos; algo como uma "última chance" talvez.

E como todas as vezes, nossos corpos conseguiram ~~sobreviver~~ se adaptar, desenvolvendo dons que nem mesmo os cientistas achavam ser possíveis... Contudo, também fomos medíocres demais, usando todo esse poder para pisotear em vez de ajudar.

Não sei se as pessoas da Argentina viviam em uma monarquia sanguinária, mas, se sim, lamento que Taleiau tenha seguido o mesmo caminho que seu antigo povo.

Afinal, não éramos dignos dessa chance, nem de qualquer outra coisa que viesse a acontecer de bom, ~~menos algumas pessoas~~. E talvez tenha sido por isso que fomos privados de todos esses dons na grande Anulação, reduzidos ao mesmo modo de vida que levávamos antes de tudo acontecer.

Talvez tenha sido o preço ~~certo~~ justo por nossas ações. Só lamento que Rory tenha de ser a única a consertar as coisas, mesmo ela não sabendo...

Jeftali

1

Muitas pessoas acham que ser uma princesa significa ter uma vida maravilhosa, cheia de empregados, perfumes caros, entrevistas exclusivas e o direito a uma família perfeita, sem problemas e preocupações, com grandes festas para ir e sorrisos bonitinhos para distribuir.

Se é o que você busca, é melhor fechar este livro agora mesmo, afinal a vida de Rory é bem diferente desses contos de fadas que passam na TV...

Vamos começar pela manhã do seu aniversário. O castelo estava todo decorado com flores ornamentais, o aroma das sobremesas invadia cada centímetro do palacete, câmeras circulavam por todos os corredores e três costureiras subiam a escada frontal, indo a um dos corredores de acesso ao quarto da princesa.

Como de costume, duas delas ficaram no início do corredor, enquanto a costureira-chefe ia até a porta do quarto para que elas tivessem a permissão de entrar, então a mulher – que demonstrava um olhar cansado, escondido por alguns fios de cabelo soltos do seu coque malfeito – bateu à porta com delicadeza, como se o menor toque pudesse quebrá-la em milhões de pedaços. Tudo o que ouviu em resposta foi o silêncio perpétuo do corredor.

Na esperança de ser ouvida, ela bateu mais uma vez, contudo o barulho causou um som forte e oco que deixou seus músculos tensos com a sensação de incômodo. Ainda assim, não escutou nada além do pigarrear de um dos guardas fazendo vigília na porta. O que pensariam dela se nem em uma porta ela conseguia bater direito?

Antes que a mulher batesse uma terceira vez, um grito agudo irrompeu o ar, seguido de um choro esganiçado que dava continuação ao terror sonoro.

A costureira deu um pulo para trás com o susto ao mesmo tempo que três dos seis guardas que ficavam no corredor correram em direção ao quarto, posicionando as pistolas contra o peito, prontos para atacar um exército inteiro conforme abriam as portas...

O que encontraram era algo muito pior do que qualquer exército inimigo. Todos os guardas ficaram sem palavras, paralisados no quarto como estátuas de gesso. Antes que a impedissem, a costureira entrou, morta de curiosidade, enquanto seus pés davam passos inseguros. Quem dera ela não tivesse entrado.

Ao passar os olhos pelo lugar, viu Rory encolhida em um canto do berço, segurando os cabelos bagunçados com desespero, com o rosto coberto pelas lágrimas que não paravam de cair. Do outro lado do quarto estava a rainha, Nadine, desfalecida no chão com seu vestido envolto por uma mancha de sangue, originado da adaga enterrada no lado direito de seu peito.

Parecia surreal. A costureira negava veementemente com a cabeça, tentando assimilar a ideia, mas, ao escutar outro grito abafado de Rory, ela entrou em choque, sem saber o que fazer ou como reagir a tudo o que estava acontecendo.

O grito de um dos guardas se juntou ao da criança, ordenando que o homem ao seu lado fosse correndo avisar o rei que a rainha estava ferida.

Quando o guarda saiu em disparada, outros cinco entraram, acompanhados de dois médicos, que logo pegaram Nadine e a levaram para outro quarto para ser atendida. O último guarda a sair parou por um instante, olhou para a costureira e disse:

— Você vai ficar aqui com a princesa até as criadas virem buscá-la.

— Mas... eu não posso... A rainha...

Ela era incapaz de formular uma frase inteira, e sua expressão horrorizada parecia indicar que logo desmaiaria ou sairia correndo sem direção, já que até mesmo sua sanidade parecia ter ido dar uma viajada.

— Deixarei um guarda aqui e quatro na porta. — O guarda deu de costas para a mulher, porém, antes de se retirar, virou-se para ela mais uma vez. — Cuide da princesa.

Suas palavras frias a fizeram tremer e tudo o que conseguiu fazer foi mover a cabeça em sinal de concordância. Em seguida, o guarda saiu e as portas se fecharam, fazendo-a respirar fundo enquanto procurava uma poltrona para se sentar.

Assim que seus nervos se acalmaram e seus batimentos voltaram ao normal, ela olhou para Rory, que já não chorava como antes nem soluçava tanto, mas continuava encolhida, com um olhar de desalento estampado em seu rosto conforme suas mãos continuavam tremendo. A mulher se levantou e pegou a pequena Rory no colo, incapaz de deixar a menina de um ano sozinha.

Sem saber ao certo o que fazer, ela dava voltas ao redor do berço, tentando acalmar a menina.

— Não chore, amorzinho... já passou. Está tudo bem agora, ninguém vai machucá-la. Eu estou aqui com você...

A cada palavra, era possível sentir a respiração de Rory desacelerar, ainda que seus olhos fossem os mais tristes e angustiados de todo o reino.

Alguns minutos depois, a costureira percebeu que a menina já havia dormido e a colocou no berço com toda a delicadeza para que a criança não acordasse. Em seguida, foi se sentar na poltrona. Suas pernas estavam cansadas e o lado esquerdo de sua cabeça latejava em uma enxaqueca que fazia parte da sua vida desde que se mudara para o palácio. A costureira fixou os olhos em um vaso de flor que ficava na mesa ao lado da poltrona em uma tentativa de dispersar a dor.

Depois de vários minutos encarando o lindo arranjo, ela notou que, ao lado do vaso, estava uma caneta preta, aparentemente muito mais cara do que seu salário, deixando algumas gotas de tinta mancharem a mesa. Ao lado dela, um abridor de cartas, aparentemente de prata, com o símbolo do país detalhado em ouro. Havia, também, um amontoado de papel-cartão organizado, porém a costureira reparou que um deles estava disperso da pilha. Em um ato instintivo, pegou o papel para devolvê-lo ao seu lugar de origem, entretanto, ao olhar para o item em suas mãos, notou algo escrito.

Querida Rory,

Me desculpe pelo que fiz, mas eu jamais poderia ser a mãe que você merece. Mesmo tendo tudo o que quero, não consigo fazer esta dor interminável acabar, e, por mais que tenha tentado, ela só vai me consumindo cada vez mais, apagando o brilho de todos os meus dias, como uma ferrugem corroendo o ferro e um tumor que consome a saúde do corpo. Me desculpe por tudo.

Espero que jamais entenda nem sinta esta dor, assim como acho que ninguém merece senti-la.

Nada do que aconteceu é culpa sua, muito menos de seu pai; ele é um homem bom e generoso. Espero que ele encontre alguém que possa amá-lo de verdade — amá-lo como eu jamais poderia — e que possa nutrir sua falta materna, alguém que possa ser uma mãe melhor do que eu tentei ser.

Não se esqueça: quero que você cresça e se torne uma mulher forte e corajosa, não tenha medo do mundo. Seja melhor do que eu.

Não chore nem se lamente por mim, pois não sou digna de nenhuma lágrima que escorra de seus olhos. Tomara que um dia você me perdoe.

Com todo o amor do mundo,

Nadine.

– A rainha... ela... ela... Não é possível!

A costureira jamais imaginaria que Nadine teria coragem de tirar a própria vida; justo ela, que estava no auge de sua felicidade, rindo por todos os cantos do castelo com o marido.

Não deve ser verdade. Não pode ser verdade!

O guarda que estava dentro do quarto olhou para a mulher, que parecia tão atordoada quanto um cachorro sem dono, e, sem pensar, ele se afastou da janela que dava para o jardim frontal e foi em direção a ela a passos largos e coordenados, como um brinquedo de corda.

— A senhorita está passando bem? — questionou o homem, que olhava para todos os lugares, menos para o rosto da costureira.

— A rainha...

A mulher parecia ter perdido as suas forças, assim como o ar parecia se tornar cada vez mais difícil de respirar.

— Já estão tomando todas as medidas para prender o assassino. Não se preocupe.

— Não...

— Não é necessário se desesp... — O guarda tentou consolá-la, mas foi interrompido pelas mãos gélidas da mulher segurando seu uniforme negro.

— Você não está me entendendo. — A costureira fez uma pequena pausa, respirou fundo e continuou: — Não vão encontrar assassino nenhum...

— Como assim? — grunhiu, lançando seu olhar mais cortante para a mulher que quase não parava em pé.

— Nadine se matou — ela sibilou, tentando manter o controle para não desabar com as próprias palavras.

O guarda arregalou os olhos em completo espanto, e sua aparência ficou ainda pior do que a da mulher; logo, ele escondeu sua feição e olhou com seriedade para a costureira desnorteada.

— O que você está dizendo é algo muito sério. Uma mentira dessa proporção pode lhe causar a morte, senhorita.

Foi a vez de ele agarrar os braços dela, dando mais ênfase às suas palavras secas.

— Conheço muito bem as leis deste palácio, senhor. — Ela deu um profundo suspiro e se acalmou para não acordar Rory, que dormia agarrada a um leão de pelúcia. — Se não acredita em mim, veja com seus próprios olhos.

E entregou a carta ao guarda, que logo começou a lê-la com uma sobrancelha arqueada.

Conforme seus olhos corriam pelas letras do papel, seu rosto ia esboçando uma reação pior que a outra, e, ao ler a última linha, o homem foi correndo até a porta, gritando com os soldados que estavam do lado de fora, como se fosse resolver algo.

Quando a costureira deu por si, o homem já havia saído em disparada em busca do rei, e Rory, por sua vez, levantava-se do berço aos prantos.

2

No fim do dia, todas as flores vivas e exuberantes haviam desaparecido, assim como todos os aromas que encantavam e perfumavam o palácio de Taleiau. As bandeiras do palacete estavam erguidas à meia-haste, e os convidados que chegavam já não estavam ali por causa da festa, mas sim para um velório.

Ao entrar no castelo, os convidados eram direcionados a um grande salão, onde subiam as escadas e, em seguida, entravam em um imenso salão octogonal com uma janela comprida em cada parede. Ao lado das janelas ficavam dois arranjos com detalhes que encantavam a todos os olhares.

Já ao olhar para cima, via-se que o teto era um verdadeiro domo de vidro, que exibia um céu excepcionalmente limpo, e, apesar disso, apenas a lua dava as caras, sua luz pálida e gélida iluminando todo o salão, dando um ar ainda mais sofisticado às cadeiras de marfim com estofado aveludado espalhadas por todo o recinto melancólico.

Quando a lua atingiu o ponto mais alto, os convidados já estavam sentados em seus lugares reservados. Todos sustentavam um desalento estampado em seus rostos elegantes, embora a maioria fosse pura armação. Várias pessoas não se importavam com a morte da rainha, e, para alguns nobres, a morte dela não passava de um grande alívio.

Então, quebrando o silêncio em que todos estavam, o som de passos largos e fortes, cronometrados, matematicamente calculados soaram. Conforme se aproximava, o barulho aumentava, chamando todas as atenções, até que, de uma hora para outra, o único barulho do castelo cessou de supetão e, segundos depois, as portas se abriram com um rangido, mostrando o dono dos largos passos ao mesmo tempo que todos se viravam para observá-lo.

Era um homem alto e robusto, com costas largas e rosto quadrado. Seus olhos verdes eram fundos, com olheiras profundas envelhecendo o rosto. Os cabelos eram negros como a noite e, em sua cabeça, a famosa coroa de Taleiau — de ouro puro, com oito pontas retorcidas como chamas de fogo, que simbolizam suas maiores conquistas, e vários rubis, como sinal de seu poder, sem contar as outras pedras preciosas que faziam parte da obra de arte.

Dylan nunca parecera tão abatido quanto naquele momento, mostrando uma elegância estraçalhada por um misto de ódio e tristeza extremamente avassaladores; contudo, o esforço que ele fazia para não desabar continuava estampado em seu rosto rígido — não por causa de nenhum convidado, afinal ele não ligava para nenhum deles, e como rei não devia satisfação a ninguém abaixo da sua posição; na verdade, a única coisa que o impedia de ir se debruçar sobre o caixão da esposa era para que Rory, que estava em seu colo, não visse seu sofrimento corroendo-o por completo.

Antes de se aproximar do caixão da rainha, Dylan se agachou e soltou a filha em uma tentativa falha de deixá-la com sua nova governanta — em um estalo de dedos, a menina desviou da mulher e se agarrou na capa do pai sem que ele visse. Quando ele se deu conta, Rory já havia caminhado com ele até o caixão e agora estava o encarando com seus grandes olhos castanhos, que cintilavam com o reflexo das pedras da coroa, e, em sua plena inocência, ela olhou para o caixão, voltando a atenção para o corpo gelado da mãe.

— Papai... — Rory balbuciou, abaixando a cabeça para olhar suas sapatilhas pretas enquanto abraçava o leão de pelúcia, algo que ela se recusava a largar desde o começo do dia.

Sem jeito, Dylan olhou para Rory e sentiu seu coração se comprimir junto com a dor crescente em seu peito, mas tudo que pôde fazer foi pegá-la outra vez e envolvê-la em seus braços como um grande urso, incapaz de dizer alguma palavra ao tentar manter o ritmo normal de sua respiração.

— Mamãe...?

Ela o cutucou com seu leão e ele a observou por um longo tempo, dando-lhe um abraço ainda mais apertado, e respirou fundo.

— A mamãe vai dormir bastante hoje... amanhã cedo ela vai viajar para muito longe e tem que descansar. — Dylan soltou outro suspiro e olhou para os sapatos, assim como Rory fizera alguns minutos antes, e segurou o grito de dor que ecoava no fundo de sua alma, estraçalhando todas as partes de seu coração. — Agora, que tal você ir com a governanta? Ela vai levá-la ao jardim para ver as flores — mudou de assunto conforme a entregava nos braços da mulher.

Rory não parecia muito contente, mas bastou que Clarice — a governanta — lhe mostrasse uma pequena borboleta branca voando em plena noite para que a menina se dispersasse do assunto e focasse apenas no pequeno inseto que rodeava uma porção de margaridas, deixando Dylan para trás em um piscar de olhos enquanto um mar de lágrimas tentava continuar contido em seus globos oculares.

Após Clarice cruzar o salão em direção ao jardim, seus braços já estavam doloridos de carregar Rory, que, com uma agitação sem igual, contorcia-se de ansiedade para ver a borboleta mais de perto, esquecendo-se completamente da cena tenebrosa que presenciara. A borboleta se agitava no ar, tão leve quanto uma pluma ao vento.

Assim que Clarice soltou a menina, sentiu um alívio imenso, seguido por um pequeno formigamento nas mãos, então agitou os braços e se acomodou no banco, conferindo se havia algum fio solto de sua trança complexa. Quando teve certeza de que o penteado estava intacto, olhou para os botões de seu vestido azul para verificar se estavam todos abotoados. *Que tipo de governanta eu seria se andasse desarrumada, principalmente no castelo?*, ela pensava, sentindo um desinteresse impressionante pela *morte* de Nadine.

Ao terminar de fazer uma inspeção geral em seu vestido sob medida, assustou-se ao se lembrar da princesa, que ela deixara vagar pelo jardim sem nenhuma supervisão. Em um passe de mágica, deu um pulo e colocou as mãos sobre a cabeça em puro desespero, sentindo uma angústia ainda maior quando correu os olhos pelo lugar e não a encontrou. Ela mal tinha começado a trabalhar e já ia ser demitida, ou, pior, iriam fuzilá-la só por ter sumido com Rory.

— Não — sibilou, balançando a cabeça para afastar os pensamentos que vinham continuamente e que só a faziam ficar mais em pânico do que já estava.

Antes de vasculhar todo o jardim, uma figura calma e inocente saiu de um dos arbustos. Rory estava toda coberta por folhas e gravetos enquanto sua mão esquerda se contraía em um punho fechado.

— Aqui... aqui! Peguei! — Ela comemorava e olhava para a mão erguida.

— Meu Jesus, achei que você tinha desparecido!

Clarice se ajoelhou na frente da princesa e a abraçou com toda força possível ao mesmo tempo que duas lágrimas escorriam por seu rosto aliviado.

Eu não vou morrer hoje. Não vou. Não vou. Não vou. Não vou..., repetia consigo mesma, deixando as palavras ecoarem em sua mente até perceber o quanto estava sendo egoísta.

Rory pareceu não se incomodar com o gesto da mulher; muito pelo contrário, ela acabou até soltando uma risada doce e suave, mas logo se desprendeu dos braços da governanta e voltou a encarar sua mão fechada com um sorriso se repuxando no canto dos lábios.

— Aqui! Aqui!

Clarice enxugou suas lágrimas com as costas das mãos e olhou para a menina com um olhar amável, coisa que nunca tinha feito com tanta emoção quanto naquele momento.

— O que foi, querida?

Pegou a mão da menina com certa curiosidade. Esta abriu a mão, deixando que a borboleta saísse e voasse como um pássaro indo para longe. Rory não disse mais nada, apenas ficou olhando para o inseto com o semblante maravilhado, e foi naquele instante que Clarice descobriu algo incrível surgir na ponta do seu coração.

— Você é um ser inexplicável, garotinha — Clarice refletiu após tanto olhar a menina, tirando algumas folhas de seus cabelos de cor caramelada.

Rory, por sua vez, apenas voltou os olhos para a governanta e depois foi na direção de algumas flores silvestres.

Minutos depois, o silêncio que pairava no jardim foi quebrado por uma voz forte que vinha de dentro do salão, fazendo Clarice tomar Rory no colo para ir se sentar no banco, esperando enxergar alguma coisa através da porta de vidro.

— Primeiro, gostaria de agradecer a todos que compareceram nesta noite, e agradeço a todas as condolências dadas... — Dylan falou, começando seu discurso sem vida enquanto os convidados retocavam seus semblantes deprimidos.

Então ele limpou a garganta e olhou para trás, para o rosto pálido da rainha deitada no caixão. Talvez estivesse procurando as respostas em seus traços sem vida, em busca de algo que ele tivesse feito de errado para que aquilo acontecesse, mas era tudo em vão, pois, fosse qual fosse a dor que corrompera a vida de Nadine, teria partido junto com sua alma.

E, de súbito, Dylan sentiu uma lágrima escorrendo de seu olho, até chegar na ponta do seu queixo e molhar a barba escovada, contudo ele não se permitiu derramar mais nenhuma e logo passou a mão pelo rosto, endireitou o corpo dolorido de tanta tensão e se virou para o público presente no salão, que assistia à cena sem esboçar reação.

— Hoje é necessário dizer adeus. Adeus a uma mãe, uma filha, uma esposa. E, infelizmente, dizer adeus à rainha deste reino. Sem dúvida, Nadine foi a melhor em todos esses quesitos, e eu sei que jamais poderia ter me casado com uma pessoa melhor.

Sempre fora a rainha que pensara em seus discursos — sempre muito motivadores, dignos de um verdadeiro rei —, e, sem ela, Dylan não tinha motivação nenhuma em proclamar de forma cordial como sempre fazia para agradar a esposa, mas ainda assim o fazia, sentindo a presença dela como um dia antes.

Alguém no fundo do salão se levantou. Era um homem alto e magro; seus olhos acinzentados e profundos, combinados com os cabelos brancos, denunciavam que ele já devia ter mais de oitenta anos. O senhor usava uma roupa elegante, cheia de detalhes cintilantes e um manto alaranjado coberto por bordados em uma linha dourada, e, em seu pescoço, ele carregava um grande colar de ouro com um medalhão que poderia caber na palma de sua mão. Por um segundo, o senhor pareceu querer dizer algo, porém preferiu se sentar e continuar calado.

Um pouco depois do discurso, os nobres foram se levantando aos poucos para se despedir do rei. Os primeiros a se levantarem foram os nobres da Casa Patimos, todos vestidos de um verde-água bem claro e delicado. Depois que se retiraram, foi a vez da Casa Ocidental, com seu azul-marinho, que certamente era bem mais escuro do que o vestido de Clarice. Em seguida, a Casa Titanos foi prestar suas condolências – todos vestiam um roxo que se assemelhava a cachos de uvas antes de serem colhidas. Depois a Casa Cume se levantou, vestidos de cinza-claro, e, por último, a Casa Nefertari, com seu laranja exuberante.

O velho que tinha se levantado fazia parte daquela casa. Ele se chamava Naoshi, e, ao seu lado, estavam os dois filhos com suas esposas e seus netos. O velho também estava acompanhado de sua esposa, mas, ao contrário dele, ela aparentava ser mais vaidosa. Quando eles chegaram até Dylan, fizeram uma reverência simultânea; depois, Naoshi segurou a mão do rei com toda força possível, embora não fosse muita.

– Hoje você perde sua esposa, e eu, uma filha... – O idoso fez uma breve pausa enquanto encarava o genro com um semblante indecifrável. – Não consigo acreditar que minha filha tenha feito isso, ela nunca pareceu triste nem aflita. Por isso, eu tenho o direito de perguntar... Você não fez nada com ela, não é?

– Pai, pare com isso! – disse um dos filhos, segurando bruscamente o idoso.

– Eu jamais faria isso com Nadine. Eu a amava, e o senhor deveria saber disso! – Dylan esbravejou ao desvencilhar as mãos das de Naoshi. – Por mais que eu o respeite com todo meu coração, continuo sendo o rei de Taleiau e mereço respeito.

O rosto de Naoshi era uma mistura de vergonha, raiva e tristeza. E por mais que seu orgulho fosse alto, ele teve de ceder e se desculpar com o rei, afinal Dylan poderia fazer uma grande tormenta em suas vidas com uma simples ordem, e, por mais que ele fosse um bom rei, Naoshi não queria arriscar ver Dylan se enfurecer por completo.

Com o término do velório, apenas os parentes podiam continuar no recinto, contudo a breve discussão do rei com Naoshi fizera com que a Casa Nefertari preferisse não participar, de modo que o salão estava em completo silêncio, abrigando apenas Dylan e Rory, que dormia profundamente, encostada nos ombros do pai, que não se esforçava em manter a postura reta nem uma boa aparência, até mesmo sua coroa já estava em uma das suas mãos, enquanto a outra estava paralisada para que Rory não despertasse.

Você é a coisa mais importante que eu tenho agora, ele pensou, olhando para o pequeno rosto da filha. *Vou protegê-la pelo resto da minha vida, minha pequena. Eu prometo.*

Passou a encarar o caixão à sua frente e viu toda a sua vida passar diante dos seus olhos – a primeira vez que vira Nadine, mas acabara não conseguindo dizer nenhuma palavra; o dia em que se casaram; a forma como Nadine o fazia rir mesmo em momentos importantes, como em reuniões de conselho; lembrou-se também das brigas, que sempre acabavam com os dois fazendo as pazes no café da manhã do dia seguinte.

E em meio a tantas lembranças, Dylan se recordou de quando vira Nadine, desfalecida na cama, cercada por médicos que mal a tocaram. Ele não se deixou ir além. Ao retornar à realidade, observou o sol invadindo o ambiente como um convidado indesejado. Ele se assustou ao ver a claridade, já que não fazia ideia de como a noite passara com tanta rapidez.

Virou-se para Rory, que permanecia adormecida, e com muito cuidado ele a tomou nos braços e saiu do salão, desceu uma seção de escadas, cruzou o salão frontal e subiu as escadas, mas, em vez de passar por um dos corredores, subiu mais um andar e entrou na terceira porta, onde ficava o novo quarto da menina, já que o aposento anterior ficaria fechado por tempo indeterminado. Após colocar a menina no berço, Dylan foi para seu quarto, que ficava bem ao lado do de Rory, e foi se preparar para o enterro, que provavelmente seria tão melancólico quanto a noite anterior.

E, como em um sopro, as horas se transformaram em dias, os dias viraram semanas, e as semanas se transformaram em meses, e, com o passar do tempo, Dylan foi conseguindo lidar com a perda, afinal ele tinha um reino inteiro para governar sozinho, e isso não o permitia ficar choramingando pelos cantos. Já Rory não sentia mais tanto a falta da mãe quanto nos primeiros meses e, querendo ou não, seu apego a Clarice foi aumentando em uma velocidade surpreendente.

3

Dylan estava no quarto, cercado de médicos, enquanto Nadine estava inerte na cama. Quanto mais ele se aproximava, mais sangue encharcava o vestido da mulher. Ele se ajoelhou aos pés da cama e, em um mar de emoções, começou a chorar desesperadamente, até que um médico parou ao seu lado.

— Por que você está chorando? Ela não o amava nem nunca o amou. Uma hora ou outra ela ia fazer isso. Ou você acha que ela ia aguentar você para o resto da vida? — o homem perguntou com uma voz de escárnio enquanto as lágrimas continuavam escorrendo por seu rosto.

Aquela voz rouca e sarcástica fazia a cabeça de Dylan latejar, e tudo o que ele queria era acabar com o médico que dissera aquilo, sentindo todos os seus músculos vibrarem com uma raiva intensa. No entanto, ao olhar para o rosto do miserável, viu Naoshi com o maior sorriso que conseguia dar, e, ao olhar ao seu redor, todos os outros médicos riam e gritavam com ele.

— Ela se matou e você ainda a ama — diziam alguns, e, quando ele se virou novamente para Naoshi, o velho começava a sacudi-lo com toda a força possível conforme as vozes continuavam ecoando em seus ouvidos, rasgando sua pele com a agressividade das letras ao mesmo tempo que o velho começava a berrar.

— Acorde, idiota! Vamos, acorde! Ela não o amava. Abandone essa suicida de uma vez!

Acorde. Acorde. Acorde. Acorde. Acorde. Acorde. Acorde. Acorde. Acorde. Acorde. Acorde. Acorde. Acorde. Acorde!

Então, antes que as palavras continuassem martelando seu crânio, Dylan abriu os olhos com um susto, sentindo o coração correr uma maratona, e se deparou com um homem cutucando-o.

— Acorde, meu rei. Acorde — o homem suplicou. — Ah, que bom que o senhor despertou — falou e se afastou, dando espaço para que Dylan se levantasse. — Desculpe acordá-lo desse jeito, mas vossa majestade tem que se arrumar agora mesmo.

— Ainda está muito cedo, Jeftali. A reunião com os contadores de grãos começa apenas às sete horas, e não foi agendado nada antes disso — respondeu, sentando-se na beirada da cama e esfregando os olhos com as costas das mãos.

— O senhor está certo, vossa majestade, no entanto recebemos uma carta da Casa Titanos há vinte minutos avisando que alguns membros estão vindo falar com o senhor — o conselheiro respondeu, mostrando uma pressa um tanto exagerada.

Dylan ignorou sua sonolência e passou a olhar para Jeftali. Seu conselheiro era um homem pequeno e gorducho, sem nenhum fio de cabelo na cabeça, que usava uma longa roupa branca, cheia de detalhes em dourado e vermelho. Tinha cinquenta e um anos, e era incrivelmente inteligente — motivo de ter sido escolhido como conselheiro quatro anos antes.

— Eles não marcaram nenhuma reunião, não é?

— Não, vossa majestade, eles não agendaram nenhum tipo de conferência — respondeu e abaixou a cabeça.

— Por que eles estão vindo? E... pela minha Casa! Qual a necessidade de escolher esse horário?

— Isso eu não sei, senhor, mas me parece ser algo urgente — falou, batendo o pé contra o piso em um estado ansioso.

— Tudo bem, então.

Dylan suspirou depois de um segundo em silêncio, sentindo seus membros implorarem por mais alguns minutos de sono.

Jeftali se despediu do rei e foi logo se retirando do quarto. Minutos depois, Dylan já estava pronto, vestido adequadamente.

Quando chegou na sala do trono, a Casa Titanos já estava à sua espera, no entanto, ao contrário de todas as outras reuniões, só Belarmino, o líder da Casa, Zion, seu filho, e Samaira, sua filha, estavam ali, fazendo-o mergulhar em uma onda de curiosidade a cada passo dado.

Zion era muito parecido com o pai, desde o tronco robusto até os olhos castanhos, mas no que eles mais se assemelhavam era na forma de pensar – os dois tinham um ar de superioridade e egocentrismo insuportável, contudo, na presença do rei, eles pareciam simples servos dispostos a servir sua majestade como súditos obedientes.

Já Samaira, bom... Ela não se parecia nem um pouco com os dois. Era magra e pálida, como se nunca tivesse visto um único raio de sol em toda a vida. Seus olhos eram de um azul penetrante, combinando com os cabelos longos e lisos, fazendo com que seu loiro brilhasse conforme a luz dos lustres refletia nos fios. Talvez ela fosse feita de porcelana ou algo assim.

Dylan foi se sentar no trono enquanto Belarmino se aproximava dele, obrigando-o a fugir de seus pensamentos aleatórios.

– Vossa majestade, quero que saiba que tenho um prazer imensurável em vê-lo mais uma vez, e tenha certeza de que meus filhos sentem o mesmo – o homem proclamou ao se inclinar diante do trono e, em seguida, olhou discretamente para os filhos, que estavam logo atrás.

Dylan não gostava muito dos elogios de Belarmino, afinal sabia que eram tão falsos quanto seus sorrisos bonitinhos. Mas, assim como ele, fazia o máximo de esforço para parecer estar agradecido.

– É muito bom vê-lo outra vez, Belarmino – falou, sabendo que nenhuma daquelas palavras era verdade. – Então, por que veio aqui com tanta urgência que nem foi capaz de reservar um horário? Aconteceu alguma coisa com a sua família? Ou são os campos que estão com algum problema? – Dylan terminou com um suspiro entediado.

– Me desculpe, vossa majestade, peço perdão por não ter comunicado antes nem ter pedido permissão – Belarmino encenou, desviando o olhar do rei e começando a encarar o chão para tentar mostrar seu arrependimento ensaiado. – Não se preocupe. Minha família está muito bem, e os campos estão rendendo muito lucro nos últimos meses. Ainda assim, o que venho lhe dizer é da mesma, ou melhor, de maior urgência.

– Então...? – Dylan o incentivou a continuar com um balançar de mão enfadado.

Diante da situação, Belarmino voltou a olhar para o rei e abriu um breve sorriso malicioso no canto da boca, olhando para os filhos, que continuaram no mesmo lugar até balançar a cabeça de forma afirmativa, fazendo com que Samaira fosse ao encontro do pai e se posicionasse à sua direita. Colocou um braço nos ombros da filha, mantendo o outro livre para gesticular, e logo se voltou para o rei no mesmo instante em que a mulher fazia uma reverência com a cabeça para Dylan.

— Como pode ver, vossa majestade — Belarmino começou com orgulho —, no próximo mês Samaira vai fazer trinta anos, visto que é dois anos mais nova que vossa majestade.

As palavras dele eram acompanhadas de olhares para a filha, que não olhava em nenhum momento para o pai, pois tinha cravado seus olhos em Dylan, que não entendia o que tudo aquilo teria a ver com ele. Parecia mais uma grande perda de tempo.

Belarmino fez uma pausa, talvez estivesse esperando alguma reação do rei, mas ele só balançou a cabeça, como se estivesse entendendo a história. Como não disse nada, o homem resolveu prosseguir, tirando as mãos da filha e se aproximando um pouquinho mais do trono.

— Sei que talvez seja um pouco cedo para isso, mas, como deve perceber, é difícil governar um reino inteiro sem ninguém que lhe dê apoio ou esteja com o senhor em momentos complicados — Belarmino constatou, gesticulando com as mãos.

Dylan estava começando a entender, e por isso arregalou os olhos e se inclinou na direção do homem, o que o deixou um pouco desconcertado.

— Aonde você pretende chegar, Belarmino? — perguntou com um ar de preocupação, arqueando uma sobrancelha enquanto analisava o homem.

— Vou direto ao ponto, majestade. — Ele cruzou as mãos e continuou: — Gostaria de oferecer minha filha em casamento. — Ele se virou para Samaira, que deu um sorriso envergonhado e, como era muito pálida, suas bochechas coraram como duas maçãs, igual uma adolescente tímida. — Ela é uma mulher muito bonita, como o senhor deve ter notado, e foi criada na mais alta sociedade, sem contar o quanto ela gosta de crianças. Tenho certeza de que a sua filha amaria a minha fi...

— Pare! — Dylan esbravejou, sentindo o sangue subir para a cabeça ao mesmo tempo que se levantava do trono. — Me desculpe, Belarmino, mas não estou pedindo para me casar com ninguém. Eu mal conheço sua filha, e não é como se eu fosse me casar com alguém do dia para a noite — terminou com um ar meio ofendido, que não foi o suficiente para tirar aquela ideia da cabeça de Belarmino; o homem aparentava já esperar por essa reação.

— Vossa majestade, entendo perfeitamente o que o senhor pensa. Contudo, se quisesse, ela adoraria passar alguns dias aqui para vocês se conhecerem, assim não seriam completos estranhos. Tenho um respeito enorme pela falecida rainha, e minha filha também, ela jamais substituirá o lugar dela em seu coração; também sei que faz apenas sete meses que a rainha faleceu. Mas é preciso admitir que reinos sem rainhas não vão para frente. Se não me engano, o reino de Unaf foi tomado por Lacuna um ano depois da morte da rainha, e o mesmo aconteceu com dois reinos mais ao Sul.

Dylan não queria perder seu governo assim como eles. Lembrava-se muito bem desses reinos ricos e prósperos, mas os reis acabaram se descuidando por estarem em um luto profundo. Dylan não queria que seu reino fosse tomado como esses, e, por incrível que parecesse, o que Belarmino dizia fazia sentido.

— Espere no salão do Domo, as empregadas vão providenciar aperitivos para vocês. Vou conversar com meu conselheiro e o comandante da guarda, o restante pode se retirar — ele ordenou e voltou a se sentar no trono com um semblante confuso.

— Muito obrigado, vossa majestade. Sabia que o senhor pensaria no caso, meu soberano — disse Belarmino.

Ele então se retirou com um sorriso de orelha a orelha que tentava conter enquanto Samaira mantinha a elegância, e Zion dava o mesmo sorriso malicioso que o pai dera minutos antes.

Quando o rei ficou sozinho com Jeftali e Lure, o comandante, os três se entreolharam, preocupados, como se de alguma forma pensassem na mesma coisa: *que história é essa?*

— O senhor pretende se casar com a moça, soberano? — o comandante perguntou, quebrando o silêncio ensurdecedor.

— Não! Quer dizer... não sei — Dylan respondeu.

Apoiou o queixo com uma mão, tão perturbado quanto um cachorro faminto, mas era orgulhoso para deixar que todos vissem, por isso tinha pedido que apenas os dois ficassem — Lure e Jeftali eram seus únicos confidentes.

— Senhor, se me permite, tenho que confessar que a linha de raciocínio do líder da Casa Titanos é coerente — Jeftali disse antes de tirar as mãos das mangas da túnica e começar a gesticular com Lure, para que o homem fizesse algo.

— Sim. Sem contar que isso daria um crédito extra ao nosso acordo com o reino de Gitalinya, afinal as plantações que ficam sob a responsabilidade deles são grandes exportadoras de grãos para lá – o comandante falou, olhando para Jeftali, esperando que ele fizesse algum sinal de aprovação.

– Eu nem conheço a mulher. Para não mencionar que Nadine mal se foi. O que minha filha pensaria sobre isso? – A voz de Dylan saiu oscilante e, em um tom de indignação, parecia estar se agarrando a todas as desculpas possíveis; não queria se casar e pronto.

– Vossa majestade, tenho a impressão, ou melhor, tenho a certeza de que a filha de Belarmino seria uma ótima figura materna, sem contar como é adorada pela imprensa. Entendo que a menina gosta muito da governanta, mas, para uma futura rainha, apenas uma governanta não basta – refletiu o conselheiro, desfazendo as desculpas de Dylan como uma fumaça se dissipando.

– E a mor... – Dylan foi interrompido por Jeftali antes de tentar arquitetar sua próxima defesa:

– Sei que o senhor sofre pela perda de sua mulher, no entanto, como seu amigo, tenho que o aconselhar: não se deixe levar pelas emoções. Vossa majestade deve ouvir a razão e fazer o que for o certo para o governo – Jeftali advertiu com a voz firme.

Ele era um ótimo conselheiro e por esse motivo agia como um pai firme, que era do que Dylan precisava às vezes, já que, querendo ou não, sua sabedoria não podia se comparar com a de uma pessoa com mais experiência de vida do que ele.

Dylan tirou o queixo da mão e ajeitou a postura. Ele já não parecia um garoto teimoso; agora, Dylan parecia o rei que nascera para ser.

– Se isso é o melhor a fazer, é o que farei. Ela vai ficar aqui pelo menos duas semanas antes de eu decidir qualquer coisa. Não vou deixar que ela se torne rainha sem saber se está preparada – Dylan deu a última palavra, sentindo um nó na garganta com a ideia de se casar apenas por conveniência.

Os dois homens se despediram do rei e se retiraram da sala do trono. Quando a porta bateu, Dylan se levantou e se esticou, como se todos seus músculos tivessem se contraído durante aquela conversa nada agradável. Parou de se movimentar no mesmo instante em que ouviu alguém bater na porta.

– Entre – ordenou e olhou para a porta.

Se fosse algum outro problema, ele tinha certeza de que mandaria o enterrarem vivo.

4

Dois guardas abriram a porta, dando passagem a um ser minúsculo, que entrou com um vestido branco coberto de terra, acompanhado por Clarice com um sorriso brando. Dylan se levantou de súbito e foi logo ao encontro de Rory, que fez o mesmo, deixando pegadas de lama pelo salão.

— O que foi, meu amor? — Dylan perguntou, erguendo a menina nos braços. — Como você permitiu que ela ficasse assim? — quis saber, olhando para Clarice, que se aproximava. — E trate de me explicar o que significa isso.

— O quê? O senhor está falando da terra? — ela perguntou com um ar de sarcasmo a Dylan, que já não se incomodava com a falta de respeito da mulher; aliás, até gostava daquele jeito.

— Isso também. Mas olhe para o cotovelo dela! Como você deixou que ela se machucasse assim? — Ele continuou com uma ponta de raiva na voz.

— Isso é sério? É só um arranhão. Nós estávamos no jardim, e ela quis brincar nas flores — Clarice respondeu com toda a tranquilidade do mundo.

— E você deixou? Deixou que ela se sujasse e nem ligou se ela se machucou ou não — Dylan disse, irritado, ainda que não estivesse completamente bravo, afinal não conseguia se enfurecer com Clarice.

— Não. Um pouco de terra não faz mal. Antes de ser uma princesa, ela é uma criança — Clarice protestou, elevando um pouco a voz para ficar no mesmo nível que a de Dylan. Ela não ligava em se esforçar para agradar o rei, sabia que tudo o que precisava fazer era cuidar de Rory, e desejava isso mais do que cuidar de si mesma. — E não venha falar que não liguei para que ela se machucasse. Quando percebi, fui correndo com ela para o banheiro lavar o braço.

Cruzou os braços com orgulho de si mesma.

— Você devia ter a levado para a enfermaria. Se fosse algo mais grave, ela já poderia estar muito mal.

— Meu Deus! A menina mal arranhou o braço, e ela nem chorou. Ela só pediu para vê-lo porque não o viu no café da manhã.

Ela passou as mãos nos fios rebeldes dos cabelos de Rory.

— Papai, olha... — Rory falou, desviando a atenção de Dylan ao mostrar uma flor roxa em uma das mãos. — Papai, aqui!

Naquele momento, Dylan se esqueceu de todas as suas preocupações e focou apenas na filha. Enquanto ele brincava com a menina, Clarice o observava, deixando-se levar por um sorriso que ia aumentando cada vez mais.

— Você tem razão. — Dylan segurou a flor após deixar Rory no chão, sentindo os braços dormentes.

— O quê?

— Eu disse que você tem razão.

— Bom... Eu tenho razão em muitas coisas, você precisa ser mais específico. — Clarice voltou a usar o tom sarcástico.

Dylan olhou para baixo e deu um pequeno sorriso, que foi logo escondido quando voltou a olhar para a mulher.

— Sobre a terra... Isso faz bem para ela. Se você quiser, pode levá-la ao jardim com mais frequência, talvez uma vez ao dia, durante a manhã de preferência. Mas, assim que acabarem, você tem que a levar direto para o quarto para que ela tome banho. Vou mandar que as criadas estejam lá todos os dias para dar banho nela — Dylan falou, parecendo um pai superprotetor e um rei autoritário.

— É claro, *vossa majestade* — Clarice concordou ao se inclinar, fazendo uma reverência para provocar Dylan, que percebeu como estava agindo e deixou o assunto para trás.

Então ele se despediu da filha, que foi para os braços de Clarice. A mulher logo se retirou da sala do trono. Assim que a porta se fechou, ele respirou fundo e voltou para o trono. Dylan preferia que as duas continuassem lá e que todos os seus outros compromissos desaparecessem em um passe de mágica.

— Vossa majestade, os contadores de grãos chegaram — anunciou Jeftali, que entrara em silêncio no salão.

Dylan respirou fundo outra vez e olhou para seu conselheiro com o semblante desanimado, pedindo silenciosamente por socorro antes de ceder às suas obrigações.

— Pode mandá-los entrar.

Dylan bufou.

5

Depois de passar quase uma hora agradecendo Dylan por sua decisão, Belarmino foi embora e deixou a filha no castelo.

Ela não vai ficar por muito tempo. É claro que não..., Dylan pensava consigo mesmo enquanto mostrava o imenso palacete para Samaira, sentindo os músculos se contraírem com o incômodo que serpenteava por suas veias.

Para sua agonia incessante, uma semana se passou e a mulher não demonstrava nenhum defeito, era como se ela fosse naturalmente perfeita sem fazer nenhum esforço, criada como um ser imaculado de erros.

No fim do jantar, Dylan já estava exausto e não tinha mais vontade de conversar com Samaira. Sem pensar duas vezes, decidiu sair para o escritório real com a desculpa de assinar alguns papéis para a construção de uma nova ponte central – aquilo era a única coisa que parecia funcionar, afinal vinha dando muito certo para ele desde o começo da semana.

Ele se levantou, foi até a sala do trono e abriu a porta lateral que dava para o seu escritório. Ao escutar os guardas fechando a porta atrás de si, Dylan se esparramou em uma das poltronas e começou a tirar todos os apetrechos que o incomodavam, desde as botas caras até a coroa em sua cabeça, fazendo com que seus cabelos penteados com exatidão dessem lugar a várias mechas rebeldes, que aumentavam conforme passava a mão pelos fios.

– Você sabe que não pode fugir dela para sempre, não é? – Uma voz ecoou atrás de si, fazendo Dylan se virar de supetão para ver o rosto de quem quer que fosse.

— O que você está fazendo aqui? Onde está minha filha? — Dylan questionou Clarice depois de ter se levantado com a presença dela.

— Ela já está dormindo, não precisa se preocupar. Não é para fugir do assunto, Dylan. — Ela se aproximou dele, tentando parecer autoritária. — Ele passou a mão pelos cabelos mais uma vez em uma tentativa fracassada de colocar os fios em seus devidos lugares, e logo soltou uma risada espontânea. — Pare de rir! Eu tenho cara de palhaça por acaso? Não faça isso. — Clarice bufou, tentando não elevar a voz ao mesmo tempo que deu um leve empurrão em Dylan para que ele entendesse o recado.

— Tudo bem. Eu já parei, não está vendo? — ele falou antes de voltar a se sentar na poltrona. — Mas o que posso fazer se você fica tão engraçada desse jeito?

Ele voltou a olhar para ela e deu um breve riso, que conseguiu conter com um certo esforço. Clarice colocou a mão na testa e respirou fundo, segurando o impulso de bater no rosto dele.

— Estou falando sério. Não pode ficar fugindo da mulher para sempre — ela voltou ao assunto, sentando-se na poltrona ao lado da de Dylan.

— Não estou fugindo de ninguém — ele mentiu, procurando uma posição mais confortável na poltrona aveludada.

— Está, sim. Tem que dar um jeito nisso, ou você pensa em arrumar falsos compromissos para o resto da vida?

— Não vou fazer isso para o resto da vida.

— Então vai parar com isso quando se casarem?

Com a pergunta, Clarice fez Dylan ficar incapaz de dizer uma palavra sequer, obrigando-o a pensar por alguns minutos.

— Talvez ela faça alguma coisa errada, ainda há uma semana de estada — murmurou Dylan, parecendo dizer aquilo mais para si mesmo do que para a mulher ao seu lado.

— Você sabe que isso não vai acontecer, não é?

Ela suspirou, inclinando-se um pouco para poder ver melhor o rosto de Dylan, que se escondia na escuridão da noite. Não tinham acendido nenhuma lâmpada, fazendo com que a única luz presente fosse a da lua, que atravessava a grande janela à direita.

Dylan voltou a ficar em silêncio, sem conseguir pensar em como aquela situação poderia melhorar diante de tudo o que acontecia.

— E se... Eu posso... Eu... Eu não quero — ele sibilou, tentando encontrar as palavras certas para o que quer que estivesse preso em seu coração.

— E que diferença isso faz?

— Nenhuma — Dylan admitiu depois de alguns segundos em silêncio.

Ele sabia que devia fazer o melhor para o reino, mesmo que lhe custasse caro. Era o castigo que a coroa trazia, e nada poderia mudar isso.

— Então, você precisa admit... — Clarice foi interrompida por ele, que se levantou em um pulo, assustando-a.

— E se eu me casar com outra mulher? — Dylan perguntou.

Olhava para Clarice como se tivesse feito a maior descoberta do mundo, sentindo seu coração correr uma maratona completa.

— Você enlouqueceu? Com quem você se casaria? — ela quis saber, incrédula. — Não tem muitas mulheres solteiras na elite, sabia?

— Posso me casar com você — Dylan respondeu e se aproximou de Clarice, fazendo o ar escapar da sala em um piscar de olhos.

— Meu Deus, você não deve estar bem! — ela exclamou ao mesmo tempo que se levantava da poltrona e começava a se afastar. — Quer que eu chame um médico?

— Qual é o problema? Escute, se nos casarmos você se tornará rainha e madrasta de Rory. Tenho certeza de que ela adoraria isso. E eu não vou ter que conviver com alguém que não quero para o resto da vida — Dylan declarou conforme continuava a se aproximar de Clarice.

— Não, não, não! — Ela negou com a cabeça — Isso é ridículo. Você tem que se casar com Samaira. Ela vai fortalecer sua aliança e ajudar o reino. Se eu me casar com você, todo mundo, principalmente a Casa Titanos, vai considerá-lo um rei irresponsável.

— Mas... — Dylan foi interrompido com um empurrão de Clarice.

— Sem "mas", Dylan. Eu sou a governanta da princesa e você é o rei. Não existem "mas" nesta história.

— Então você vai falar que não gosta de mim, que não gosta da minha presença e que não se importa se eu me casar com aquela mulher? — Foi a vez de Dylan levantar a voz. — Você admite? Vamos, fale!

Ele se aproximou mais dela, chegando tão perto quanto seu coração permitia, fazendo Clarice perder o fôlego.

Ela foi tomada pelo turbilhão de sensações e pensamentos que lhe vinham à cabeça. *Isso pode mesmo dar certo? Gosto tanto de Dylan assim? Estou disposta a abandonar minha realidade?*

Contudo, em meio a tantas outras perguntas, Clarice voltou a ficar firme, usando uma força sobre-humana para não ir ao chão.

— Admito! Não sinto e jamais senti algo pelo *senhor*.

Aquelas palavras saíram como facas da boca de Clarice, ferindo tanto Dylan quanto ela, afinal ela sabia que era mentira, contudo queria fazer o melhor para o reino, o melhor para Rory e o melhor para Dylan, mesmo ele querendo ou não.

E de um segundo para o outro, Dylan ficou abismado, ele não esperava que aquelas palavras machucassem tanto seu coração, nem que aquelas letras apertassem sua garganta, roubando todo o brilho estampado em seu rosto.

— Certo. — Foi a única coisa que ele conseguiu falar.

Clarice viu o sofrimento estampado no rosto dele, Dylan parecia um cachorro atropelado e seu único desejo era retirar todas aquelas palavras, porém ela não podia fazer mais nada, *não podia*.

— Pode se retirar. — Dylan deu as costas para Clarice e foi na direção a poltrona, acabando com a proximidade entre eles enquanto parava no meio do caminho. — Não precisa trabalhar esta semana.

— Mas Rory... — Clarice queria se pronunciar, contudo não fazia sentido continuar com aquela situação, algo que ela mesma tinha criado. — Tudo bem, vossa majestade.

Ela abaixou a cabeça e se retirou do escritório real. Antes de as portas serem fechadas, arriscou olhar para trás, esperando que Dylan mudasse sua posição, contudo ele nem sequer ousou se virar. *Por que ele se viraria para mim?*

Quando as portas se fecharam, Clarice sentiu uma lágrima escorrer por seu rosto, seguida de muitas outras, que começaram a rolar descontroladamente enquanto ela saía correndo o mais rápido possível para o andar de cima, indo aos tropeços para o jardim. Tudo o que precisava era respirar ar puro, mesmo que fosse dentro dos muros do castelo.

Sua visão estava embaçada quando enfim entrou no jardim, o que deixava tudo mais desesperador ainda conforme ela procurava o banco branco para se sentar. Depois de respirar fundo, começou a enxugar as lágrimas com as mãos.

— Está tudo bem com você, querida? — Uma voz surgiu de trás de Clarice, seguida de um toque suave em suas costas que lhe pareceu bem reconfortante.

— O quê? Ah, me desculpe, pensei que estava sozinha — ela falou, virando--se para ver quem era a dona da voz. Surpreendeu-se ao ver Samaira, que usava um roupão branco feito de cetim, deixando-a mais branca do que um fantasma vagando pela noite. — Samaira. Me desculpe, não fazia ideia de que a senhorita estava aqui.

— Não precisa se desculpar. Lá do meu quarto, eu a vi correndo para o jardim e fiquei preocupada — a mulher disse com a voz doce. — Ah, não vá embora. Não há necessidade — continuou enquanto Clarice tentava se levantar.

— Meu expediente acabou, e eu preciso voltar para a ala de empregados. Não devia ter corrido para cá. É que... Eu...

Clarice não tinha como explicar a Samaira o motivo de sua fuga ao jardim. *O que a mulher pensaria de mim?*

Então, sem saber como responder, ela voltou a se sentar, e Samaira fez o mesmo, acomodando-se bem perto da governanta. Clarice se sentia culpada pelo que acontecera; Samaira era uma mulher perfeita, e seu coração parecia incrível, o que deixava Clarice ainda mais aflita.

— Não precisa explicar nada para mim, todos passamos por dias difíceis às vezes. Agora venha cá e me deixe lhe dar um abraço. É tudo que precisamos em momentos assim — falou Samaira antes de puxar Clarice e lhe dar um abraço caloroso que durou alguns momentos até a mulher soltá-la.

— Muito obrigada, senhorita — Clarice agradeceu e passou a mão sob os olhos para eliminar qualquer lágrima que ainda estivesse lá. — Agora tenho que voltar à ala de serviços ou vou perder meu emprego — continuou, querendo fugir dali o mais rápido possível.

— Não me chame de "senhorita" ou vou me sentir ofendida. Sou sua amiga. — Samaira segurou as mãos de Clarice em um gesto amigável. — Não precisa se preocupar, seu expediente já acabou, mas agora você está na minha companhia. Se o rei se irritar com você, eu assumo a responsabilidade.

Clarice deu um sorriso e agradeceu a Samaira; ainda assim queria sair correndo o quanto antes.

— Pensando bem, acho que é bem improvável que o rei se irrite com você — Samaira refletiu enquanto olhava, pensativa, para Clarice. — Vocês parecem ser bons amigos.

Deu um sorriso doce.

— Bom... talvez... — Clarice respondeu, apreensiva.

Samaira desviou o olhar e passou a encarar o jardim, até que respirou fundo e disse com um olhar um pouco desalentado:

— Gostaria de ser amiga do rei, afinal vou acabar me casando com ele, não é? — Ela fez uma pausa e voltou a olhar para Clarice. — Você acha que eu seria uma boa rainha, Clarice?

A cada palavra dita por Samaira, Clarice sentia estar afundando em um mar com as mãos e pés atados, no entanto não podia dizer nenhuma palavra do que acontecera ou estilhaçaria o doce coração da mulher.

— Você será uma ótima rainha. E eu vou gostar de servi-la — respondeu, tentando esboçar seu melhor sorriso.

Samaira retribuiu o gesto de forma admirável e continuou silenciosa. Depois de ficar por muito tempo olhando para o céu, veio algo em sua cabeça que a fez abrir outro sorriso que mostrava os dentes incrivelmente brancos.

— Eu quero muito conhecer melhor a princesa. Ela é um doce... Tenho certeza de que será como uma filha para mim — Samaira falou ao mesmo tempo que ajeitava os cabelos, fazendo todos os fios ficarem em seus lugares.

— Sim, nunca conheci um ser como ela. Às vezes sinto que há algo de diferente nela, entende? É incrível.

Clarice se alegrava ao se lembrar de Rory, fazendo com que um pouco de sua angústia desse lugar a um sentimento maravilhoso que a menina despertava nela.

— Vocês duas são bem próximas, não é mesmo? Será que durante esta semana eu poderia ficar um pouco com ela? Se o rei permitir, é claro — a mulher falou, animada.

Clarice lembrou que tinha sido dispensada — ela não queria deixar Rory, e, por mais que a considerasse livre de maldade, não gostava muito da ideia de que Samaira passaria um tempo com a princesa, era como um pressentimento, que logo ignorou. Aquilo parecia um evidente sinal de ciúme que ela adoraria deixar de lado.

— Lógico! Mas não estarei aqui durante esta semana, Dyl... O rei me deu alguns dias de descanso — Clarice respondeu e abaixou a cabeça, incapaz de olhar nos olhos de Samaira, muito menos de ouvi-la.

— Ah, sim. Entendo. Você merece descansar. Pelos dias que estive aqui, percebi que você cuida muito bem da princesa, isso já é motivo suficiente para merecer uma folga — Samaira elogiou enquanto se levantava. — Bom, agora acho que já vou ir dormir. Se você quiser, posso lhe fazer companhia, não seria incômodo nenhum para mim.

— Não, não precisa. Você tem razão, devemos ir dormir — Clarice interrompeu, levantando-se, apressada.

Finalmente, ela pensava consigo mesma, sentindo um alívio enorme por poder se esquivar de Samaira.

— Tudo bem. Boa noite, minha amiga — Samaira respondeu e deu outro abraço forte em Clarice, deixando-a constrangida conforme era forçada a retribuir o gesto.

— Boa noite — falou, incapaz de dizer a palavra "amiga".

Deixar que aquela palavra escapasse de seus lábios só aumentaria a culpa.

Samaira ajeitou o roupão e foi embora do jardim, desfilando em passos curtos e elegantes, dignos de uma verdadeira rainha.

Quando Clarice perdeu Samaira de vista, sentiu seu peito explodir de alívio, embora não fosse o suficiente para tirar sua dor.

6

Naquele momento, tudo o que ela queria era se deitar em sua cama e se esquecer do mundo à sua volta, mas ao chegar no salão frontal, em vez de descer as três seções de escada para chegar na ala de empregados, Clarice sentiu algo queimando dentro de seu peito, obrigando-a a subir os dois lances de escadas e parar na terceira porta do corredor, um caminho que já conhecia de cor e salteado. Ela precisava ver a menina, nem que fosse em um sono inquebrável. Seria angustiante passar uma semana inteira longe dela, gostaria de poder vê-la pelo menos uma última vez.

Aproximou-se da porta onde ficavam dois guardas fazendo a vigília usando roupas pretas como a noite, assim como suas botas engraxadas, com cadarços vermelhos, fazendo uma bonita combinação com o uniforme, que continha uma faixa escarlate que enriquecia o tecido preto, sem contar as medalhas no peito de cada um, mostrando anos de serviço bem prestado, contudo a governanta tinha passe livre para circular pelo castelo, o que fez com que os dois brutamontes não a interrompessem.

Ao ficar bem próxima, um dos guardas que estava prestes a abrir a porta foi interrompido por ela, que, por sua vez, insistiu em abri-la por conta própria. Em seguida, entrou com calma no quarto decorado, repleto de desenhos por todas as paredes, com as mais diversas cores delicadas, rodapés recheados de detalhes dourados e um piso de um mármore limpo, enquanto o teto era surpreendentemente branco, com um maravilhoso lustre que ficava no centro do quarto. O berço da menina estava em um canto, perto de uma grande janela com vista para o reino — *um reino que um dia será dessa menina.*

Você vai ser uma rainha perfeita, Clarice pensou e se sentou em uma poltrona ao lado do berço para olhar a menina. *Vou ter muito orgulho de você, sabia? Vou cuidar de você até quando não precisar...*

Precisar...

Clarice se lembrou de Samaira, pensando no que aconteceria quando ela se tornasse rainha. *Será que eu deixarei de ser governanta? E se não puder mais ver a menina? Samaira vai criar Rory?*

Rory...

Ela balançou a cabeça e afugentou aqueles pensamentos; não queria pensar nisso, *não hoje*. E, ao voltar sua atenção para Rory, ela viu como a menina ficava doce quando dormia, mais do que já era, aliás, como se fosse um pequeno anjinho repousado sobre a lua, afinal a pouca luz que atravessava a cortina da janela deixava Rory encantadora.

E de uma hora para outra, Clarice sentiu seu corpo ferver com o calor repentino, deixando o ambiente bem mais desconfortável, enquanto ela parecia não ser a única estar incomodada, pois Rory começava a se agitar no berço — talvez estivesse tendo pesadelos ou só com calor —, e, por via das dúvidas, ela foi até a janela, abrindo-a pela metade, o que se provou ser em vão — o calor continuava a aumentar, e, consequentemente, Rory continuava a se mexer no berço, até que Clarice começou a ouvir o choro esganiçado de menina.

— Não chore, meu amor, estou aqui. Eu estou bem aqui. Já passou... — sussurrou, envolvendo os braços ao redor de Rory, que foi se acalmando aos poucos, até voltar a dormir no colo de Clarice.

— Eu a ouvi chorando. — Um sussurro veio das sombras, fazendo Clarice forçar os olhos para ver quem era até que Dylan saísse do breu. — Por que está tão quente aqui?

— Não sei — respondeu, abaixando a cabeça, envergonhada, e, em seguida, colocou Rory de volta no berço. — Já está esfriando de novo, viu?

O silêncio se impregnou no ar do quarto, deixando o desconforto tomar conta de cada músculo de Clarice, até que...

— Obrigado.

— Eu só a acalmei. — Ela continuou a olhar para baixo. — Eu... — Clarice queria voltar atrás e pedir desculpas, mas a lembrança de Samaira corria por sua mente e sentiu que não podia fazer isso com ela; não seria certo depois de todo aquele ato de gentileza. — Eu já vou me retirar — reformulou.

— Tudo bem — Dylan concordou com a voz seca, um tanto decepcionado.

Clarice passou por ele, esbarrando em seu braço rígido por um mero segundo de hesitação. Contudo, ela continuou a caminhar como se não tivesse sentido nada. Aproximou-se da porta, fez uma pausa hesitante, e não ousou olhar para trás como da última vez que se viram. Clarice estava cansada demais, triste demais, confusa demais, e já não tinha mais força para continuar com todo aquele show.

7

Todos estavam ocupados demais no castelo. Empregados vinham e iam de um lado para o outro, sempre com as mãos ocupadas com alguma decoração ou um alfinete para arrumar o vestido impecável da noiva; os guardas não paravam um minuto no mesmo lugar, tinham de estar alertas a todo momento, e, na cozinha, a situação não era diferente, todos estavam a todo vapor para terminar tudo até o meio-dia – sem contar os jornalistas, que iam para todo lugar com suas câmeras em mãos, procurando o melhor ângulo para fazer a transmissão do grande evento.

E nesse emaranhado de pessoas ansiosas, tudo o que Dylan queria fazer era sair correndo para qualquer lugar, um lugar onde as pessoas não se importassem com ele nem cobrassem nada, ou apenas o deixassem em paz. Só que tal lugar não existia e jamais existiu.

Naquele momento, tudo o que Dylan podia fazer era continuar em silêncio, encarando seu reflexo no grande espelho do quarto. Aquele não era ele, não era *o Dylan*; era apenas um rei, um rei fazendo o melhor para o seu reino. *O melhor... não é?*

– Vossa majestade? – disse uma senhora que olhava para ele, intrigada.

Dylan deixou seus devaneios de lado e voltou sua atenção para a costureira, que parecia esperar por uma resposta.

– Ah, desculpe. O que a senhora estava dizendo?

— Estava perguntando se vossa majestade gostaria que eu apertasse um pouco a manga da camisa — ela respondeu e voltou a segurar o braço de Dylan para mostrar o que pretendia fazer, entretanto logo foi interrompida por um gesto de negação do rei.

— Não há necessidade. Está bom assim, muito obrigado — Dylan agradeceu sem dar a mínima para aquilo, contudo tentou soar o mais gentil possível, afinal a costureira não estava fazendo nada além do seu trabalho, do qual ela se orgulhava muito.

Ter um emprego na corte real significava muito para as pessoas, não pelo fato de servir ao rei, mas sim pelo salário bem pago, o direito a uma moradia decente e um serviço de saúde excelente que dava inveja a qualquer um.

Então a costureira fez a melhor reverência que pôde e se retirou do quarto em busca de outra coisa para ser costurada, remendada ou apertada.

Depois de perceber que estava sozinho, Dylan voltou a encarar o espelho. Seus olhos estavam tristes e vazios, porém não podia se esperar mais do que isso; ao redor dos seus olhos, várias rugas começavam a aparecer, era o sinal de noites passadas em claro, uma semana para ser exato — uma semana terrível e angustiante sem nada em que se apoiar a não ser a pequena Rory, ela era a única faísca de alegria que o fazia continuar firme, como uma estrela no meio da escuridão total.

Antes de se deixar levar pelos pensamentos, Dylan escutou alguém batendo à porta. Não disse nada, talvez a pessoa do outro lado entendesse o recado, contudo o barulho invadiu o cômodo mais uma vez e acabou ecoando pelo grande quarto, e de novo, e de novo, até que Dylan foi forçado a responder com exaustão:

— Entre.

As portas se abriram, mostrando um soldado alto e musculoso com um olhar tão penetrante quanto uma adaga e sombrios como a penumbra, consequências de servir em campo.

— Já está tudo pronto, vossa majestade. — A voz do soldado combinava com seu físico, soando como um estrondoso trovão quebrando o silêncio. — Estou aqui para fazer a sua escolta.

Ele elevou a postura e virou de lado ao mesmo tempo que ajeitava a arma em sua cintura, esperando que o rei o acompanhasse.

Com muito custo, Dylan respirou fundo e deu uma última olhada no espelho para ter certeza de que parecesse estar o mais feliz possível, e, para sua felicidade, o disfarce lhe caía muito bem.

O rei ansioso para o casamento...

Que bobagem!

– Então, vamos.

A porta se abriu à sua frente, mostrando o caminho a ser percorrido. Aquilo fazia com que ele se sentisse um boi sendo levado ao matadouro, mas era necessário aguentar a sentença.

É pelo reino, pelo reino, Dylan pensava a cada degrau que descia, a cada corredor que virava e cada passo que dava.

Pelo reino. Pelo reino. Pelo reino. Pelo reino. Pelo reino. Pelo reino. Pelo reino. Pelo reino. Pelo reino. Pelo reino. Pelo reino. Pelo reino...

Embora isso não o acalmasse, pelo menos não deixava que outros pensamentos vagassem por sua cabeça.

Quando ele e o guarda chegaram no salão de festas, nada conseguiu impedir a enxurrada de pensamentos que inundaram sua mente e atingiram seu coração como uma bala de chumbo.

– Vossa majestade está bem? – o guarda perguntou, assustando-se com o rosto pálido de Dylan.

– Sim... Sim, estou muito bem – Dylan falou, tentando retomar o ritmo normal de seus batimentos. – Muito obrigado, soldado – continuou e deu tapinhas nas costas do guarda, que retribuiu com uma continência. – Acho que sigo sozinho agora, não é?

– Sim, senhor – afirmou e apontou a cabeça para o altar vazio.

Dylan endireitou a coluna, ergueu a cabeça e seguiu em frente, adentrando o salão cheio de nobres de todas as Casas e outras pessoas importantes, sem contar todas as câmeras que acompanhavam cada passo que dava. Por sorte, Dylan conseguiu manter a boa postura e até deu alguns acenos gentis aos convidados enquanto esperava no altar. Ele não tinha ninguém para acompanhá-lo, nem para ficar ao seu lado durante a espera, mas essa era a menor de suas preocupações no momento.

O salão era enorme, rodeado de flores colocadas em belos arranjos, que combinavam muito bem com o resto da decoração. Todos os convidados estavam sentados em cadeiras de marfim com estofados aveludados, assim como no velório da falecida rainha, no entanto, ao contrário do velório, todas elas estavam posicionadas em fileiras que davam espaço para o grande tapete vermelho com detalhes roxos – simbolizando a união da Casa Titanos e a Casa real; era um detalhe feito especialmente para a ocasião, não que fizesse alguma diferença para Dylan, que esperava, impaciente, pela hora da sua *condenação*.

Pelo reino. Pelo reino. Pelo reino...

Como em um passe de mágica, as portas do salão se abriram em uma sincronia perfeita, acompanhadas de uma música que anunciava a entrada da noiva.

Samaira estava deslumbrante, seu vestido lavanda destacava seus olhos claros e sua pele perfeita, que brilhava conforme seu caminhar. Os cabelos, que costumavam estar sempre soltos, agora estavam presos em um coque que realçava seu rosto, e, assim como o vestido, o penteado contava com várias pérolas, que foram colocadas para dar mais destaque à mulher, deixando clara sua futura posição, contudo o que mais encantava na noiva não era nenhum acessório ou coisa do tipo, mas o semblante iluminado que estava estampado em seu rosto – uma mistura de felicidade e euforia que não cabiam dentro do seu peito, assim como Belarmino, que não escondia seu orgulho ao caminhar ao lado da filha até o altar. Era como se casar a filha fosse a coisa mais importante de toda a sua vida e ter cumprido isso com êxito lhe parecia uma grande conquista.

Quando Belarmino entregou Samaira no altar, seu rosto se encheu de uma satisfação absurda, enquanto ela era incapaz de desfazer o sorriso em seu rosto. Já Dylan não conseguia demonstrar um sorriso com tanta espontaneidade como a noiva; seus olhos estavam profundos de tristeza e seu coração estava frio como gelo, algo que ele nunca tinha sentido antes e que o corroía um pouco mais toda vez que olhava para a mulher, que não fazia a mínima ideia do que se passava no coração do rei, ou talvez só não quisesse dar muita atenção para o que ele estava sentindo.

Samaira estendeu a mão para ele, que logo entrou na encenação e segurou a mão direita de sua noiva com delicadeza. Como em um passe de dança muito bem ensaiado, os dois caminharam em sincronia até o ancião que os aguardava. O homem usava uma túnica branca, sem nenhum detalhe sequer, mas ainda assim ganhava certo destaque: nas mãos enrugadas, o velho segurava um pedaço de pano que, ao contrário dele, era coberto por bordados nas bainhas, sem contar os pequenos fragmentos de rubis e ametistas que banhavam o tecido, tornando-o uma pequena obra de arte cintilante.

Ao ficarem diante do velho, Dylan sentiu sua pele arder sob tantos olhos o encarando, esperando que ele fizesse o que deveria ser feito, ansiosos para que tudo continuasse, ávidos por uma nova aliança.

Em um instante, ele soltou a mão de Samaira, em seguida os dois estenderam as mãos ao ancião, que estava um degrau acima deles, talvez para parecer mais alto ou apenas para chamar um pouco a atenção das câmeras, que logo focaram seus olhos eletrônicos nos rostos do casal.

A música elegante cessou em um estalar de dedos ao mesmo tempo que o homem ergueu o tecido e, em seguida, entrelaçou nas mãos dos noivos.

Aquilo parecia corroer a pele de Dylan como uma doença incurável, cravando suas marcas por toda a sua pele.

— Como esse tecido que os envolve, agora suas vidas se entrelaçam — o ancião começou, terminando de enlaçar o pano. — Como este tecido que os envolve, só a morte será capaz de rasgar a aliança entre vocês.

"Só a morte será capaz de rasgar a aliança entre vocês." Essas palavras eram como facas se enroscando no estômago de Dylan. Não tem mais volta, ele pensou. *Acabou.*

E, no decorrer dos pensamentos, ele nem sequer ouviu o resto do discurso; cada palavra dita pelo homem foi sendo silenciada, deixando Dylan sozinho no vazio de seu coração, sem nenhuma voz para tirá-lo do transe enquanto as palavras martelavam no seu cérebro com uma insistência sem igual, embora ele não fizesse nada para impedi-las. *Só uma aliança... Uma aliança que não tem volta. Não tem volta...*

Como se tomasse um choque elétrico, o rei se sentiu puxado para a realidade, forçado a continuar a atuar um papel que ele nunca quisera interpretar.

— Assim eu os declaro unidos por essa aliança — o ancião declarou e retirou o tecido, entregando uma aliança a cada um.

Elas eram de ouro preto com um rubi rodeado por minúsculas ametistas, que irradiavam seu brilho conforme o sol refletia, tornando o preto um pouco mais cintilante.

Sem querer, Dylan endireitou a coluna e começou a repetir as palavras do ancião, cada uma saindo como sua sentença de morte, uma corda sendo apertada cada vez mais forte em volta do seu pescoço, até que, com um simples gesto, ele assinou sua sentença, passando o anel negro pelo dedo pálido de Samaira, que, ao contrário dele, teve de se conter para não pular de alegria. Com as mãos trêmulas, ela colocou a aliança no dedo do rei.

— Eu os declaro casados. — As últimas palavras do ancião ecoaram por todo o salão, seguidas de um beijo do casal e a assinatura de um contrato vitalício.

Por mais que Samaira fosse alta, ainda não era o suficiente para alcançar Dylan, obrigando-o a se inclinar para alcançar os lábios da esposa, que ficou vermelha do pescoço às orelhas.

— Poder ao rei! Poder às Casas! — os convidados esbravejavam.

Aquele era o lema de Taleiau:

Poder...

... e nada mais.

8

— Ela é preta — Samaira murmurou com a voz saindo rouca de sono, seus olhos sofrendo com a falta de maquiagem, assim como os seus cabelos, que pareciam clamar por uma escova, sem nenhuma pérola ou pedra preciosa, sem qualquer joia no corpo a não ser o rubi que levantava para deixar os raios matinais refletirem na joia, que brilhava conforme a mulher mexia a mão.

Inconscientemente, Dylan notou o desconforto na voz da esposa e parou de ajeitar o terno já impecável, voltando seus olhos para a mulher deitada na cama. Samaira quase se camuflava nos lençóis brancos com sua pele pálida.

— Sim.

Ele se sentou na beirada da cama e, por um instante, seus olhos se escureceram, mostrando o vazio dentro do seu peito acompanhado de um longo suspiro. *Alívio ou pesar?*

— Ela é linda — Samaira reformulou, sentando-se enrolada nos lençóis, tentando reverter qualquer impressão errada que tenha passado. — É que... bom, nunca vi uma assim — a mulher continuou, colocando a mão no ombro de Dylan, que logo a olhou de soslaio antes de voltar a encarar os pés.

— Entendo.

As palavras saíam secas e automáticas de sua boca, como se fizessem parte de uma programação instalada em seu cerne, fazendo Samaira sentir a frieza de Dylan, embora continuasse tentando ser o mais amável possível.

— Não precisa trabalhar hoje. Se você quiser, a gente pode ficar aqui...

Ele paralisou por um segundo, mas logo se levantou e arrumou o terno uma última vez.

— Passe o dia como quiser, só esteja presente na despedida das Casas.

Dylan nem se deu ao luxo de encarar a esposa, indo embora do quarto a passos largos, deixando-a sozinha.

— Como quiser, vossa majestade — Samaira sussurrou para si mesma ao mesmo tempo que uma lágrima rolava por sua bochecha, até parar na ponta de seu queixo; uma mistura de tristeza, solidão e arrependimento.

Eles estavam casados havia apenas uma semana, o que seria dela dali alguns anos?

Em um instante, Dylan chegou em seu escritório, seu refúgio nas últimas semanas e, aparentemente, para o resto de sua vida.

Ele se sentou na poltrona, esticando os pés em cima da mesa para se sentir mais confortável, porém todos os seus músculos estavam tensos, cada osso parecia atrofiado e cada nervo parecia prestes a explodir. Esticou os braços e tirou a aliança do anelar, colocando-a na mesa sem pressa; em seguida, passou as mãos na cabeça, bagunçando os cabelos no lugar onde devia estar a coroa.

Ainda era cedo demais para pôr um peso sobre a cabeça, *outra sentença vitalícia*, um sinal da sua posição real.

— Vossa majestade. — Uma voz surgiu da porta.

— O que... Ah, sim. Entre, Jeftali.

Dylan olhou para o conselheiro, que esperava na porta aberta.

Conforme o caminhar do homem, o rei ajeitou o corpo e tirou os pés da mesa ao mesmo tempo que a aliança caía no chão com o deslizar das botas.

Então, Jeftali se sentou na cadeira em frente à mesa e agachou, pegando o anel negro que quase desaparecia no carpete preto.

— Aqui está.

Jeftali entregou a aliança a Dylan.

— Ah, muito obrigado. — As orelhas dele iam ficando tão vermelhas quanto suas bochechas. — Eu...

— Não precisa explicar nada, vossa majestade, não vou contar para ninguém — Jeftali respondeu, analisando-o. Geralmente, tirar a aliança significava desonrar o casamento, acabando com o que quer que tivesse sido jurado no altar. — Entendo sua posição — terminou com um suspiro longo, fazendo Dylan abaixar a cabeça, envergonhado.

— Ela não é Nadine — ele murmurou, as palavras saindo sem muito pensamento, e o seu corpo estremeceu ao falar o nome da esposa, sua *verdadeira* esposa.

— Não, ela não é.

Dylan apoiou os cotovelos na mesa e afundou a cabeça nas mãos, desabando na frente de seu amigo.

— Por que ela fez isso? Por que ela fez isso comigo?

Era o que ele se perguntava a todo momento, deixando as palavras arranharem as paredes de seu coração dia após dia.

Jeftali continuou em silêncio — não importava o quão inteligente ele fosse, não tinha resposta para isso, ou melhor, não entendia a resposta que Nadine tinha deixado, assim como Dylan, que levantou a cabeça, mostrando os olhos cheios.

— Toda noite... toda noite ela está lá, nos meus sonhos, me culpando por isso, decepcionada comigo. — As palavras o estraçalhavam mais do que ele gostaria, mais do que podia imaginar e entender. — E toda vez que acordo não é ela do meu lado. Não é ela.

Ele fechou o punho em cima da mesa, apertando as mãos o máximo que pôde, na esperança de conter as lágrimas que iam brotando em seus olhos cansados.

Ele já estava cansado de tudo isso e queria que alguém o tirasse desse poço. Ainda assim, Jeftali continuou em silêncio, observando o rei desmoronar em sua frente, sendo destroçado pelos sentimentos que tentara esconder até de si mesmo.

— E Rory... — Dylan deu uma leve risada, que logo foi interrompida pelas lágrimas que começaram a rolar, descontroladas. — Ela se parece tanto com a mãe, tanto. Todo dia eu vejo um pedacinho de Nadine nela. Os olhos, a pele, o sorriso... – A voz dele vacilou, uma mistura de indignação, tristeza e uma saudade absurda.

– Ninguém quer perder seja lá o que for, um amor, um amigo, um filho – Jeftali começou, e, por mais que tentasse parecer neutro, a tristeza transpassava suas palavras enquanto seus olhos focados passaram a escurecer, vagueando entre o passado e o presente. – Mas se não perdêssemos, jamais saberíamos o valor de ganhar, de ter o que jamais gostaríamos de perder.

E diante daquilo Dylan focou no conselheiro como se estivesse buscando mais respostas naquela frase tão repentina.

– Mas dói... – Dylan murmurou, apertando ainda mais o punho, e se suas unhas fossem grandes provavelmente deixariam marcas nas palmas das mãos. – Dói todo dia.

– Ninguém disse que ia ser fácil. – Jeftali colocou as mãos sobre a mesa, encarando Dylan no fundo de sua alma, vendo além da máscara já em fragalhos do rei. – Mas também não disseram que dura para sempre.

O conselheiro estendeu um sorriso para ele enquanto deslizava os dedos pela mão esquerda, fazendo Dylan arfar, triste, antes de ficar quieto.

O silêncio pairou no ar como um convidado indesejado. Sem intenção, Dylan suspirou alto, como se tirasse um peso das costas, afinal era mais fácil conversar do que guardar as coisas para si mesmo, por mais difíceis que elas fossem.

– Muito obrigado.

Dylan suspirou outra vez.

E em um pequeno instinto, Jeftali contraiu o canto da bochecha, o único sinal de um pequeno sorriso em seu rosto.

– É para isso que eu sirvo, vossa majestade. – Assim, Dylan sorriu de volta e tentou enxugar as lágrimas, fungando para tentar se recompor.

– Ah, e, se me permite, aconselho que não seja tão rígido com a rainha Samaira – Jeftali falou, gesticulando com as mãos. – Nada é culpa dela.

– Tudo tem um limite, e eu não vou ultrapassar os meus.

Dylan torceu o nariz.

— Está bem, só foi uma sugestão — ele falou, levantando as mãos em sinal de rendição. — Agora, trouxe esses relatórios da Casa Ocidental, cinco guardas das Províncias Pluviais disseram que viram mais de sete embarcações chegarem pela baía Rosa. Parece que são imigrantes do arquipélago de Vília — o conselheiro disse ao tirar alguns papéis do colo, uma ótima forma de mudar de assunto.

Dylan se recompôs e voltou ao seu estado normal. Assuntos do reino sempre o distraíam, e isso era tão comum para ele quanto respirar; tinha sido criado para isso, não para entrar em um estado caótico de luto.

— Fiquei sabendo que eles estão em crise, conflitos internos e rebeldes por todo lado — Dylan comentou, como se analisasse um jogo de xadrez. — Mande um comunicado para o lorde Oce aumentar os guardas nas províncias, e mande-o acolher os refugiados, desde que não sejam rebeldes, é claro. A Casa Patimos precisa de ajudantes nas lavouras de algodão das cidades agrárias, os refugiados podem ser dirigidos até lá. Mande um comunicado para o lorde Julius também. A casa Patimos precisa concordar com isso antes. Vou agendar uma reunião do conselho daqui alguns dias...

Sem se conter, Jeftali deu um breve sorriso, orgulhoso com as decisões de Dylan, assim como um pai estaria vendo seu filho. Os dois continuaram suas discussões sobre o reino, lavouras, tratados, ideias e problemas.

O tempo passou sem que nenhum dos dois percebesse, e, quando notaram, já estava perto do meio-dia. Com uma batida na porta, a conversa dos dois foi interrompida.

— Pode entrar — Dylan esbravejou para quem quer que estivesse do outro lado da porta.

Em um passe de mágica, os dois guardas do outro lado da porta a abriram simultaneamente, fazendo com que um calafrio passasse pela espinha de Dylan ao ver a pessoa entrando. Jeftali logo percebeu e, sem hesitar, levantou-se e saiu da sala.

— Boa tarde, senhorita — ele disse ao passar pela mulher.

— Boa tarde, Jeftali. Estou atrapalhando?

— Não, eu já estava de saída, com licença.

— Toda — a mulher disse. — Vossa majestade — falou, voltando-se a Dylan e fazendo uma breve reverência.

— Clarice. — Ele balançou a cabeça. — Pode se sentar. Onde está Rory?

Clarice respirou aliviada por falar de Rory, embora esse fosse o único assunto que os dois houvessem discutido nos últimos dias.

— As empregadas estão dando banho nela, ela estava no jardim. Daqui a pouco vou buscá-la para o almoço.

— Certo. Mais alguma coisa? — Dylan perguntou, focando os olhos nos papéis de Jeftali em cima da mesa.

Sem se conter, ela respirou fundo, como se a indiferença de Dylan a matasse aos poucos, embora fosse isso que ela sentisse.

— Bom... Eu queria saber se está tudo bem com você.

A governanta passou uma mecha de cabelo para trás da orelha em um ato inconsciente.

Dylan deu uma risada diante da mulher e logo voltou seus olhos para ela.

— O que você acha? — perguntou em um tom sarcástico, reclinando a poltrona para trás.

— Estou falando sério. Você está bem?

Clarice suspirou, sem vontade de começar um bate-boca por mais que sentisse falta disso. Ele arregalou os olhos com a falta de interesse da governanta e continuou, reforçando sua acidez:

— Estou bem, Clarice, e você?

Ele colocou as mãos sobre a mesa, deixando o anel cintilar em sua mão. Clarice notou a provocação do rei e arqueou a sobrancelha direita, deixando uma careta sútil aparecer em seu rosto, que logo foi mascarada por seu semblante de desinteresse.

— Não parece.

A mulher cruzou os braços e passou a encarar Dylan.

— Sério?

Ele suspirou e apoiou o rosto na mão esquerda, deixando que seus olhos brilhassem junto com a aliança.

A governanta desviou o olhar, focando na porta ao lado. Ela mordeu o lábio inferior, tentando segurar todas as palavras presas na sua garganta. *Vai mesmo fazer isso? Vou arrancar seu dedo e jogar pela janela se continuar assim!*, pensou consigo mesma, deixando uma gargalhada acompanhar seus pensamentos. Sem entender nada, Dylan arregalou os olhos e deu uma risada que logo foi substituída por seu olhar cortante.

— Algo engraçado?

E de uma hora para a outra, Clarice interrompeu a risada, deixando apenas um sorriso como resquício. Ela apoiou o braço na poltrona e levou a mão à testa em reprovação.

— Você tem tanta raiva de mim assim?

A mulher fechou o sorriso em seu rosto.

— O que você esperava? — Dylan sibilou, olhando bem nos olhos da mulher, que se encolheu com vergonha de si mesma. Seu olhar parecia queimar a pele de Clarice, que ia ficando cada vez mais vermelha. — As coisas podiam ser diferentes, para mim e para você, Clarice, para todo mundo.

Então ela começou a olhar as próprias mãos, analisando cada traço genético, sem conseguir olhar para o rei diante dela.

— Podiam — murmurou tão baixo que esperou que Dylan nem a ouvisse.

E assim o silêncio recaiu novamente sobre a sala, deixando que seus olhares fossem os únicos a se pronunciar, falando tudo o que nenhum dos dois jamais conseguiria. Aos poucos, os olhos de Dylan iam clareando, passando de raiva para perdão, enquanto os de Clarice foram brilhando conforme as lágrimas se acumulavam em arrependimento, misturando-se a um sorriso que se tornou mútuo entre os dois; ele tinha a ouvido, sim.

Ele se levantou devagar e cruzou a mesa até a poltrona de Clarice, que se levantou sem hesitar, jogando-se nos braços do rei.

Por mais que tentasse, a governanta era incapaz de conter as lágrimas que iam caindo nos ombros largos de Dylan; com a proximidade, até o cheiro dele se tornava um conforto, uma mistura de baunilha e lavanda que encantava o olfato da governanta.

Sem pensar duas vezes, Dylan envolveu os braços na cintura da mulher, permitindo-se sentir cada parte daquele sentimento.

Um sentimento que nunca mais poderei sentir, pensou, o coração acelerando em um compasso impressionante, fazendo seu peito subir e descer com sua respiração acelerada. Então, ele apertou mais os braços em torno da mulher.

Vou perder você também?, Dylan se questionou, fazendo com que uma lágrima caísse nos cabelos loiros de Clarice.

Antes de deixar outra lágrima cair, ele inclinou o corpo para trás, afastando-se um pouco de Clarice, embora não a deixasse sair de seus braços. Ela ergueu a cabeça para olhar nos olhos do rei. Com o rosto molhado pelas lágrimas, Clarice abriu um sorriso para Dylan, que colocou uma das mãos no queixo da mulher, deslizando os dedos pela pele branca da governanta, até parar em seu pescoço. Então, seus olhos se escurecem e seu toque quente se tornou mais frio.

— Não quero perder você — ele murmurou.

Clarice fechou o sorriso, passando os olhos por cada parte do rosto de Dylan, gravando-o em sua memória com a mesma dúvida percorrendo seus pensamentos, indo e voltando como uma onda em meio ao mar que se tornara seu coração.

Diante do silêncio, Dylan puxou Clarice para si, envolvendo-a com o toque frio do seu corpo, que ia esquentando gradualmente. Ele inclinou a cabeça, deixando seus lábios encontrarem os de Clarice, que estremeceu.

Por um segundo, ela tentou se desvencilhar dos braços do rei, mas logo desistiu, cedendo ao que poderia chamar de amor, e, em um instante, tudo desapareceu diante de seus olhos: o castelo, a coroa e o rei, deixando-a sentir o homem à sua frente, sem título, sem distinção, só os dois.

9

A noite trouxe consigo a chuva, tornando o castelo um lugar frio, mas ainda luxuoso, com seus lustres e lâmpadas por todos os lados, expulsando o escuro para fora, e a sala de jantar espantava o frio com todas as suas refeições quentes.

Na ponta da mesa, Dylan devorava cada fatia da carne de bisão em seu prato, deixando sua fome transparecer; na outra ponta, Samaira deslizava a colher pela sopa quase intocada enquanto apoiava o braço na mesa, encostando o rosto na palma da mão. Assim como a ponta dos seus dedos, suas bochechas estavam mais pálidas do que de costume, consequência do frio que atravessa seu vestido de seda.

Má escolha, a mulher pensou, o frio se impregnando no tecido azul-claro.

Um relâmpago irrompeu, seguido de um trovão estrondoso que ecoou por todo o salão, fazendo a rainha soltar um grito agudo, assustando Dylan, que soltou os talheres no prato conforme se engasgava com o pedaço de carne na boca.

— Desculpe.

Samaira observou o rei olhar para ela, bebendo um copo de água.

Como sempre, Dylan usava um uniforme preto com o peito coberto de medalhas e uma tira vermelha do lado direito; diferente daqueles usados pelos guardas, uma faixa dourada dividia o vermelho ao meio. Uma coroa repousava, preguiçosa, em sua cabeça, mais simples do que as outras, um único aro de ferro rodeado de rubis. Ainda assim, era uma coroa.

Sem se importar, Dylan não respondeu e colocou o copo na mesa enquanto acenava com a cabeça em concordância antes de olhar para o relógio de ouro em seu pulso, começando a bater os pés no chão com ansiedade, fazendo o barulho ecoar pelo mármore branco de uma forma agoniante.

No mesmo instante, Samaira tirou as mãos da mesa, retornando à etiqueta, e, em seguida, acenou a mão direita, dando sinal a um dos empregados vir lhe servir suco.

– Tudo bem, *querido*? – ela perguntou, segurando a taça recém-enchida.

"Querido", essa palavra fazia com que todos os pelos de Dylan se arrepiassem em desgosto. Seria bem melhor se ela fosse dita por outra pessoa.

– Estão demorando para trazer minha filha – Dylan respondeu, apressado.

– Clarice deve estar brincando com ela. Se quiser, posso ir buscá-la. Você sabe como as duas são próximas.

A rainha balançou a taça, deixando a bebida alaranjada rodopiar no vidro.

E de uma hora para a outra, Dylan se arrepiou mais uma vez ao ouvir o nome da governanta. O que Samaira diria se ele contasse o que acontecera na semana anterior? Ou melhor, o que vinha acontecendo.

– Não precisa – falou antes de enfiar o último pedaço de carne na boca.

– Hum... Tudo bem. – Samaira abriu um sorriso antes de dar um gole no suco. – Sabe, eu estava pensando que talvez eu pudesse passar mais tempo com Rory. Mal a vejo durante o dia.

– Você pode vê-la quando desejar – ele respondeu, amargo.

– Muito obrigada. Vou adorar ficar com ela. – Ergueu os ombros, deu o seu melhor sorriso e continuou: – Afinal, tenho que me acostumar com a maternidade, não acha? – falou, deslizando a mão esquerda pela barriga enquanto a outra segurava a taça.

E como em um passe de mágica, Dylan arregalou os olhos, deixando a boca semiaberta, sua respiração começando a acelerar.

Isso só pode ser uma alucinação!

– Você... você... – A voz de Dylan saiu atropelada conforme ele se levantava da cadeira em um pulo.

— Sim — Samaira respondeu, animada, alargando ainda mais o sorriso brilhante conforme continuava a balançar a cabeça em concordância.

Em transe, Dylan se sentou outra vez, acenando para outro criado lhe servir vinho. Seu coração acelerava, e ele virou a taça de uma vez, engolindo a bebida. Samaira se surpreendeu com a atitude.

— Tudo bem?

Não! Não estou nem um pouco bem! Tudo o que quero fazer é sair correndo para dentro da adega mais próxima e me encolher em um canto com o uísque mais caro que tiver... Você acha que isso é estar bem por acaso?!

No mesmo instante em que o pensamento correu por suas veias, Dylan voltou os olhos para a mulher na outra ponta da mesa, sentindo uma vergonha avassaladora enquanto tentava assimilar tudo aquilo.

— Sim, claro — falou, levantando-se da mesa, indo se sentar mais perto da esposa conforme a sanidade aflorava seus pensamentos. — É uma ótima notícia. Eu só... só não esperava que acontecesse tão cedo...

— Ah, pois é — Samaira concordou, dando um suspiro. — Confesso que eu também não esperava — acrescentou, colocando a mão na de Dylan, que, em vez de se desvencilhar, continuou imóvel, tentando ser o mais gentil possível.

— Você acha que vai ser uma menina ou um menino? — questionou, olhando para a barriga da rainha.

Antes que ele pudesse terminar a frase, Samaira abriu outro sorriso, encantada com o primeiro sinal de interesse em sua conversa, sem soar automático e indiferente.

— Não sei ainda. Só um exame pode dizer, não é? — a mulher declarou. — Mas eu adoraria se fosse uma surpresa. O que você acha?

— Bom, não vejo nenhum problema nisso — Dylan respondeu, olhando para Samaira. O rosto da mulher resplandecia de alegria e, no fundo, seu coração emanava uma esperança avassaladora. — Amanhã vou mandar uma mensagem aos seus pais, eles vão gostar de saber — Dylan prosseguiu. — Também temos que fazer um comunicado real, preparar um quarto, pensar nos nomes, e você também deve ir ao médico — falou, contando nos dedos, fazendo Samaira ficar ainda mais radiante. — Ah, você também tem que faz...

Dylan foi interrompido pelo barulho de passos ecoando no mármore, fazendo seus olhos cintilarem ao ver a filha andando em sua direção e, sem hesitar, levantou-se da cadeira e correu para abraçar a menina, deixando Samaira sozinha à mesa.

— Oi, meu amor — Dylan proclamou ao erguer a filha em seus braços, deixando-a se acomodar em seu peito largo.

— Desculpe a demora, estávamos procurando um *leão fugitivo* — Clarice falou, piscando para Rory, que apertou o urso de pelúcia em uma das mãos. Dylan colocou a filha no chão e voltou os olhos para a governanta, que ficou parada à sua frente. — Vossa majestade — disse, mexendo a cabeça em uma leve reverência.

— Olá, Clarice — Dylan respondeu, estendendo a mão para a mulher, que a segurou em um comprimento.

— Oi, Clarice. — A voz de Samaira estremeceu cada osso da governanta, fazendo-a ficar mais desconfortável ainda quando a mulher colocou uma das mãos no ombro de Dylan, que se assustou ao ver a esposa ao seu lado.

— Rainha...

Clarice fez a mesma reverência de antes.

Em um instante, Samaira se colocou entre os dois e abraçou a governanta, que ficou sem jeito.

— Não seja boba — Samaira falou, abrindo um sorriso. — Já falei que não precisa me chamar assim, somos amigas.

— Desculpe, deve ser força do hábito — Clarice respondeu, forçando um sorriso amarelado e, por um instante, sentiu o gosto de bile na boca.

— É melhor voltarmos a comer — Dylan falou, limpando a garganta.

Ele voltou a se sentar à ponta da mesa enquanto Samaira se acomodava ao seu lado, bem na frente de Clarice e Rory.

Dylan se contorceu com a cena, mas voltou sua atenção para Rory, sentada ao seu lado.

— Aproveitando que vocês duas estão aqui. — Samaira segurou a mão de Dylan em cima da mesa. Ele arregalou os olhos ao sentir o toque da esposa, e Clarice estremeceu. – Acho que vai haver mais de uma princesa no castelo daqui um tempo... ou um príncipe – ela continuou, revezando o olhar entre Clarice e Rory.

E assim como Dylan ao receber a notícia, Clarice se engasgou com a própria saliva e soltou a colher no prato de sopa que estava dando a Rory. Sua pele ardeu com a notícia e seus olhos voaram para Dylan, que a encarou com angústia.

Você não ia me contar?, ela pensou, deixando que seus olhos falassem tudo o que não podia, mas a mulher logo se voltou para Samaira, que a observava com um sorriso no rosto – talvez ela não tivesse percebido ou entendesse a reação de Clarice.

– Isso... Bom... é uma notícia maravilhosa – Clarice falou sem olhar nos olhos da mulher; com certeza choraria de vergonha se visse os olhos azuis da rainha contra os seus. – Meus parabéns a vocês – continuou, passando a mão pela trança loira bem-feita.

– Mal vejo a hora de a barriga começar a crescer. – Samaira pousou os olhos em Dylan, que forçou um sorriso. – Aposto que Rory vai adorar ter um irmãozinho, não é, querida?

A menina se encolheu na cadeira e apertou o leão contra si.

Clarice soltou um sorriso discreto e voltou a dar a sopa a Rory, que desmanchou a posição tímida, abrindo um sorriso para a governanta.

– Leão... sopa... gosta... – A menina se atropelou nas palavras e apontou a pelúcia para Clarice.

– Ah, é? Do que mais o leão gosta? – Samaira perguntou, tentando conquistar a atenção da garota.

Rory puxou a manga da blusa de frio de Clarice, que se abaixou para escutá-la.

– Dela não – a menina cochichou nos ouvidos de Clarice, que voltou a dar a sopa para ela, ignorando o comentário inocente.

Eu também não, Clarice pensou e sua respiração foi desacelerando. Ela não poderia começar a chorar no meio do jantar, tinha apenas de ficar calma, mesmo que seu coração gritasse dentro do peito, implorando por socorro.

10

— Você nunca ia me contar? — Clarice esbravejou para Dylan, que afundou o rosto nas mãos, deixando os cabelos despenteados, enquanto sua coroa repousava na mesa do escritório. — Você sabe que devia ter me contado! Olha o que a gente está fazendo com ela!

O coração de Clarice acelerava cada vez mais conforme seus pelos se eriçavam com o frio que só ia aumentando com o arrastar da noite.

Ela dava voltas pelo carpete preto, sem conseguir parar no mesmo lugar de tanta raiva; raiva de si mesma, raiva do que se sujeitara a fazer.

— Eu não sabia — Dylan murmurou mais baixo do que o barulho da chuva, que se intensificava.

Clarice parou e colocou as mãos na cabeça, desesperada com a situação.

— Isso não pode continuar assim, Dylan. Sabe como é difícil olhar para ela e fingir que nada aconteceu? E agora ela vai ter um filho para melhorar as coisas! Um filho seu... *Seu,* Dylan!

Ele tirou as mãos do rosto e passou a olhar para Clarice, seu rosto se enchendo de um sentimento que nem ela era capaz de decifrar.

— Eu sei. Eu sei, Clarice... — Sua voz saiu rouca.

Clarice inspirou fundo e desabou em uma poltrona, deixando uma lágrima percorrer seu rosto gelado.

— Eu não quero ser assim — a mulher sibilou. — Não posso continuar com isso. Olhe para ela! Eu sou um monstro — emendou, encostando a cabeça no punho fechado.

— Não diga isso, você não é um monstro! — Dylan esbravejou ao mesmo tempo que um raio irrompeu, fazendo Clarice se contorcer. — Esse casamento foi só um acordo, só isso. Você não entende que não significa nada?

Clarice levantou o rosto para encarar os olhos de Dylan, que foi pego desprevenido, mas continuou olhando para a governanta, que ia empalidecendo de frio e indignação.

— Um filho também é só um acordo, então? Não significa nada? — bramou.

Seus olhos se enchiam cada vez mais de lágrimas, deixando suas íris brilharem com o reflexo da luz.

Dylan sentiu as palavras como duas adagas perfurando seus pulmões junto com uma dor de cabeça insuportável que ia se intensificando. *Por que tem que ser tão complicado?*

— É claro que não!

— Então isso tem que acabar — Clarice murmurou, encolhendo as costas.

Tudo em seu corpo doía: seus pés, suas costas, sua cabeça e seu coração.

— Eu não quero perder você — Dylan falou, deixando seus olhos percorrerem os de Clarice, esperando uma brecha, qualquer resquício de esperança.

Por um instante, ela voltou no tempo, para a semana anterior. "Não quero perder você." Foi o que ele dissera e, mesmo assim, ela nunca se sentira tão perdida dentro de si mesma quanto agora.

— Eu me demito — Clarice sibilou e se levantou, soltando um suspiro a cada passo que dava em direção à porta. — Eu não vou fazer isso com ela. Não vou fazer isso com você, e não vou fazer isso *comigo* — disse, parando em frente à porta, pousando a mão sobre a barriga em um gesto preguiçoso.

Ela não ia se torturar, deixar-se levar por uma esperança inexistente, um futuro inalcançável.

— E Rory? — Dylan murmurou, usando sua última esperança.

Seus olhos se aprofundam em tristeza; por mais que ele estivesse acostumado, esse sentimento sempre doía com a mesma intensidade, ou pior.

— Eu a amo mais do que tudo no mundo — Clarice disse, limpando as lágrimas que começaram a cair. — Mais do que achei ser possível...

— E? — ele falou, sentindo a continuação no tom de voz da mulher.

— Mas eu não me perdoaria se ela soubesse. Porque, acima de tudo, eu também *me* amo.

— Eu amo você — Dylan falou, passando a mão pelos cabelos, suspirando. *Será que ele nasceu para sofrer?* — Isso é um adeus, então?

— É. Isso é um adeus, Dylan — Clarice respondeu, fechando a porta atrás de si, incapaz de olhar para trás como em tantas outras vezes.

— Adeus, Clarice...

Quantas vezes vou precisar dizer isso?

11

— É o último mês, dá para acreditar? — Samaira falou, passando a mão pelo robe branco, permitindo-se admirar a barriga no espelho do quarto recém-mobiliado; todos os móveis eram brancos como a neve, deixando os detalhes em ouro refletir com grandiosidade enquanto as paredes brancas esperavam os papéis de paredes novos.

— Você devia ter feito o exame — sua mãe protestou e se sentou em um poltrona ao lado do berço, analisando todos os detalhes do quarto.

Assim como a filha, Zoraia era incrivelmente pálida e seus cabelos grisalhos se camuflavam entre o loiro-platinado, mascarando sua idade; ao contrário de Samaira, a mulher pesava em joias, com um anel em cada dedo, sem contar as milhares de pedras preciosas em seu vestido roxo-escuro.

Samaira fechou os olhos diante do espelho e respirou fundo, tentando manter a delicadeza com a mãe.

— Eles vão colocar os papéis de parede assim que o bebê nascer — a rainha falou, passando uma mecha de cabelo para trás da orelha.

— E os nomes?

— Nós vamos escolher na hora — ela respondeu, rápida, balançando os ombros em desinteresse.

— Hum... — a mulher mais velha murmurou e olhou para as unhas longas, muito bem-feitas. — E o que seu marido acha disso?

Aquilo era o suficiente para fazer Samaira se virar para a mãe, que a olhava de soslaio.

— Ele gostou da ideia de ser uma surpresa — contou, aproximando-se dela, abrindo um leve sorriso de satisfação.

— Acho bom — a velha rebateu, lançando um olhar penetrante para a filha. — Você sabe que nós demos muito duro para isso.

Samaira se encolheu repentinamente, e, por mais que fosse mais alta que a mãe, estremeceu como uma criança levando bronca, sentindo todos os seus músculos se atrofiarem com as lembranças.

— Eu sei, mãe.

A mulher bufou, afastando qualquer memória que pesasse em suas costas.

— Então se esforce mais. — Zoraia se levantou e elevou a postura, assumindo um ar arrogante de superioridade. — A princesa precisa gostar de você. E o rei tem que *amar* você. Eu não vi nada disso durante o tempo em que estou aqui — ela continuou e passou a mão pelo vestido cravejado em joias.

— Ela nunca vai gostar de mim, você sabe disso — Samaira murmurou, encostando-se na grade do berço, deixando seus pensamentos vagarem longe.

— Pare com isso. — Zoraia revirou os olhos. — A menina já vai esquecer, é só uma criança. Agora o rei...

Sem paciência, Samaira bufou outra vez, voltando a andar ao redor do quarto enquanto deslizava as mãos pela barriga.

— Você devia estar aqui para me parabenizar, não para me dar sermão — Samaira disse, sem diminuir o ritmo. — Eu já sou a rainha...

— E quero que você continue sendo! — Zoraia interrompeu, tentado manter a voz o mais baixa possível, embora os olhos serpenteassem pela filha como uma cobra voraz. — Não se esqueça do que a colocou no trono, as suas atitudes.

Samaira abaixou a cabeça, olhando para qualquer lugar que não fosse sua mãe.

— Se eu pudesse, eu esqueceria... — ela murmurou, deixando os olhos percorrerem suas mãos.

Parou o ritmo da caminhada, ficando imóvel em frente à janela, fazendo seu rosto ser iluminado pelos raios da manhã que atravessam as cortinas.

E como em um passe de dança, Zoraia deslizou pelo mármore até a filha e colocou uma mão no ombro da mulher com a delicadeza de uma pena, a outra ia alisando seus cabelos soltos, assim como ela fazia quando Samaira era apenas uma criança e seus problemas eram menores, e sua mãe, menos peçonhenta.

— Mas até que você está fazendo um bom trabalho. Nunca pensei que interpretasse tão bem — a senhora continuou, como se elogiasse o bom tempo ou analisasse uma roupa bonita em uma loja. — O papel de inocente cai bem em você.

Ao escutar essas palavras, Samaira soltou uma risada fria e se virou de frente para a mãe, desvencilhando-se dos dedos finos e gelados dela.

A rainha jamais gostara do toque da mãe, ainda mais nos dias frios, que a faziam se arrepiar dos pés à cabeça, não importava o quanto ela tivesse se acostumado.

— Algumas coisas vêm de família — criticou, provocando a mãe, que recebeu as palavras como se fossem um elogio, deixando transparecer um sorriso de orgulho no rosto.

A satisfação da velha só fez Samaira ferver de raiva, deixando suas bochechas corarem num instante, enquanto Zoraia soltava uma risada fervorosa ao mesmo tempo que se afastava da filha, voltando para a poltrona aveludada.

Zoraia sempre foi melhor nas provocações do que a filha — não importava o quanto Samaira tentasse, a mãe sempre vencia com seu sorriso malicioso.

— Continuando... — Zoraia falou depois de se recuperar. Samaira se encostou na parede, farta de ter de continuar a conversa com a mãe. — Você dev...

Em um segundo, a velha foi interrompida pela filha, que estendeu um braço para o alto e levou o outro à têmpora.

— Pela minha Casa! Pare com isso, mãe! — a rainha esbravejou. Vendo que conseguiu a atenção da outra mulher, Samaira continuou: — Já não sou mais uma criança e não vou perder o trono, não precisa se preocupar.

A velha recuou com as palavras da filha, mas deixou as garras à mostra, preparada para contra-atacar qualquer iniciativa.

— Faça o que quiser, *vossa majestade* — a velha sibilou depois de erguer o rosto, deixando clara sua arrogância.

— Finalmen...

Antes de terminar, Samaira soltou um grito agudo, começando a se contorcer de dor. Tanto suas bochechas quanto seu pescoço ficaram vermelhos, seu robe, molhado, e Zoraia, assustada como uma gazela, com as bochechas pálidas de susto.

— A bolsa estourou! — Foi tudo o que ela conseguiu dizer, olhando para o robe sujo de Samaira, que foi deslizando as costas pela parede, até se sentar no chão gelado. Sem conseguir responder, a rainha só soltou mais um grito esganiçado e estendeu o braço em busca da velha, que logo se afastou mais da filha, encolhendo as mãos para mais perto do corpo. — Fique quieta — advertiu, dando passos desordenados na direção da porta.

— Mãe! — Samaira gritou, os olhos se enchendo de lágrimas, tanto de medo como devido à dor absurda que continuava dilacerando cada músculo que tentava mover.

No mesmo instante, Zoraia destrancou as portas, deixando os dois guardas que estavam lá entrarem às pressas, alertas com os gritos cada vez mais altos da rainha.

— Levem-na para o quarto! — Zoraia esbravejou.

Os guardas pegaram Samaira, fazendo a rainha soltar outro grito de dor, conforme obedeciam ao comando da senhora, que logo os acompanhava pelos corredores, forçando os passos para ficar no mesmo ritmo dos guardas, que iam dando passos largos e rápidos até os aposentos reais.

12

Depois de um último grito, o choro se espalhou pelo quarto, deixando todas as enfermeiras abrirem um sorriso de alívio, afinal nunca tinham visto um trabalho de parto tão demorado, muito menos uma mulher que gritasse tanto quanto Samaira.

— É um menino, vossa majestade — falou uma enfermeira de cabelos ruivos, entregando o recém-nascido enrolado em uma manta azul-clara para Samaira, que agarrou a criança sem se importar com o sangue espalhado pelo rosto do filho.

Assim como a mãe, o menino era pálido, deixando todas as suas veias em evidência.

Ao segurar a criança, o rosto da rainha vibrou de felicidade conforme sua mão deslizava pelo rosto minúsculo do bebê, que ia abrindo os olhos lentamente, revelando a cor azul cristalina de suas íris.

Todos os médicos formaram uma pequena fila organizada, saindo um por um dos aposentos, até que só restasse a enfermeira de cabelos de fogo na ponta do quarto e Zoraia ao lado dela, dando todo o espaço para o rei, que entrou às pressas, ansioso para ver o filho recém-nascido.

Por ter sido um parto demorado, todos os nervos de Dylan estavam tensos e suas mãos estavam molhadas de suor assim como sua testa; ele não se lembrava de o parto da filha ter sido tão complicado e assustador.

Sem hesitar, Dylan se sentou na cadeira ao lado da cabeceira da cama, deixando seus olhos percorrerem o filho.

— Ele é lindo — disse, soltando um suspiro, voltando os olhos para Samaira, que olhava encantada para o bebê.

A rainha começou a amamentar a criança, que logo parou de chorar. Só depois de admirar o bebê por alguns minutos a rainha voltou seus olhos para Dylan, que ainda encarava o filho em completo êxtase.

— O que você acha de Kade? — Samaira murmurou, fazendo o máximo para deixar a criança tranquila.

— É um nome lindo — o rei murmurou de volta, abrindo um sorriso com o canto dos lábios. — Ele se parece com você — acrescentou, tranquilo.

— Obrigada. Kade Zander, príncipe de Taleiau — Samaira recitou.

E enquanto ela ia se deslumbrando com o filho, Dylan começou a se lembrar de Rory, de como a menina encarara a mãe desde o instante em que nascera, de como Nadine se desmanchara de amor com a filha envolta em seus braços bronzeados.

Ao contrário de Kade, Nadine costumava dizer que a menina tinha pressa desde que nascera, pois Rory nascera poucos segundos depois de a bolsa estourar, rendendo muito menos gritos a Nadine.

Em um segundo, a cena da falecida esposa com a filha foi substituída pela imagem da mulher morta, com os olhos vazios olhando para o nada, sem nenhuma expressão em seu rosto gélido conforme suas mãos iam se impregnando com o sangue que começava a secar entre seus dedos imóveis.

— Com licença. — Uma voz ecoou atrás de Dylan, fazendo-o voltar à realidade antes que continuasse se afundando mais nas memórias.

— Pois não? — Dylan falou, voltando-se para a enfermeira ruiva parada no meio do quarto.

— Tenho que levar o príncipe para a limpeza — ela explicou, já com uma toalha branca nas mãos. Samaira jogou um olhar piedoso para a enfermeira, na esperança de passar mais tempo com o filho. Contudo, logo o entregou nos braços da ruiva, que envolveu a criança no tecido branco assim que o bebê começou a choramingar. — Não se preocupe, já o trago de volta para vossa majestade — garantiu, dando um leve sorriso para Samaira, que forçou um sorriso, segurando o ímpeto de tomar o filho nos braços outra vez.

A mulher saiu do quarto com o bebê junto com Zoraia, que acompanhava a enfermeira como uma leoa vigiando sua cria; no caso, vigiando seu neto.

Quando as portas se fecharam atrás da velha, Samaira soltou um suspiro acompanhado de uma lágrima solitária escorrendo por seu rosto, que logo ia voltando à cor normal.

— Ele já vai voltar — Dylan murmurou e segurou a mão de Samaira, que sorriu para ele, deixando o silêncio pairar sobre o quarto por alguns segundos.

— Muito obrigada — Samaira agradeceu, olhando para seu marido.

Ele se desvencilhou das mãos dela e passou os dedos pelo pescoço.

— Acho que você precisa descansar — Dylan disse, dando um sorriso. — Vou chamar as enfermeiras para a ajudarem — continuou antes de se levantar.

Contudo, foi parado pela mão da rainha envolvendo seu pulso.

— Fique mais um pouco, por favor — a mulher falou, soltando o olhar mais carente que conseguiu esboçar. Sem conseguir dizer não, voltou a se sentar na cadeira. Samaira abriu um sorriso de felicidade. — Nunca pensei que ser mãe fosse assim — Samaira disse depois de o rei ter se acomodado.

— Pois é — Dylan concordou, voltando a se lembrar de Rory, deixando um sorriso percorrer seu rosto.

Samaira percebeu a divagação de Dylan e logo sentiu uma pontada no canto do peito. *Seria ciúme?*

Ciúme? Não! Eu não teria ciúme de uma pirralha.

— Aposto que eles vão se dar muito bem quando crescerem — falou, fazendo Dylan se surpreender com a esposa, antes de soltar outro sorriso de satisfação.

— Sim, com certeza vão ser ótimos amigos — disse consigo mesmo, imaginando os dois brincando pelo castelo, com risadas ecoando por todo o lugar, acompanhadas de brinquedos por todo o canto.

Ele mal podia esperar.

Entre suas divagações, Dylan notou Samaira se ajeitando na cama, tentando se sentar de uma forma menos dolorida possível, fracassando miseravelmente em não fazer barulho.

Sem sombra de dúvidas, ela gostaria de boas enfermeiras cuidando dela, mas sua mãe com certeza a esfolaria viva se perdesse a oportunidade de continuar com ele. "Ele tem que amar você." A voz ecoava no crânio de Samaira. *Mesmo longe você ainda me inferniza*, a rainha pensou consigo mesma, tentando manter o rosto sorridente para o marido.

— É melhor eu chamar as enfermeiras — Dylan concluiu, notando o desconforto da esposa.

— Não precisa, estou bem — Samaira insistiu, fazendo Dylan suspirar ao mesmo tempo que se levantava, sem deixar a esposa o impedir.

— Acredite em mim, senão você vai ficar assim o resto do dia — Dylan declarou, lançando um sorriso educado para Samaira, que se rendeu, sem querer fazer o marido se lembrar da rainha morta.

— Tudo bem — respondeu, soltando um suspiro. — Estou mesmo precisando tomar banho.

A mulher olhou para as pernas ensanguentadas antes de Dylan dar as costas e sair do quarto, esfregando uma mão na outra na tentativa fracassada de dispersar uma pequena mancha de sangue na palma da mão direita.

A passos largos, ele cruzou o corredor, passando pelo tapete vermelho até chegar nas escadas, onde se encontrou com outra enfermeira, uma senhora de pele escura e enrugada com várias mechas grisalhas se misturando com os cabelos negros muito bem presos em um coque alto.

— Ela precisa de ajuda para tomar banho.

Dylan passou pela enfermeira, que carregava vários lençóis de seda nas mãos enrugadas.

— Estou indo, vossa majestade — a velha respondeu, fazendo uma leve reverência, embora Dylan nem se desse ao trabalho de parar.

Sem perder tempo, o rei continuou a descer a escadaria que o levou a outro corredor iluminado por lustres, e janelas à direita e as portas dos aposentos ficavam à esquerda. A terceira porta foi aberta, mostrando o sorriso amigável de Jeftali, que, em suas mãos, carregava três livros, todos velhos, com as lombadas descascadas e a tintura se apagando, embora um azul-escuro se destacasse entre eles.

— Vossa majestade — o homem saudou, aproximando-se de Dylan a passos curtos. — Meus parabéns! É um menino, certo? — continuou, batendo de leve nas costas dele.

— Muito obrigado, meu amigo — Dylan respondeu, abrindo um sorriso. — Sim, um menino. Kade.

Jeftali deu dois passos para trás, estendendo a mão para o corredor, enquanto focava os olhos no rei.

— Então é melhor ir fazer o pronunciamento real. Estão todos esperando na sala do trono, até os repórteres.

— Era o que eu ia fazer — Dylan falou, soltando um suspiro. — Estou bem? — perguntou e passou a mão pelo traje costumeiro, fazendo Jeftali correr os olhos por suas roupas, examinando o uniforme como se fosse um problema matemático, até parar os olhos nas mãos de Dylan e tirar um lenço amarelo do bolso da túnica.

— Aqui — concluiu, entregando o lenço ao rei, que agarrou o tecido com gentileza. — E a coroa está muito para a esquerda — completou, inclinando um pouco o rosto.

— Agora está bom? — Dylan perguntou, ajeitando o aro de ferro negro.

O homem logo balançou a cabeça em concordância e pegou o lenço de volta.

— Agora é melhor ir, depois terá tempo suficiente para passar com seus filhos — Jeftali falou, abrindo um sorriso.

— Bem que queria ter tanto tempo assim.

Dylan suspirou e passou por Jeftali, que o acompanhou com o rosto leve.

— Esse é o preço do poder e o peso da coroa — o conselheiro refletiu, acompanhando os passos de Dylan pelo corredor, atento para não o ultrapassar, mesmo que fosse muito difícil, afinal a altura de Dylan fazia seus passos serem bem maiores que os do conselheiro.

— E como ela pesa — ele concordou.

Passou os olhos pelas janelas, vendo toda a capital que circundava o castelo, uma das muitas cidades na palma de sua mão.

Jeftali apenas acenou a cabeça, concordando com a observação do rei, sem se preocupar em fazer outro ensinamento pairar no ar, deixando o silêncio recair sobre os dois durante o trajeto até a sala do trono, onde um burburinho de vozes ecoava por toda parte, todos ansiosos para descobrir sobre o novo membro da corte.

Dois guardas altos abriram a porta conforme outros quatro se posicionavam diante de Dylan, prontos para escoltá-lo até o trono. Jeftali ia na frente para esperar o rei junto com o outros.

Ao ver os guardas prontos, Dylan ajeitou a postura e adentrou o salão repleto de nobres, câmeras e repórteres loucos para falar com ele. Com tantas pessoas, o salão parecia mil vezes menor, tornando a caminhada de Dylan bem mais rápida do que ele imaginava, mas ninguém seria idiota o suficiente para tentar parar o rei com guardas daquele tamanho, ainda mais com a capital sendo conhecida pelo melhor treinamento militar do país, ou melhor, o treinamento mais rígido do país.

E, assim que ele chegou diante do trono, todos os murmúrios e conversas foram calados, deixando que uma leve gota de suor escorresse pela nuca de Dylan conforme ele olhava para o mar de olhos sedentos por suas palavras.

— Gostaria de agradecer a presença de todos vocês — falou, começando seu discurso pouco ensaiado. — E é com grande prazer que posso anunciar um novo representante da família real: Kade Zander, príncipe de Taleiau, descendente das Casas Zander e Titanos.

Todas as vozes voltaram com uma intensidade incrivelmente maior do que antes.

— Poder ao rei. Poder às Casas! — alguém gritou no meio da multidão, fazendo todos repetirem o lema do país em uma voz forte.

— Poder ao rei. Poder às Casas!

Diante das vozes, Dylan ergueu o punho fechado, deixando todas cessarem com seu gesto, e só quando o último murmúrio soou que ele continuou:

— A apresentação do novo príncipe ocorrerá daqui três dias, na praça Ardente. — Ele fez uma leve pausa, os olhos percorrendo a multidão de pessoas lhe encarando, até que parou em Belarmino a poucos metros, acompanhado dos membros principais da sua Casa, e até mesmo Zoraia, que abandonara o papel de *vigia* para ficar ao lado do marido, que parecia fazer questão de ostentar a cor de sua Casa tanto quanto os outros representantes. — Um nascimento representa o início de uma nova história, o milagre do presente e a esperança do futuro, por isso eu afirmo: hoje começa uma nova história; hoje o presente se transforma, e um novo futuro se inicia. *Poder às Casas!*

O rei ergueu o punho mais uma vez, o fim do discurso fazendo sua espinha gelar, e ele foi quase capaz de sentir o gosto da bile serpenteando por sua boca.

— Poder ao rei! — a multidão completou, erguendo os punhos, assim como o rei, fazendo milhares de aplausos soarem logo em seguida.

Dylan saiu do salão com a mesma graça com que entrara, sem se dar ao luxo de parar para responder aos repórteres ansiosos.

Essa era a vida que ele tinha, um destino traçado desde o dia em que nascera, assim como Rory e Kade, que, só por terem nascido, já eram adorados por um país inteiro.

Ele tinha sido criado para isso, para todo o poder e responsabilidades que o cargo exigia, e talvez fosse por isso que o medo apertava sua garganta como uma cobra voraz. Medo por seus filhos, pelo destino que eles ganharam, medo pela vida que levariam, e o principal: medo pela coroa que Rory seria obrigada a usar um dia, a mesma que marcava sua vida agora.

13

Quinze anos depois

— Não pode se esconder todo ano — Kade falou, alargando seu melhor sorriso para a irmã conforme ia se sentando ao lado dela em um tronco caído.

— Talvez eu possa. — A princesa bufou e fechou o livro em suas mãos, um dos muitos que Jeftali lhe dera. O príncipe passou as mãos pelos cabelos; assim como a irmã, seus cabelos eram de um tom caramelado que se misturava a mechas claras e escuras, brilhando conforme o sol ia refletindo entre as folhas das árvores. — Você sabe que eu não gosto de aniversários — Rory declarou antes de inclinar a cabeça para olhar nos olhos azuis do irmão.

Por mais que fosse mais velha, Rory já estava vários centímetros menor do que ele, que parecia não parar de crescer.

— Você também não gosta de crescer e olhe no que deu — ele provocou, arqueando uma sobrancelha, soltando um sorriso malicioso para a irmã, que logo deu um soco no braço direito dele.

— Pelo menos não sou eu que pareço um graveto. É melhor tomar cuidado, senão o vento pode levar você — Rory rebateu, soprando na cara do irmão. Sem se conter, Kade caiu em uma crise de riso, fazendo suas bochechas pálidas ficarem vermelhas de tanto rir. Sem vontade de acompanhá-lo, Rory apenas revirou os olhos e forçou um sorriso no canto da boca conforme ele ia se recuperando do ataque de risos. — Às vezes acho que você precisava ser internado em um hospício — ironizou e colocou uma mecha castanha para trás da orelha.

— Não sou eu que fico enfurnado no jardim do castelo bem no meu aniversário — ele disse, olhando ao redor. — Sabe quanta coisa gostosa tem lá dentro? — Sem se render, Rory apenas balançou a cabeça em indiferença, embora seus olhos castanhos brilhassem só de pensar na comida. As cozinheiras do palácio de verão eram muito melhores do que as que ficavam na capital, com certeza era um desperdício perder tudo aquilo. — Tudo bem, não diga que eu não avisei. — O príncipe ergueu as mãos ao se levantar do tronco. — Todas as tortas, bolos... Hum... aquele merengue de morango...

— Pode parar!

Ela se levantou e se colocou na frente do irmão conforme os raios de sol iam iluminando sua pele bronzeada.

— O que eu estou fazendo? — ele se perguntou, soltando uma risada. — Só estou contando o que você está perdendo. Para não mencionar todos os presentes. Já contei trinta e quatro até agora.

— Posso muito bem abri-los amanhã, nenhum vai sair correndo por aí.

— Você é impossível, sabia?

Kade bufou, cutucando a irmã.

— E você está me atrapalhando! Não viu que eu estou lendo? — a menina respondeu, levantando o livro, deixando os detalhes em dourado refletirem no azul-escuro do couro da capa.

— *O cervo de Eufória*? Você já leu isso umas dez vezes!

Ele agarrou o livro de Rory, que bufou.

— Pelo menos eu leio, ao contrário de pessoas que mal tocam em um livro — rebateu, puxando o livro para si.

— Você sabe que isso é mentira. Eu leio todos os livros que a Joseline manda — ele comentou, orgulhoso.

— Vamos fingir que eu acredito.

Rory deu tapinhas no ombro do irmão, que logo abriu um sorriso.

Então, um coelho saiu do meio das margaridas na frente dos dois, fazendo o silêncio recair entre eles enquanto os irmãos observavam o animal saltitar para o caminho de tijolos brancos que dava para o interior do Pináculo do Sol.

Sem dúvida o palácio honrava o nome. Com todos os tons de branco, amarelo e dourado, o lugar brilhava praticamente como o sol, sem contar todas as labaredas que iam se esculpindo nas paredes de fora, deixando qualquer um de queixo caído com a perfeição da obra, e, ao passo que as tábuas de madeira revestiam o interior do castelo, tijolos de granito branco iam ladeando todo o exterior do lugar com graciosidade.

Em uma das conversas com Jeftali, o conselheiro contou à menina que, na época da construção, a falecida rainha insistira nos tons mais claros, certa de que combinariam muito mais do que o vermelho, símbolo da Casa real. "Ela disse para o seu pai que o melhor fogo não é o que queima, e sim o que ilumina, e isso bastou para ele deixar o castelo inteiro assim", o conselheiro contara.

Dylan nunca falava muito de Nadine para Rory, por mais que ela pedisse, fazendo Jeftali se tornar a fonte mais segura; desde os olhos até a voz, tudo tinha vindo das descrições do conselheiro assim como de algumas fotos encontradas com muito esforço, que, por sinal, sempre iam acabar parando embaixo do colchão da cama dela.

Ela voltou das suas divagações com um estralo do irmão, que parecia estar a encarando havia um bom tempo.

— O quê?

O príncipe balançou a cabeça, chateado.

— Você não escutou nada do que eu disse? Decepcionante.

— Não. O que você estava falando? — Rory perguntou, dando um suspiro.

— Tudo bem? — ele quis saber, deixando de lado o sarcasmo. Sem conseguir mentir, ela apenas suspirou e balançou a cabeça em negação. Kade a conhecia muito bem; seria perda de tempo inventar uma desculpa, ainda mais com ele sendo um ótimo mentiroso. — Você quer conversar sobre isso? — perguntou, arrastando as palavras e chutando uma pedrinha no chão, fazendo Rory olhar para as próprias botas, buscando algo inexistente no seu coração.

— Nem um pouco. — Voltou os olhos para o garoto, que a encarava, desconcertado. — E você não é nem um pouco bom nisso.

— No quê?

— Em bancar o irmão mais velho — a princesa falou, forçando um sorriso para tentar mudar de assunto.

— Pare com isso, são só dois anos de diferença — reclamou, empurrando a irmã, que balançava os ombros em indiferença, arrancando um sorriso do irmão. — Você é bem chata, hein?

— O sujo falando do mal lavado. — Rory olhou o irmão dos pés à cabeça. — Agora é melhor ir procurar outra pessoa para perturbar e me deixar ler em paz — terminou, empurrando-o.

— Ei! Calma, já estou indo embora, *vossa alteza* — ironizou. — Só não esqueça que você tem uma festa hoje à noite. As costureiras estão malucas atrás de você, e minha mãe também.

— Aposto que vão ter vários vestidos exatamente do meu tamanho esperando no meu quarto, não que eu precise de um novo — Rory declarou.

— Fale isso para minha mãe.

— Fale *você*.

— Muito obrigado, mas eu passo — ele retrucou, dando as costas para a irmã antes de ir embora.

— Até que enfim — Rory murmurou consigo mesma, voltando a abrir seu livro azul.

Talvez Kade estivesse certo, o que chegava a ser uma grande surpresa — ela não podia se esconder para sempre; não das pessoas, e sim dos milhares de pensamentos que circundavam seu cérebro e que de alguma forma pareciam crescer a cada instante.

Talvez eu precise mesmo falar com alguém..., ela pensou consigo mesma. *Alguém... Mas quem?*

14

O salão de festas era incrivelmente bonito à noite, quando as estrelas decoravam todas as janelas e os lustres brilhavam tanto quanto elas, fazendo o chão de madeira refletir com o verniz.

— Obrigado por virem a este jantar — Dylan proclamou, levantando-se da cadeira.

Os convidados o encaravam com sorrisos largos, e alguns até largos demais por conta do vinho.

Ao contrário de anos antes, agora Dylan tinha a barba bem maior, assim como o cabelo, do qual despontava vários fios grisalhos, e, por mais que ainda não fosse velho, já tinha conquistado os olhos fundos, com o semblante bem mais fechado e sério, assim como sua voz, que parecia ter ficado bem mais firme do que antes.

Com certeza o rei de anos antes não existia mais, ou melhor, não sobrara muito dele.

— Hoje é o décimo sétimo aniversário de minha filha, e agradeço por todos terem vindo comemorar este dia especial — ele terminou e apontou para a filha ao seu lado.

Ela se levantou com o sorriso mais simpático que conseguiu forjar.

Rory abandonara os cabelos soltos que usara horas antes, preferindo uma única trança longa com vários cristais vermelhos colocados ao longo dos fios, combinando com seu vestido escarlate, tão escuro quanto sangue. O modelito tinha sido uma escolha da madrasta, é claro, afinal a rainha quase infartara quando vira a menina usando um vestido preto reto, sem brilho algum. "É seu aniversário, não seu funeral!", a mulher tinha falado sem nenhuma delicadeza para Rory, que fora quase obrigada a trocar de roupa.

A princesa respirou fundo e continuou com o circo:

— Muito obrigada por terem vindo, é maravilhoso ter a presença de todos vocês neste dia. — *Agora podem ir embora,* Rory completou em sua mente, farta de ter de continuar com aquele jantar. — Que possamos passar mais anos assim.

Depois de ela e de o rei voltarem aos seus assentos, todos os convidados largaram as taças e bateram palmas, sem se darem ao luxo de demorarem muito, pois os empregados logo colocaram a primeira sobremesa à frente de cada um, *petit gâteau* e sorvete de baunilha.

No centro do salão ficavam cinco mesas bem longas, com a da família real em frente de todas, deixando que Rory visse todos os convidados, e todos os convidados pudessem vê-la.

— Você devia comer, está maravilhoso — Kade murmurou ao ouvido da irmã enquanto pegava mais um pouco da sobremesa com a colher.

— Não estou com fome — mentiu, deslizando a colher pelo prato sem tocar no sorvete.

— Você está sempre com fome — o irmão protestou entre dentes, tentando ser o mais discreto possível, fazendo-a dar uma colherada no sorvete e virar o rosto para ele.

— Satisfeito? — ela murmurou depois de engolir o sorvete, que estava mesmo maravilhoso.

Kade abriu a boca para falar, mas as palavras morreram assim que sua mãe lhe lançou um olhar da outra ponta da mesa, sentada à esquerda de Dylan.

Ao contrário do rei, o tempo não fizera mal para Samaira. Com a distância do esposo, a mulher gastara a maior parte do seu tempo livre em sessões de spa e relaxamento, ficando com a pele até mais macia do que antes e os cabelos bem mais cuidados, contudo não podia se dizer o mesmo dos seus olhos, que abandonaram o olhar terno e gentil por algo muito mais amedrontador, ou talvez ela só estivesse cansada de fazer teatro, afinal, com a morte da mãe oito anos antes, ela não precisava mais obedecer à velha, por mais que suas ordens ainda martelassem em sua cabeça com uma certa insistência entediante.

Logo a rainha desferiu um olhar para Rory, que, como o irmão, encolheu-se antes de começar a comer o *petit gâteau*. Não valia a pena lutar uma guerra perdida, ainda mais quando estava sem vontade nenhuma.

— O que você achou da festa? — Dylan perguntou para a filha, quebrando o silêncio na mesa real.

Rory nem voltou os olhos para Dylan e forçou uma resposta agradável por amor ao pai:

— É muito bonita, e a comida está ótima.

Ela olhou para o pai e se assustou ao perceber que ele a encarava.

Depois de analisar a filha, Dylan pigarreou e inclinou a cabeça para mais perto de Rory.

— Pode se retirar se quiser, eu também não estou achando muita graça — ele murmurou, dando uma piscadela para a filha, que abriu um sorriso.

— Muito obrigada — Rory respondeu, já se levantando.

— Vou pedir para os empregados falarem para suas amigas a encontrarem na sala do seu quarto. Se eu não me engano, são Clara, filha do lorde Ragnar; Allison, sobrinha do lorde Julius... E quem é a outra?

— Não precisa, pai, acho que vou descansar um pouco — Rory o interrompeu antes que ele chamasse um mordomo.

Por mais que ela gostasse das amigas, não tinha nenhuma vontade de conversar com elas agora.

— Você não pode sair da festa assim — Samaira logo se intrometeu, dando o seu máximo para manter a elegância, não que fosse muito difícil. — É seu aniversário, querida, você tem que aproveitar. Além do mais, os convidados vão ficar decepcionados com sua ausência.

Rory respirou fundo antes de encarar os olhos da madrasta, forçando um sorriso sutil.

— Eu estou bem cansada, foi um dia longo, acho que os convidados vão entender, Samaira.

— Não seja boba, meu amor, fique aqui e aproveite — a rainha insistiu e cruzou as pernas, deixando o vestido reluzir com o movimento.

Sem sombra de dúvidas, o vestido roxo-escuro de Samaira era o mais extravagante de todo o salão, brilhando em toda parte.

Antes que Rory pudesse falar algo, Dylan se virou para a esposa, deixando os olhos escurecerem por um breve segundo.

— Tudo bem, minha filha, pode ir. Até amanhã — ele falou, virando o tronco para ver Rory depois de lançar um olhar de advertência para a esposa, que franziu a testa sem falar nada.

Por mais que o coração de Dylan estivesse vazio, Rory era uma das únicas coisas que lhe alegravam, e isso nunca mudaria.

— Até — a princesa respondeu, dando um beijo na testa do pai, que esboçou um sorriso sincero conforme a filha ia se afastando.

Rory saiu do salão a passos largos, sem se dar ao trabalho de olhar para trás. Enfim tinha se livrado daquilo tudo, mas, conforme andava pelos corredores do palácio, seu coração parecia apertar cada vez mais, as paredes pareciam se estreitar, sem contar a forma como sua cabeça começava a latejar de dor.

Sem nada com o que ocupar a cabeça, Rory não conseguiu conter a enxurrada de pensamentos.

Por que ela fez isso? Eu não era suficiente? Ela devia estar aqui comigo! Sua vida era tão terrível assim? Ela não pensou em mim? Por que ela tinha que me deixar? Por que ela escreveu aquilo? Por quê?

Como em um passe de mágica, as vistas da princesa ficaram embaçadas, tornando tudo uma completa confusão, ao mesmo tempo que suas pernas começavam a fraquejar e sua respiração ia acelerando a cada segundo.

Com medo de cair, Rory abriu a primeira porta à sua direita, entrando aos tropeços na biblioteca do palácio, e, sem pensar, tirou os saltos vermelhos que fora obrigada a calçar, jogando-os para longe com raiva e indo se sentar entre duas estantes, encostando-se em uma delas.

Sem pensar muito, foi desmanchando a trança apertada, mas parou na metade, sem forças para mais nada além de chorar, deixando as lágrimas borrarem toda sua maquiagem; não que isso importasse no momento.

— Esconder a dor dos outros só a faz crescer ainda mais dentro de você. É um fardo que só vai aumentando. — Uma voz soou, vindo de trás da estante. Rory nem se deu ao trabalho de olhar e logo afundou a cabeça entre os joelhos. — Você gostaria de conversar sobre isso?

— Por que todo mundo me pergunta isso?! — ela esbravejou, levantando o rosto para se deparar com Jeftali já na sua frente.

Por mais que Rory o considerasse como um segundo pai, ainda não conseguira perguntar certas coisas sobre a mãe, coisas que ninguém jamais tivera coragem de contar a ela.

— Porque as pessoas se importam com você — o homem falou, acomodando-se no chão na frente da garota com muito custo.

Rory respirou fundo e secou o rosto, mesmo que as lágrimas continuassem caindo. *Talvez se eu tentar...*

— Você só conta coisas boas sobre ela, como ela era feliz, como amava meu pai, como *me* amava...

Ela soluçou.

— Sim, porque é a verdade — o conselheiro disse, calmo.

— Então por que ela fez isso? Me diga! *Por que ela se matou?*

As palavras estilhaçavam seu peito, como se dizer em voz alta tornasse tudo mais real.

— Alguns dizem que os melhores sorrisos escondem as maiores dores. Mas acho que você sabe disso. — Sem conseguir retrucar, ela apenas fechou a boca, por mais que sua vontade fosse gritar aos quatro cantos. — Ainda assim, acho que sua mãe era feliz de verdade, dava para ver nos olhos dela; esses, sim, não mentem, são a janela da alma. Talvez nem tudo tenha que ser entendido.

O conselheiro suspirou alto, pausando entre uma frase e outra com um silêncio cortante. Rory respirou fundo, sem conseguir olhar nos olhos do homem à sua frente.

— Eu li a carta... a que ela escreveu. Eu a encontrei antes de virmos para cá. Era para mim — ela sibilou, parando entre as palavras para ir criando coragem, cada uma era como um aperto em seu coração.

— Sim. — Rory suspirou. — E o que você acha? — Jeftali continuou.

— Ela tentou... ela tentou...

— Sim.

— Mas não conseguiu.

Rory apertou as mãos até os nós de seus dedos ficarem brancos, sua voz vacilando.

— E o que mais ela escreveu? — Jeftali perguntou, cruzando as mãos. Rory deu um suspiro. Passou uma mão no rosto, sem dar resposta para o conselheiro, que logo segurou o queixo da menina, fazendo-a olhar para ele. Por mais doces que os olhos de Jeftali fossem, Rory ainda conseguia ver algo neles, um tipo de tristeza; não como a dela, era algo bem maior e, ao mesmo tempo, bem mais leve. — Ela disse que não era para você chorar, para não derramar nenhuma lágrima por ela — continuou pausadamente. — Você acha que ela gostaria de vê-la assim?

— Ela *escolheu* não me ver — Rory sibilou.

Desvencilhou-se das mãos do homem, jogando a cabeça para trás, encostando-a na estante.

Sem se dar por vencido, Jeftali continuou olhando para ela, sentindo uma gota de suor escorrer por sua testa, sinalizando o aumento do calor.

— Ela também disse que não era culpa sua — Jeftali continuou, colocando a mão sobre a de Rory, que voltou a olhá-lo. — Entendeu? Não é culpa sua, Rory.

Por mais que a princesa tivesse repetido essas palavras em sua cabeça milhares de vezes, ouvi-las de outra pessoa fez um peso enorme sair das suas costas. Ela enfim estava livre dessa culpa, mas, ainda assim, não totalmente dispersa do aperto em seu coração.

— Obrigada — Rory murmurou e abraçou Jeftali, afundando o rosto na túnica do homem, que retribuiu o gesto, deixando a menina chorar o quanto quisesse em seus ombros.

— Ela também falou outra coisa, se lembra? — ele começou, passando a mão na cabeça da garota. — Ela falou para você a perdoar... Você a perdoa?

Nada nunca pareceu tão simples e tão difícil para ela antes. *Perdoar alguém que me abandonou para o resto da vida? Perdoar toda a tristeza? Perdoar a saudade que ela me fez sentir? Perdoar o vazio que ela deixou? Perdoar alguém que mal conheci?* Rory não sabia se tinha forças suficiente para fazer isso, por mais que quisesse.

Sem esperar por uma resposta, o conselheiro se levantou do chão e saiu da biblioteca, fechando a porta atrás de si, deixando Rory sozinha com sua pergunta.

Eu a perdoo?

Conforme a pergunta ia ecoando em sua cabeça e sua respiração ia diminuindo o ritmo, todos os nervos de Rory se acalmaram, perdendo a raiva que estava impregnada neles, assim como em seu coração, que começava a bater sem toda aquela tristeza acumulada, deixando apenas um peso pairar sobre seus ombros, a única coisa que a machucava de verdade.

Ela voltou à realidade ao soltar um bocejo preguiçoso. Tudo aquilo tinha a deixado cansada demais, sem contar como já devia estar tarde. Tinha perdido a noção do tempo em meio a seus pensamentos, e ainda assim não tinha uma reposta.

Sem hesitar, a garota se levantou, esticando todos os músculos rígidos, e, depois de olhar bem ao redor, pegou o par de saltos espalhados pelo chão e saiu descalça pelo corredor, sentindo o frio da madeira na sola dos pés como um bálsamo em meio ao calor, embora mal se incomodasse com a temperatura, que parecia não a afetar nem um pouco.

Por mais que a princesa não conhecesse o Pináculo do Sol tão bem quanto Glassdome – o palácio da capital –, ainda era o suficiente para andar pelos corredores sem se perder. O lugar não chegava nem perto do tamanho do outro, tornando fácil chegar em seu quarto sem precisar passar pelo salão, o qual fervilhava com o restante dos convidados, que, alterados pelo vinho, não se importavam em ficar festejando, principalmente os líderes das Casas, que ficariam hospedados no palácio por conta de um cronograma de reuniões essenciais que Rory mal entendia.

Tenho que agradecer meu pai de novo, a princesa pensou consigo mesma, imaginando como odiaria ficar até o fim da festa conforme ia empurrando a porta o suficiente para conseguir entrar.

Sem forças para fazer mais nada, Rory só jogou os sapatos em um canto qualquer do quarto e correu para se debruçar sobre a cama sem nem se preocupar em tirar o vestido de gala, e em um segundo nada mais circulava em sua cabeça além dos sonhos constantes.

15

— Ah, finalmente a *princesa* resolveu acordar — Samaira provocou, levantando-se da cadeira aveludada diante da penteadeira, olhando para Rory pelo espelho.

— Bom dia para você também — a princesa falou, sentando-se na cama com uma dor de cabeça que logo se espalhou por todos os membros.

Devia ter tirado este vestido idiota, pensou consigo e massageou as têmporas.

Samaira usava um vestido turquesa, sem nenhum brilho ou predaria, deixando a visão menos perturbante para Rory, que forçava as vistas com a dor latejante, embora a rainha andando pelo seu quarto com certeza não fosse a primeira coisa que a princesa gostaria de ver ao acordar.

— Não faça drama, você saiu primeiro que todo mundo ontem. Dormiu mais do que o suficiente.

Samaira puxou uma das cortinas, forçando Rory a cobrir os olhos para se proteger da luz repentina.

— Pela minha Casa! — a princesa grunhiu.

Samaira soltou uma risada de escárnio antes de desfilar até ela, ainda sentada entre os lençóis de seda.

— Vamos, não tenho o dia inteiro, *querida*, se apresse — a rainha resmungou, batendo palmas, fazendo quatro empregadas entrarem a passos silenciosos e muito bem treinados, cada uma com o coque mais apertado do que o outro.

— Me apressar para o quê?

Rory torceu o nariz, confusa com toda aquela movimentação.

— Bom, seu pai colocou na cabeça que você deve participar das reuniões hoje — ela respondeu, indignada.

Provavelmente não conseguira que Kade participasse também, caso contrário estaria ocupada demais preparando o filho.

— Ele disse que eu teria a agenda livre nos pró... Ei!

Antes de terminar sua defesa, Rory foi interrompida pela mão de Samaira enlaçando seu punho, puxando-a para fora da cama.

— Não importa o que ele disse antes, ele quer que você participe da reunião e pronto.

Ela soltou o braço de Rory, já em pé no meio do quarto.

— Tudo bem, eu já vou! Acho que elas dão conta de mim, Samaira — Rory se rendeu, lançando um olhar para as empregadas, todas em silêncio com os olhares voltados para o chão, a não ser por uma, com os olhos azuis focados no "show" à sua frente.

Ao notar a princesa a observando, ela voltou o rosto para baixo e suas bochechas foram se avermelhando de vergonha.

— Ah, querida, você está bem enganada se acha que só vim acordá-la — a rainha falou examinando as próprias unhas. — Você vai participar de uma reunião com todos os membros mais importantes das Casas, e eu vou garantir que não saia daqui usando o que quiser — terminou, olhando a princesa de cima a baixo.

Em um segundo, Rory mordeu a isca, deixando seu sangue ferver nas veias. *Ela não tem nada mais importante para fazer além de me perturbar?*

— Algum problema com as minhas roupas? — alfinetou, colocando as mãos na cintura.

— Você quer que eu comece por ordem alfabética ou cronológica? — Samaira desdenhou, soltando uma risada escandalosa, fazendo a empregada de olhos azuis soltar um riso contido antes de levar a mão à boca ao mesmo tempo que as outras lhe lançaram um olhar assustado; qualquer ato errado podia lhes custar o emprego. — Não a ensinaram a ser educada, garota? — Samaira perguntou, penetrando seus olhos nos da empregada, que estremeceu ao ver a expressão da rainha, tão voraz quanto uma cobra.

— Desculpe, vossa majestade — a garota sibilou, voltando os olhos para o chão enquanto seus ombros iam se encolhendo.

Samaira nem se deu ao luxo de continuar e só voltou sua atenção para Rory com um suspiro.

— Bom, vamos continuar com isso. Vá tomar banho. Ande! — ordenou, estralando os dedos para a princesa.

— Pela minha Casa — Rory resmungou, andando na direção do banheiro com as empregadas logo atrás. — Quer me seguir para ver se eu tomo banho direito, Samaira? — continuou antes de abrir a porta.

— Como você é engraçada, querida.

A rainha voltou a se sentar na cadeira conforme Rory fechava a porta do banheiro.

Assim como o quarto, o banheiro tinha as paredes brancas como gelo ao passo que várias labaredas douradas substituíam o rodapé, mas, em vez da madeira envernizada, o chão era todo revestido por azulejos de quartzo.

— Viu o que eu tenho que suportar? — Rory murmurou para a empregada de olhos azuis, que ia desabotoando as costas do vestido de gala. As empregadas não costumavam falar, no entanto a garota deu uma leve risada e passou os olhos pelas outras empregadas, enchendo a banheira em frente à janela fechada. — Podem falar comigo, sabiam? Eu não mordo — Rory continuou, esboçando um sorriso conforme tentava desatar o resto da trança já embaraçada.

— Tudo bem, vossa alteza — uma delas respondeu, segurando uma toalha.

— Não precisam me chamar assim também. Só não me chamem de *querida*, por favor, já basta minha madrasta — complementou, soltando uma risada enquanto ia até a banheira já cheia.

E, sem hesitar, Rory logo entrou, fazendo a água transbordar, afundando os ombros e deixando todos os músculos relaxarem com a água quente.

Se dor de cabeça passasse assim...

— Então, como vocês se chamam? — perguntou, deslizando a mão pela água, fazendo todas elas arregalarem os olhos por um segundo; ninguém devia ter perguntado isso antes.

— Eu sou Darya, essas são Silvy, Amélia e Alívia — a garota de olhos azuis se pronunciou.

Com certeza ela era a mais falante do grupo e, sem dúvida, a mais jovem, mais até do que Rory, que estranhou um pouco.

— Hum... — Rory sibilou, tentando ser gentil, enquanto Alívia se sentava em uma cadeira para pentear seus cabelos. — Vocês não trabalham aqui há muito tempo, não é? Não me lembro de vocês no último verão.

— Nós três fomos contratadas dois meses atrás, já Darya começou a trabalhar aqui mês passado — Alívia respondeu, desembaraçando os milhares de nós nos cabelos de Rory.

— Com a maior movimentação, o castelo precisava de mais empregados, sou só uma temporária — Darya comentou, tentando dobrar o vestido de Rory.

— Então, assim que eu for embora, você vai ser demitida?

— Provavelmente — a empregada falou, abaixando a cabeça. — É o que fazem com temporários...

Rory bem que gostaria de poder fazer algo pela garota, mas nada lhe vinha à cabeça, ainda mais com a dor incômoda.

Dou um jeito nisso mais tarde, pensou. Inclinou a cabeça para trás, apoiando-a na quina da banheira para fechar os olhos.

— Gostaria que Samaira fosse uma temporária — Rory murmurou, deixando seus pensamentos vaguearem. As empregadas deram uma leve risada, tendo o cuidado de não serem ouvidas pela rainha do outro lado da porta. — Vocês deviam experimentar vê-la com a agenda livre, é um completo massacre.

— Vamos ter que recusar a oferta — Silvy respondeu, deixando os olhos acompanharem o sorriso.

— Sim — as outras empregadas concordaram na mesma hora, fazendo várias risadas ecoarem pelo banheiro.

16

— Não entendo a necessidade de ser tão apertado — Rory reclamou, puxando o vestido rosê para baixo numa tentativa fracassada de aumentar o cumprimento enquanto ia caminhando pelo corredor. — Achei que uma reunião exigiria algo mais formal do que *isto* — terminou, apontando para si mesma, fazendo Samaira soltar um suspiro ao seu lado.

— Depois da primeira reunião no conselho, teremos um almoço com os lordes e suas famílias — a rainha respondeu, mantendo o olhar fixo no fim do corredor.

— E isso significa que este vestido é apropriado? — Rory provocou.

Colocou uma mecha dos cabelos atrás da orelha, desprendida de propósito da trança presa em um coque alto.

— Quando chegarmos em Glassdome, me lembre de pedir para a sua tutora ensinar mais sobre eventos — Samaira debochou e tirou a mecha de trás da orelha da princesa. — Achei que fosse inteligente o suficiente.

— Acho que posso chamar atenção em outro vestido — Rory continuou.

— É claro que consegue, mas não passa *essa* impressão — Samaira respondeu, arqueando a sobrancelha. *Só se for a impressão de uma princesa morrendo asfixiada,* Rory pensou, soltando uma risada que ecoou por todo o corredor. — Tem sorte que eu não posso desistir de você — Samaira falou, ajustando o colar cheio de ametistas em seu próprio pescoço.

— Eu diria azar — retrucou.

Apertou o passo, saindo na frente da madrasta com a postura erguida antes de virar no corredor, andando até chegar na entrada do castelo, onde Dylan estava esperando, paciente, ao lado de dois guardas.

Ao ver a filha, o rei foi ao seu encontro, envolvendo-a em um abraço rápido e uma breve saudação.

— Então vamos — ele concluiu, dando o braço para a filha o acompanhar. — Hoje o dia vai ser bem longo.

— Que animador — Rory cantarolou, acompanhando o pai.

— É importante que você comece a se envolver mais nos assuntos reais, um dia você será a rainha. Achei que agora seria o momento perfeito, afinal mês que vem será a Oficialização do Legado — Dylan falou, orgulhoso, segurando a mão de Rory, que estremeceu. *Como posso ter me esquecido disso? E como pode estar tão perto?* Por mais que ela sempre soubesse, a Oficialização nunca fora algo em que Rory pensara muito, mas agora isso a arrepiava dos pés à cabeça. — Tudo bem, meu amor? — Dylan perguntou, parando diante das escadarias do castelo no instante em que o motorista estacionou o carro em frente.

— O que...? Ah, sim, só tinha me esquecido disso — respondeu, virando o olhar para o pai com um sorriso.

— Pode ficar tranquila, você ainda tem um tempinho. Além do mais, não passa de uma formalidade... um certificado do que todo mundo já sabe.

O rei começou a descer as escadas depois de Rory acenar com a cabeça em concordância. Um mordomo abriu a porta, deixando os dois entrarem no carro preto, à prova de balas, claro. Por mais que Brayrer fosse uma cidade protegida, todos exigiam o máximo de segurança diante da família real, ainda mais com os rebeldes no país.

— Todos já estão no conselho? — Rory perguntou ao pai assim que o carro começou a andar com uma escolta logo atrás, em outros dois carros blindados.

— Sim, só estão nos esperando para começar a reunião — Dylan respondeu, olhando pelo vidro com os pensamentos um pouco distantes.

— Ah, sim. — Por dentro, o coração de Rory só parecia acelerar. Ela nunca tinha participado de reuniões assim antes; por mais que sua tutora a fizesse praticar para esse tipo de ocasião, era algo totalmente diferente. — E ela é sobre o quê?

— Se tudo correr de acordo com o plano, vamos debater sobre os rebeldes e o aumento das nossas forças armadas. Talvez entremos no crescimento dos imigrantes ilegais vindos do arquipélago, mas vamos discutir mais sobre o assunto na segunda reunião — Dylan falou, contando nos dedos.

— Estão aumentando o exército por causa dos rebeldes ou por causa dos imigrantes? São tantos assim? — Rory perguntou, intrigada.

Ninguém tinha comentado com ela a gravidade do assunto, nem mesmo Jeftali.

— Vamos falar sobre isso na reunião. Aliás, já estamos chegando.

O carro foi se aproximando da câmara do conselho. Conforme Rory ia observando, mais detalhes surgiam diante dos seus olhos, desde as vidraças coloridas ao telhado redondo dourado, refletindo a luz do sol.

— Parece um pouco com a câmara da capital — Rory observou, lembrando-se das muitas vezes que passara pela praça Ardente e vira a câmara logo ao lado com seu telhado ofuscante.

— Quase todas são assim. Daqui alguns anos você já vai ter conhecido a maioria — Dylan falou, o carro parando.

Isso era para ser uma bênção ou uma maldição?, Rory se questionou, pensando nas milhares de obrigações que começariam a surgir com o tempo, ou melhor, que já começavam a surgir.

— Pronta? — Dylan perguntou antes de abrir a porta.

— Claro.

A mentira passou fácil pela boca de Rory, e ela logo saiu do carro ao lado do pai, contendo o ímpeto de continuar dentro do veículo.

Como em todos os lugares, milhares de câmeras começavam a capturar closes dos dois, deixando Rory quase cega por um segundo, à medida que o povo ia se espremendo para poder vê-los.

— A princesa vai começar a atuar ativamente nas decisões reais? — Rory escutou uma repórter de terno azul perguntar, esticando o microfone o mais próximo que conseguia.

— Bom, eu...

— Vossa alteza vai ser integrada como membro ou ouvinte do conselho? — questionou outro jornalista vestido de preto.

— Na verdade...

— O que vossa alteza pensa em relação aos últimos ataques rebeldes na região Cume? — outro perguntou, fazendo a cabeça de Rory rodopiar de tantas perguntas que não sabia responder.

Será assim o dia inteiro?

Antes que ela pudesse se perder no meio de tanta confusão, Dylan segurou seu braço e a levou até as escadas, adentrando a câmara sem que nenhum repórter pudesse segui-los.

— Você se acostuma — Dylan garantiu, dando uma piscadela para a filha.

Ele ajeitou a coroa negra na cabeça, fazendo Rory suspirar antes de ajeitar a tiara, assim como o pai. Diferente do aro negro e vermelho do pai, a tiara de Rory era de ouro rosê com vários diamantes cravados, deixando de lado o tradicional vermelho e preto da realeza.

— Tomara — Rory sibilou.

Passou a caminhar com o pai até uma grande porta de madeira, que havia sido entalhada com vários desenhos, desde labaredas até estacas de cristal, mostrando os poderes das Casas antes da Anulação.

— Controlávamos o fogo — Dylan refletiu, olhando para a porta.

— Não parece ter sido possível — ela respondeu ao pensamento do pai.

Como uma pessoa podia fazer isso?, ela ia pensando, até voltar à realidade com os dois guardas escancarando as portas, tornando todo o salão visível para ela, inclusive as pessoas, que logo voltaram os olhos para pai e filha.

A princesa soltou um longo suspiro, agarrando o braço do pai para andar no mesmo ritmo que ele.

A câmara era enorme, com todas as três paredes cobertas por prateleiras de livros, enquanto a quarta fora substituída por uma única vidraça, fazendo a luz iluminar até o carpete vermelho.

Ao chegar em sua cadeira ao lado da do pai, Rory enfim se permitiu olhar para os outros nobres, sem medo de cair do salto ou coisa do tipo.

Para seu alívio, a maioria parecia mais concentrada em seu pai, esperando que ele permitisse o início da reunião.

— Gostaria de agradecer por comparecerem. Com a presença de todos vocês, declaro o debate aberto — Dylan declarou sem se levantar.

— Poder às Casas. Poder ao rei! — os nobres bradaram uma única vez antes de se agarrarem aos papéis em cima de suas mesas, procurando o primeiro assunto para debater.

Antes de fazer o mesmo, Rory perpassou um último olhar pelos participantes, encontrando Jeftali a uma ponta da mesa.

Às vezes esqueço que é tão importante, Rory pensou, deixando um sorriso transparecer em seu rosto. Jeftali mexeu os lábios sem emitir som, contudo ela entendeu com perfeição a mensagem: "Pegue os papéis". Ele mais parecia um professor, lembrando Rory de focar a atenção na papelada antes de um dos lordes se levantar, fazendo todos prestarem atenção.

— Sim, Ragnar? — Dylan falou, autorizando o homem magrelo a prosseguir.

O lorde limpou a garganta e começou um discurso que mais parecia decorado:

— Como é do conhecimento de todos aqui, a região Cume tem sido um grande alvo de ataques rebeldes, tanto na metrópole como em cidades mineradoras, e receio que possam estar planejando atacar em breve, assim como fazem em outras regiões...

— Sim — o líder da Casa Patimos começou. — Estava comentando com meu filho esta manhã sobre este assunto, eles andam agindo sorrateiramente, organizando pequenos ataques, como uma praga se espalhando na lavoura.

— Como tal, nós deveríamos cortar esse mal pela raiz, esses rebeldes são perigosos — o lorde Oce se pronunciou. — Eles mataram dois soldados em Vigriver, deixaram doze feridos e ainda por cima levaram dois caminhões carregados de provisões.

Rory encarou os papéis antes de se levantar, enchendo-se de toda coragem possível.

— E o que mais sabemos sobre eles? — questionou, lembrando-se das aulas de etiqueta que tivera.

— O quê? — Oce perguntou, sem esperar por aquilo.

— Bem, eu acabei de ler e só consegui entender que eles atacam em todas as regiões em grupos pequenos, mas o que mais? Não deveríamos saber o motivo?

Assim, Belarmino se levantou, mostrando um certo ar de arrogância para Rory, que se encolheu um pouco diante do velho, que parecia não gostar da princesa tanto quanto sua filha.

— Eles só se importam em espalhar medo, não precisam de um motivo. É isso que terroristas fazem, vossa alteza.

Sem querer se dar por vencida, Rory continuou:

— Na verdade, os ataques aos soldados me parecem uma exceção comparado a tantos outros ataques, sendo que a maioria foca em suprimentos em vez de armas. O que terroristas iriam querer com tanta comida?

— São covardes demais para arranjarem empregos. Preferem saquear em vez de trabalhar honestamente — Belarmino refutou.

— Mas nós damos as oportunidades? — Rory protestou, pondo a mão em cima da mesa.

Só eu estou vendo isso? Ela lançou um olhar para Jeftali em busca de ajuda.

— Todos têm as mesmas chances, não é culpa nossa se eles escolhem seguir por esse caminho — protestou o lorde Valcer, o tio com quem Rory não mantinha muito contato.

Após a morte de Naoshi, o lorde assumira a liderança da Casa Nefertari.

— Como vamos saber se nem os conhecemos? — Rory implicou.

— Podemos não os conhecer muito bem, mas tenho certeza de que vão ser detidos por nosso exército — Dylan falou, levantando-se e colocando a mão no ombro da garota para contê-la. — Não é mesmo, minha filha?

O sangue de Rory chegava a borbulhar de raiva. *Me trouxe aqui para concordar com tudo o que disserem?*, reclamou consigo mesma, no entanto logo se sentou.

— Sim — Rory disse.

Então voltou os olhos para o papel, fazendo todos os outros nobres se sentarem, aliviados pelo rei ter mudado de assunto.

— Vamos aumentar o recrutamento? — o general da capital perguntou.

— Por enquanto não vejo necessidade, mas é melhor dobrar os guardas nas ruas, principalmente à noite.

— Quando discutia com meu filho, tivemos a ideia de que poderíamos oferecer recompensas para aqueles que derem informações verídicas sobre a localização e o nome desses marginais — continuou o lorde Julius.

— É uma ótima ideia — um dos lordes concordou, assim como o restante.

— Temos dinheiro suficiente, Rufus? — Dylan perguntou na direção do velho.

— Sim, vossa majestade — o tesoureiro começou. — Podemos oferecer de dois a quatro mil randers, dependendo do tipo de informação.

— O que acha, Jeftali? — Dylan perguntou.

— Considero uma ótima proposta, majestade.

— Então, serão de dois a quatro mil randers. Cada lorde pode escolher o preço conforme as informações, desde que esteja nessa faixa, e vou querer cada informação verdadeira em um relatório semanal, assim como quero que enviem o preço cobrado em relatórios separados — Dylan declarou, levantando-se. — Alguma dúvida?

— Não — os participantes falaram em uníssono, também se levantando.

Rory apenas se levantou calada, fazendo Dylan encará-la por um instante, embora as palavras morressem em sua boca antes mesmo de tentar.

— Certo. Agradeço por este breve debate, foi bem produtivo. Se continuarmos assim, até o fim das reuniões vamos ter quase todos os problemas atuais resolvidos. Poder às Casas! — Dylan terminou, erguendo o punho

— Poder ao rei! — um dos lordes declarou, seguidos pelos ouros membros.

— Poder ao rei!

Acabou, Rory comemorou, tentando fazer o possível para não desabar de volta na cadeira.

17

Depois de um dia inteiro de reuniões, o cérebro de Rory parecia querer explodir, para não mencionar que a fome a deixava ainda mais cansada.

— É errado eu ter desejado o jantar durante quase todas as reuniões depois do almoço? — Rory quis saber, soltando uma risada, e foi se sentando na cadeira. — Nunca pensei que reuniões me dariam tanta fome.

— Desse jeito parece que você passou o dia inteiro sem comer, sabe? — Kade respondeu, esticando os pés na cadeira em sua frente.

— Você acha que eu ia conseguir usando aquele vestido? Nem morta — a princesa reclamou, apontando para o modelito estendido em um pequeno sofá encostado na parede. — Ainda bem que podemos jantar nos quartos hoje ou você ia me ver morrer asfixiada e faminta.

Sem se conter, Kade jogou a cabeça para trás em uma gargalhada espontânea, fazendo Rory o acompanhar.

— Então, você vai amanhã também?

— Vou — Rory respondeu depois de recuperar o ar. — Nem sei para quê. Eles não aceitam nada que eu falo... *Se* eu falo.

— Deprimente — Kade comentou, colocando uma uva na boca.

— E o que você fez hoje? — perguntou entre uma garfada e outra.

— Nada de interessante — o príncipe respondeu, olhando para a parede. — Mas fiquei sabendo, depois do almoço, que todos os lordes querem arranjar um jeito de colocar os filhos nas reuniões por causa de você.

— Eu já suspeitava, Julius falava do filho em cada argumento. Não duvido que ele vá amanhã.

— É melhor arranjar outro vestido ou nem vão prestar atenção — Kade provocou, arqueando uma sobrancelha com um sorriso no canto dos lábios.

— Bobo.

Rory jogou uma uva no irmão antes de lembrar o que Samaira tinha dito. *Era* essa *a impressão de que ela estava falando!*, pensou, deixando a boca entreaberta. Sentiu seu sangue começar a esquentar de raiva.

— Hum... Conheço esse rosto — Kade declarou, levantando-se ao morder uma maçã. — É melhor eu ir embora.

— O quê? Aonde você vai? — Rory perguntou, voltando à realidade.

— Não serei eu que vou ouvir todas as suas reclamações quando essa raiva explodir. — O príncipe abriu a porta da sala de visitas do quarto. — A gente se vê amanhã.

— Tudo bem então.

Ela suspirou antes de continuar a comer, sem entender direito, deixando de lado o assunto do vestido. A comida estava boa demais para continuar pensando na madrasta.

18

— Rory?

— Oi? — A princesa se virou para ver a dona da voz. — Ah. Oi, Darya, não tinha visto você.

— Tudo bem. Queria desejar boa viagem até a capital — a empregada falou, esboçando um sorriso no rosto ao mesmo tempo que colocava uma mecha solta do coque para trás da orelha.

— Muito obrigada. — Rory correu para abraçar a nova amiga. Por mais que elas mal se conhecessem, Darya acabara sendo bastante gentil nos últimos dias. — Vou sentir saudades.

— Eu também. — Darya retribuiu o gesto. — Obrigada por conseguir que eu ficasse aqui.

— Não foi nada. Não gostaria de saber que você foi demitida — garantiu, ainda abraçada a ela.

Então, a empregada se afastou já com um olhar sério, fazendo-a parecer com bem mais idade do que seus quinze anos.

— Tome cuidado na capital — sua voz saiu seca e apreensiva, e ela olhava para os lados.

— Acho que vou estar segura com tantos guardas, não se preocupe — falou, soltando um sorriso, tentando amenizar o pavor se impregnando no rosto de Darya de uma hora para outra.

— É sério, Rory — a garota murmurou, esfregando as mãos. — Tem alguma coisa acontecendo.

— Eu sei que os rebeldes estão por toda parte, mas...

Darya arregalou os olhos e colocou uma mão no ombro de Rory, fazendo-a se calar no mesmo instante.

— Você não está entendendo. Não tem nada a ver com isso — murmurou, focando os olhos da princesa. — Tem alguma coisa acontecendo *dentro* do castelo.

O coração de Rory começou a acelerar ao passo que suas bochechas perdiam a cor habitual.

Do que você está falando? Como sabe disso? É uma conspiração?

Meu pai!

— Meu pai... — Cada respiração ia se tornando mais difícil com o ar inflamando seus pulmões. Sua boca estava seca de repente, sedenta por água. — Vão fazer alguma coisa com meu pai? — Sem falar nada, a garota apenas olhou para o chão e permitiu que os braços se esticassem ao longo do corpo. Sem resposta, Rory ficou ainda mais desesperada, agarrando a empregada pelos ombros. — Darya, vão fazer alguma coisa com meu pai? — sibilou, tentando não falar alto demais.

— Eu não sei — a garota admitiu, segurando os braços de Rory para contê-la. Com seu olhar sincero, fazia-a ficar quieta. — Não sei o que vão fazer ou o que estão planejando. Não sei nem quem está fazendo isso. Só acho que alguém está fazendo alguma coisa.

— Como?

Arregalou os olhos, amedrontada. *Será que meu pai sabe disso?*

— Eu estava passando pelos corredores ontem à tarde e escutei uma conversa vinda da biblioteca — Darya contou, voltando a olhar para os lados. — Eu parei no meio do corredor e ouvi alguém falando sobre um plano, que aquilo era o melhor a se fazer, que seria a única chance de alcançar a coroa...

Rory levou as mãos à boca, chocada com tudo o que ouvia e, por um segundo, suspeitou de que fosse cair para trás, mesmo tendo abandonado o salto.

— De quem era a voz? — murmurou depois de segundos em silêncio, esforçando-se para encontrar as palavras certas no dicionário nublado que sua cabeça montava diante do desespero.

— Não sei, a porta abafava muito o som e tive que continuar andando quando vi um guarda passar pelo corredor — Darya explicou com o olhar aflito. — Desculpe.

Com pena da amiga, Rory a abraçou, sentindo-a imóvel.

— A culpa não é sua — a princesa tentou consolá-la. Contudo, estava horrorizada demais para que suas palavras carregassem algum conforto. — Agora acho que preciso contar isso para o meu pai — terminou com a voz seca, afastando-se da garota.

— Acho que não é uma boa ideia. — Darya segurou o pulso de Rory. — Pode ser qualquer um. Se ele contar a alguém, vai acabar correndo perigo. *Se* eu estiver certa, porque posso não ter ouvido direito — terminou, fazendo Rory pensar em todas as possibilidades enquanto seu coração parecia latejar de dor.

— Está bem.

Rory suspirou, quebrando o silêncio. Devia mesmo ser a melhor escolha, afinal não havia certeza no que Darya estava falando, por mais que seus olhos estivessem amedrontados.

— Só fique atenta, entendeu?

A garota soltou o pulso de Rory.

— Pode deixar. Obrigada.

Antes que a garota pudesse responder, Kade apareceu como em um passe de mágica, carregando um paletó nos braços, com calor demais para colocá-lo.

— Oi. Finalmente achei você!

O príncipe se aproximou por trás de Darya, fazendo-a arregalar os olhos para Rory, que lançou um olhar para a amiga se acalmar, tentando disfarçar o que quer que seu coração estivesse gritando.

— Oi, Kade.

— Olá para você também — ele disse, acenando para a empregada, que fez uma pequena reverência.

— Tchau.

Darya acenou, indo embora e deixando os irmãos sozinhos na frente da escadaria.

— Quem é ela? — ele perguntou, apontando para trás com o polegar.

— É uma das minhas empregadas, somos amigas — Rory respondeu, tentando parecer calma.

— Ela não é nova demais para trabalhar?

— Sim, tem sua idade na verdade.

— Como assim?

— Ela é imigrante, precisa do emprego para viver — explicou, deixando uma pontada de tristeza percorrer seu coração já preocupado.

— Os pais dela não podem trabalhar? — Kade perguntou, incrédulo.

— Ela não tem pais — respondeu, seca.

— Eu não... Desculpe — ele sibilou, passando a mão pela nuca.

— Tudo bem.

— Hum... Certo. — Kade passou a mão pelos cabelos. — Tudo bem?

Me conhece tão bem assim?

— Sim, por que não estaria?

Talvez ele possa me ajudar?

— Eu conheço você — o príncipe falou, arqueando a sobrancelha. — O que foi?

Ele não é meu pai e com certeza não é nenhum traidor da coroa, Rory pensou. Ela poderia muito bem abrir uma exceção para o irmão, afinal ele era seu irmão! Se fosse mesmo verdade, ele estaria correndo tanto risco quanto ela, não é?

Com um suspiro pesado, Rory ergueu a cabeça, encarando os olhos de Kade.

— Não conte para ninguém o que eu vou lhe dizer... — ela declarou, aproximando-se do irmão.

— Pode falar.

19

— Acho melhor não contar para ninguém — Kade aconselhou, sentando-se ao lado de Rory.

— Finalmente você tem uma resposta.

Ela deixou o livro que estava lendo sobre o colo.

— É difícil... — o príncipe admitiu com um olhar preocupado.

— E assustador — ela completou, passando os dedos pelo contorno das letras da capa.

Kade apenas balançou a cabeça em concordância, deixando-se levar um pouco pelos pensamentos em sua mente nublada.

— Acha que é verdade? — ele perguntou, fazendo a irmã o olhar com o rosto preocupado.

— Quero acreditar que não.

Rory deixou o medo transparecer e virou o rosto para a janela em busca das nuvens; perto o bastante para poder tocá-las, e, mesmo assim, impossíveis de alcançar.

— Então vamos acreditar — Kade sugeriu, segurando a mão da irmã em cima do livro.

Por um instante, Rory quase recuou com o toque gelado do irmão, mas logo lhe apertou os dedos, tentando sentir um pouco de segurança. Por mais que Kade parecesse irritante, sempre estava lá para ajudar a irmã, não importava o momento, e agora, no silêncio do jato, no conforto das poltronas brancas e, o mais importante, na companhia dele, ela pôde perceber isso.

— Obrigada — sussurrou, apoiando a cabeça no ombro dele. — Eu amo você, sabe?

Sem esperar pelo gesto, o príncipe abriu um sorriso um pouco triste antes de apertar mais a mão da irmã.

— É claro que ama. Olhe para mim, sou uma raridade no mundo — brincou, soltando um riso alto que fez Rory sorrir. — Ei, não acredito! — Kade continuou, pegando o livro no colo de Rory, que fez uma careta. — De uma biblioteca estufada de livros, você insiste em ler este. — Sem vontade de falar, ela só abriu um sorriso, observando o irmão folhear as páginas já tão conhecidas por ela. — O que tem de especial nele? — quis saber, intrigado.

— Não sei. A caçadora vai atrás do cervo e no fim desiste. — Rory ficou pensativa, nunca tinha se perguntado isso. — Ela descobriu coisas mais importantes no caminho. Acho que, bom... gosto de ler quando estou confusa.

— Então ver a história de alguém faz você resolver a sua. Faz muito sentido — Kade refletiu, irônico.

Rory soltou uma risada curta em um espasmo de tranquilidade.

— Pois é.

A princesa soltou um bocejo.

— Pode dormir, eu aviso assim que chegarmos. Minha mãe já está apagada lá atrás — Kade disse, dando uma olhada para trás, vendo Samaira dormindo no canto do jato em uma poltrona, enquanto Dylan ia lendo alguns papéis com os olhos atentos em outra ponta.

— Eu aguento — Rory falou, esfregando os olhos.

A viagem era bem cansativa até a capital...

— Quer apostar?

— Não estou a fim de humilhá-lo hoje.

Ela cutucou a barriga do irmão, fazendo-o se contorcer por um segundo antes de revidar, fazendo cócegas até Rory não aguentar mais.

— Eu me rendo! Você venceu! — ela falou entre risos, quase chorando de tanto rir.

— Eu sempre venço — Kade disse, orgulhoso, ao mesmo tempo que soltava a irmã.

— Só porque você quase não sente cócegas — Rory resmungou, voltando a se encostar no ombro do irmão.

— Você que é mole.

— E você não tem jeito, hein?

— Eu sei que sou incrível — o príncipe se gabou, passando a mão pelos cabelos com um suspiro, fazendo Rory revirar os olhos para ele, que logo soltou uma risada.

Então, o silêncio os engolfou, deixando o medo recobrar o seu lugar de origem. Os dois olhavam pela janela, observando as nuvens passarem como pedaços de algodão em um mar azul.

Deveria chover logo, pois o sol já começava a brilhar com menos intensidade, penetrando no jato com a leveza de um nascer do sol, sem o calor de horas antes. E por algum motivo tudo aquilo fez o coração de Rory se apertar, lembrando-se da mãe.

Será que ela acharia isso tão bonito assim?

E no mesmo instante em que a pergunta ecoou em sua cabeça, milhares de outras suposições foram surgindo em seu coração, fazendo-a divagar enquanto pensava em como Nadine seria, desde o cheiro até a voz.

Às vezes, ela imaginava uma voz doce e melódica, como uma música calma e suave, diferente de qualquer coisa que ouvira antes e, ao mesmo tempo, tão familiar quanto a própria voz. Passara milhares de noites imaginando como seria conversar com a mãe ou só poder vê-la em qualquer lugar que não fosse em uma foto antiga, forçando sorrisos para as câmeras, assim como Rory fazia diante dos fotógrafos e jornalistas.

Elas se pareciam mesmo em muitas coisas: os olhos, a pele e até a postura, mas isso era tudo que Rory conseguia saber e não passaria disso. Por mais que ela quisesse ou perguntasse, Jeftali não seria capaz de responder todas as suas perguntas, muito pelo contrário, só criaria outras que ela não saberia responder, assim como a última que ele fizera.

Por mais que tentasse, Rory ainda não sabia se podia perdoá-la. Para ela, fazer aquilo era como deixar que Nadine fosse embora, permitir que aquilo tudo passasse, e ela não queria perder o que sobrara da mãe, não queria.

Não podia.

— O que foi, Rory? — Kade murmurou, fazendo-a voltar à realidade.

Ele passou os dedos nas bochechas molhadas da irmã, que nem mesmo notara quando começara a chorar.

— Eu... não... Desculpe — Rory respondeu, soluçando ao mesmo tempo que ia esfregando os olhos.

— Não chore, por favor — o irmão falou, já a abraçando. — Vai ficar tudo bem, eu prometo. Nem deve ser verdade o que a empregada falou...

Assim, Rory se lembrou de Darya, fazendo seu peito se angustiar ainda mais do que já estava, enchendo suas memórias com mais dores. Contudo, o abraço do irmão a fazia desacelerar, acalmando um pouco tudo o que latejava em seu coração.

— Tudo bem. Eu vou ficar bem, Kade.

Ela retribuiu o abraço do irmão, soltando um suspiro longo, sem vontade de contar sobre o que estava pensando de verdade, embora não fizesse muita diferença no momento.

— Está tudo bem aí?

A voz de Dylan soou serena e pausada, ao passo que ele ia colocando os papéis sobre uma mesinha para olhar para as poltronas dos filhos.

— É claro, pai, Rory só se emocionou com o livro pela vigésima vez — o príncipe mentiu, dando um sorriso, e se desvencilhou da irmã, que enxugou as lágrimas e ajeitou o rabo de cavalo alto.

— As melhores leituras são as que comovem, não é, minha filha? — Dylan disse, dando uma piscadela para ela, que forçou um sorriso. — Você pode aprender isso com a sua irmã, Kade.

— Sim, pai — Kade respondeu, abaixando a cabeça conforme seu sorriso ia se desfazendo ao se endireitar na poltrona.

— É melhor parar de ler, querida, ou vai acabar chegando na capital com os olhos inchados — Samaira falou.

Ela se olhava em um espelho de mão, certificando-se de que o cochilo não desarrumara sua trança impecável.

— Pode deixar, Samaira — Rory respondeu, terminando de secar as lágrimas.

Tentou se recuperar, embora o "querida" com certeza já tivesse sido mais do que suficiente para Rory esquecer os problemas, focando apenas na madrasta irritante, que logo abandonou o espelho para se levantar com um copo de água, indo bem na sua direção.

— Tome, é para você se acalmar — a rainha falou entregando o copo nas mãos dela.

— Obrigada.

— Não há de quê, querida. — Samaira passou a mão nos cabelos de Kade. — Não se esqueça de colocar o paletó, meu filho.

— Tudo bem, mãe.

Kade torceu para que ela parasse de mexer em seus cabelos.

— Você tem que estar à altura do príncipe que é — ela continuou, orgulhosa.

— Certo, mãe.

Antes que Samaira continuasse, uma das aeromoças saiu da cabine do piloto, fazendo uma reverência exagerada para toda a família real.

— Já vamos aterrissar, por isso recomendo que coloquem os cintos. Muito obrigada pela atenção.

A mulher fez outra reverência para depois voltar para a cabine com a permissão do rei.

Relutante, Samaira saiu de perto do filho, indo se sentar ao lado de Dylan, que a olhou de soslaio como se reprovasse a atitude, embora ela simplesmente o ignorasse e colocasse o cinto como os demais, fazendo Dylan suspirar. Ele ia guardando os papéis em uma maleta enquanto o jato começava a pousar, trocando o ar pelo asfalto da pista do aeroporto junto às primeiras gotas de chuva que começavam a respingar no vidro da janela de Rory.

— Vamos chegar em Glassdome ensopados — Kade brincou, colocando o paletó preto.

— Um pouco de chuva não faz mal para ninguém — Rory respondeu, dando de ombros.

No fundo, ela adorava a ideia de sentir a chuva, contudo nunca podia sair do castelo só para isso; Dylan sempre falava que ela ficaria doente, e Samaira dizia não ser digno de uma dama — não que a opinião dela importasse para Rory.

Sem hesitar, a garota se levantou assim que a aeromoça abriu a porta do jato, ansiosa para sair da aeronave e sentir a chuva engrossando em sua pele.

É patético querer tanto isso?

Desceu as escadas ao lado do irmão, logo atrás do pai e da madrasta, que franzia a testa ao ir para o lado de fora, fazendo seu vestido encharcar com a chuva, que ia pesando.

— Argh — Samaira resmungou e levantou o vestido com as mãos, fazendo Dylan respirar fundo.

— O carro está logo ali — ele falou para a esposa.

O rei apontou para dois carros com o brasão real rodeados de guardas que pareciam nem sentir a chuva — aquilo devia ser um parque de diversões comparado ao treinamento militar que receberam.

Em resposta, Samaira apenas bufou e forçou o passo para ir mais rápido. Nesse meio-tempo, Rory fazia o máximo para ir o mais devagar possível, sentindo a chuva tocar sua pele como se estivesse lavando sua alma e, por um momento, os problemas começaram a ficar bem menores, assim como as gotas escorrendo pelo seu braço.

— Senti saudade disso — murmurou para si mesma, soltando um sorriso bobo.

Fechou os olhos por um breve segundo. A chuva era bem maior do que ela, mais complexa, mais instável, e talvez por isso fosse tão bonita.

Kade abriu a boca para responder à irmã, mas, ao ver seu sorriso, as palavras morreram em sua boca. Deixou que ela aproveitasse esse sentimento — depois de tudo o que lhe acontecera, ela merecia ser feliz, mesmo que por um momento, e ele sabia isso mais do que qualquer um.

Para a tristeza de Rory, a caminhada pareceu durar bem menos do que ela gostaria, e logo foi forçada a entrar em um dos carros, seguida pelo irmão, ao passo que seu pai e Samaira iam para o outro logo à frente.

— Aqui — Kade enfim formulou as palavras, jogando o paletó molhado nas costas da irmã ainda extasiada ao mesmo tempo que o carro começava a se mover. — Não quero ver minha mãe reclamando por você ter ficado gripada — terminou, soltando um sorriso, as bochechas pálidas do frio que acompanhava a chuva.

— Você sabe que isso está tão molhado quanto eu mesma, não é? — Rory observou, tirando o paletó das costas e jogando em um banco vazio à sua direita.

— Depois não fale que não sou educado — ele pediu, balançando os cabelos molhados.

— Que grande gesto de educação, *vossa alteza* — a princesa retrucou, inclinando a cabeça em uma reverência malfeita; ela não estava acostumada a se curvar, mesmo que fosse só uma brincadeira.

— Eu sei, sou muito solidário — ele se gabou, dando uma piscadela para a irmã, que só soltou uma risada em resposta.

Ela focou os olhos no caminho que o veículo ia percorrendo, saindo do aeroporto para passar pelas partes mais bonitas da cidade, mercados, lojas de grife, empresas, o banco real, casas de luxo, e por aí ia. Embora a chuva caísse com força, a cidade não perdia o seu esplendor, muito menos as pessoas, que abriam seus guarda-chuvas para continuar andando pelo centro da cidade.

Depois de um desfile pela cidade, o carro adentrou os muros do castelo, estacionando em frente às escadas, por onde vários empregados iam saindo com guarda-chuvas em mãos à espera da família real.

Os guardas começavam a se endireitar em duas fileiras, uma de cada lado dos degraus largos, esperando para bater continência para o rei, que logo saiu junto com Samaira, fazendo Kade e Rory serem os próximos a sair do veículo aconchegante.

— Voltamos.

O príncipe suspirou conforme um empregado ia segurando um guarda-chuva para ele.

— Não precisa, muito obrigada — Rory falou, agarrando o guarda-chuva das mãos de outro empregado, que tentava a cobrir, antes de voltar sua atenção para o irmão.

Aquela era a vida dela, um mundo imaculado de defeitos e problemas, tudo sempre lindo e luxuoso, repleto de ouro, empregados, viagens e privilégios...

Então...

Por que tudo parecia tão, *tão* errado?

20

— O senhor gostaria de falar comigo, pai? — Rory perguntou, adentrando o escritório de Dylan.

Ele apontou para a cadeira em um convite para ela se sentar.

— Sim, precisamos discutir sobre algumas coisas.

— Tudo bem — concordou, sentando-se, cravando os olhos no pai, curiosa com o assunto.

Será que ele sabe sobre a tal conspiração?

Ele limpou a garganta enquanto colocava as mãos sobre a mesa, tamborilando os dedos sobre alguns relatórios que Rory pôde identificar.

Depoimentos civis relativos a atividades rebeldes

Leu o título de um deles, o que fez Rory estremecer dos pés à cabeça em um milésimo de segundo.

Será que no fundo a conspiração vem de rebeldes infiltrados? Calma, eles têm maneiras de se infiltrar em um palácio?

Tudo isso fazia a cabeça de Rory rodopiar por um momento, mas ela se forçou a se acalmar, por mais que tentar fazer isso nos últimos dias não fosse uma tarefa muito fácil. Afinal, com tantos artigos para ler e resolver, era impossível não se estressar, ainda mais com o medo de um golpe contra a coroa sempre à espreita, fazendo todos os seus nervos se agitarem em um colapso nervoso.

— Sobre o que o senhor gostaria de falar? — Rory perguntou, sem aguentar o silêncio do pai, que parecia bem mais cansado do que ela.

Dá para ficar mais cansada do que isto?

— Estava conversando com Jeftali mais cedo sobre a Oficialização — ele contou, dando uma pausa para pensar, deixando Rory ainda mais ansiosa. — Bom... Nós dois achamos que seria mais adequado antecipá-la para daqui duas semanas. O que você acha? Com os ataques rebeldes e a preocupação do povo, achei que seria prudente mudar o foco das atenções para algo mais... festivo. Que tal? — ele terminou com um sorriso esperançoso no rosto, deixando algumas rugas em evidência.

No mesmo instante, Rory quase chegou a beliscar a si mesma, querendo ter a certeza de que o que ouvira era mesmo verdade. Ela se aterrorizava com a ideia de faltar menos de um ano, e agora teria de aceitar a ideia de que tudo aconteceria em duas semanas, mesmo com tantas outras coisas acontecendo ao seu redor. Só de pensar nisso sua respiração começava a acelerar enquanto já conseguia sentir o gosto da bile na boca, fazendo seu estômago se embrulhar como um ninho de passarinhos.

— Não deveria haver uma preparação, pai? Um ensaio ou algum tipo de organização? — ela perguntou, acelerada, tentando contornar a situação, embora se esforçasse para parecer neutra.

Antes de responder, Dylan estralou os dedos, dando uma risada leve, escorando-se na poltrona de couro. Rory ficou um pouco confusa com a situação.

— Meu amor, você vem sendo preparada para ser rainha desde que nasceu. Pode confiar em mim quando digo que isso é algo simples comparado à sua vida. Além do mais, tenho certeza de que você pode ensaiar seu discurso assim como as empregadas podem fazer tudo em duas semanas, ainda mais com Samaira no pé delas — ele terminou, dando uma piscadela para Rory, que deu um sorriso meio desesperado em resposta, fazendo Dylan continuar: — Então, como a tradição manda, a cerimônia será feita na sala do trono e será transmitida na TV para o povo, e depois a comemoração pode ser no salão de festas...

O resto das instruções passaram desapercebidas por Rory, que só conseguia pensar em como estava perto, perto até demais no momento, o que deixava tudo mil vezes mais aterrorizante, afinal aquilo seria a confirmação do seu destino, de tudo o que ela fora criada para ser e viver.

Será que ela queria mesmo fazer tudo isso sabendo de todo o perigo que correria? Será que Dylan passara pela Oficialização sabendo das consequências ou não fizera a mínima ideia?

Não! Ela tinha de aguentar, era só uma cerimônia, não tinha como ser tão assustador assim. Além do mais, uma futura rainha não podia ter medo de um simples evento, porque era isso que aquilo seria, um evento para confirmar o óbvio, e nada mais.

— Certo, meu amor? — Dylan perguntou, fazendo Rory voltar à realidade ao enlaçar sua mão na da filha em cima da mesa.

— Ah... Claro — respondeu, sem entender do que se tratava.

Forçou um sorriso para pai, que retribuiu o gesto acariciando a mão dela com o polegar.

— Estou muito orgulhoso de você, minha pequena.

— Muito obrigada, pai — Rory respondeu, alargando o sorriso ao escutar o apelido carinhoso de que quase tinha se esquecido.

— Eu sei que isso pode parecer um turbilhão às vezes, mas eu vou estar o tempo todo com você, não importa o que aconteça, certo? — ele falou, apertando mais a mão da filha, que quase se contraiu, tentando segurar a vontade de contar tudo para ele no mesmo instante.

— Certo — concordou e se levantou para ir abraçá-lo do outro lado da mesa. — Eu amo você, pai.

— Eu a amo ainda mais, meu amor — ele murmurou, inclinando-se para abraçá-la. — Agora acho melhor eu avisar a todos sobre a nossa decisão. Você pode tirar o resto do dia livre. Tenho certeza de que os próximos dias vão ser um pouco pesados, ainda mais com Samaira — ele terminou, desvencilhando-se de Rory, que suspirou, já cansada com os dias que nem tinham chegado ainda.

— Muito obrigada — ela agradeceu, parando na frente da porta, prestes a agarrar a maçaneta. — Acho que vou aproveitar minhas últimas horas de liberdade sem ela — terminou ao abrir a porta, fazendo-a ranger.

— Eu faria o mesmo.

Ele riu e se acomodou melhor enquanto Rory saía do escritório, um pouco aliviada por não ter de voltar aos artigos sobre economia e dispensas orçamentárias de conjuntos industriais.

E embora o nervosismo com a Oficialização fosse maior, ela tentaria não pensar nisso pelo resto do dia, ou melhor, ela não pensaria em nada pelo resto do dia.

Sem rebeldes, sem coroa, sem intimidações, sem carta, só ela e Deus. Mas, se fosse mesmo fazer isso, o castelo com certeza não seria o melhor lugar para espairecer, ainda mais com milhares de guardas por todo o lugar e uma madrasta com um instinto natural para incomodar.

Então, sem hesitar, Rory saiu da sala do trono, indo direto para o salão octogonal, que, para a sua felicidade, era guardado por apenas dois guardas. Eles estampavam um sinal de desinteresse impressionante a julgar pela forma como seguravam as armas de qualquer jeito ao lado do corpo.

– Vossa alteza – um deles a cumprimentou, fazendo uma reverência, enquanto o outro fazia o mesmo em silêncio. – Gostaria de alguma coisa?

– Vou passar o dia no jardim, não precisam se preocupar.

Foi na direção de seu destino com a postura erguida, lembrando-se das aulas de sua tutora quando pequena: "Você passa autoridade pelo seu porte", ela dizia ao fazer a princesa empilhar vários livros na cabeça para que ela treinasse a postura.

– Claro, vossa alteza. Quer que um de nós a acompanhe? – o guarda perguntou, já sabendo a resposta.

– Não.

Cruzou a porta, segurando-se para não sair correndo. Contudo, ao sair do caminho de pedra e entrar no meio das árvores, ela apertou os passos, quase saltitando de ansiedade.

Antes que começasse a correr ainda mais, Rory parou diante do muro do castelo, coberto por uma cerca viva feita de arbustos muito bem podados, alcançando todo o muro do jardim. Começou a tatear a parede atrás do arbusto e, com muito custo, encontrou uma pequena alavanca que a fez soltar um sorriso de satisfação.

– Perfeito – comemorou consigo mesma ao ouvir o estralo do mecanismo, fazendo uma pequena abertura se abrir na parede, o suficiente para ela conseguir passar.

Sem esperar, Rory passou pela abertura, abrindo espaço entre os arbustos que deixariam alguns arranhões, contudo o entusiasmo fazia a princesa nem se importar, cruzando os muros sem nenhum problema.

Quando ela enfim estava fora de Glassdome, sem nenhum olhar a julgando ou esperando movimentos perfeitos, Rory só conseguiu soltar um suspiro enquanto começava a caminhar pelas ruas, esforçando-se para não chamar muita atenção. Embora seu vestido azul fosse bem mais simples do que qualquer um que ela usava, seu rosto ainda era um dos mais conhecidos de toda Taleiau, o que a entregava até demais.

Preciso pensar melhor na roupa da próxima vez.

Ela virou em uma avenida, tentando tirar algumas folhas dos cabelos, até se deparar com um garoto de cabelos escuros, de uma idade parecida à sua, usando uma calça jeans e uma camisa com o símbolo real no peito, segurando uma caixa de fruta nas mãos, certamente endereçada ao palácio, já que estava ao lado de uma van com o símbolo real, fazendo Rory abrir seu maior sorriso com a oportunidade à sua frente.

— Ei! — ela chamou o garoto, que logo olhou para trás para ver quem era, revelando seus olhos tão verdes como o bracelete amarrado em seu pulso, que ela não tinha notado de longe. — Oi. Você trabalha no castelo, não é?

— Sou entregador. Por que quer saber? — ele respondeu, mal-humorado, deixando sua voz sair rouca e distante.

— Pode me levar para um lugar? — Rory perguntou sem olhar nos olhos do rapaz, que ainda não parecia tê-la reconhecido.

— O que a faz pensar que eu faria isso? — o garoto retrucou, colocando a caixa dentro da van com certa ignorância.

— É perto, não vai custar nada.

Achando graça da situação, ele se virou para Rory, passando a mão pelos cabelos castanhos enquanto soltava uma risada irônica.

— Isso com certeza ia custar meu emprego. Além do mais, eu não ganharia nada com isso.

— Você é muito educado, sabia? — Rory disse, perdendo um pouco da paciência que tinha.

Será que todos querem criar problema comigo agora?

— Você devia procurar outra pessoa para perturbar, eu tenho que trabalhar.

O garoto deu as costas para ela, fazendo seu sangue ferver por um momento, até que uma luz surgiu em sua cabeça, ou melhor, uma ideia em meio à sua vontade de escapar da realidade.

— Eu pago — falou, caminhando até o entregador, que parou quase na mesma hora.

— Quanto? — ele perguntou, ainda de costas.

Sem pensar muito, Rory tirou o colar do pescoço com um pingente de ouro em forma de coroa que ganhara de aniversário de alguém. Seja lá qual fosse o preço dele, com certeza valia bem mais do que um salário, sem contar um pouco da sua liberdade.

— Aqui — respondeu, forçando-o a se virar para ver o pingente pendendo de seus dedos.

Por um instante, o garoto hesitou e mordeu o lábio inferior, batendo a sola do tênis contra o chão.

— Feito — concordou, pegando o colar em uma velocidade surpreendente. — Meu nome é Marcus, e você é...?

Por um momento Rory hesitou, mas queria que ele soubesse quem era a pessoa que tratara com tanta falta de educação, mesmo que isso lhe custasse caro.

— Rory. Rory Zander — disse, estendendo a mão com um sorriso malicioso.

— O quê? — ele perguntou, quase sem ar ao mesmo tempo que a cor pareceu fugir do seu rosto.

— Meu nome é Rory, sua princesa e futura rainha — falou, aproximando-se de Marcus, que pareceu voltar ao normal e fez uma reverência meio torta.

— Certo, *princesa*. Para onde quer ir? — perguntou, fazendo um gesto para que ela entrasse na van.

— O parque Silvestre — respondeu, já entrando no veículo, um pouco confusa pelo entregador não ter pedido desculpas ou coisa do tipo.

Como ele podia ser tão arrogante?

— Acho que você não quer que as pessoas saibam, não é mesmo? — ele comentou, com um sorriso torto, e fechou a porta depois de entrar.

— É... — respondeu, já se arrependendo por ter dito seu nome em uma atitude impensada. Sem dizer nada, ele apenas esboçou um sorriso ao dar a partida, fazendo Rory se irritar. — Algum problema? — perguntou, virando a cabeça para encará-lo.

Mas é claro que havia um problema! Onde eu estava com a cabeça para entrar em uma van com um estranho, dizer meu nome e confiar que ele vai me levar para o lugar certo?!

— Nada — ele respondeu, alargando o sorriso. — É que não é todo dia que se vê uma princesinha toda suja querendo passear por aí.

— Acho que há uma primeira vez para tudo, não é? — Ela puxou o cabelo para trás, arrependendo-se por tê-lo deixado solto; na verdade, ela já estava se arrependendo por tudo. — Aliás, também não é todo dia que eu encontro uma pessoa mal-educada como você.

— Hum... Não acho que você mereça minha educação — Marcus retrucou, inclinando a cabeça um pouco para o lado, colocando o veículo em movimento.

— E você não merece o emprego que tem, mas aqui estamos — disse, apontando as mãos ao seu redor.

Sem se conter, Marcus soltou uma risada oca, sem desviar os olhos verdes da rua, os dedos se apertando ainda mais ao redor do volante.

— Você não me conhece, *princesa*. Não me diga o que eu mereço ou não — repreendeu, fazendo Rory ferver de raiva.

— Você também não me conhece para saber o que mereço, seu idiota!

Ela bufou, batendo as mãos no colo.

— Bem, não sou eu que estou fugindo das pessoas.

Ele arqueou uma sobrancelha.

— É claro que não! Você só está deixando suas obrigações por causa de um colar.

— Meu Deus, como você é ingrata!

— Falou o que não tem um pingo de educação.

— Você está falando da educação que não merece?

— Eu já disse que você também não me conhece!

O sangue borbulha nas veias dela, fazendo todos os problemas que ela queria evitar aparecerem fresquinhos em sua memória.

— Bom, conheço o suficiente para saber que não merece. Você não passa de uma mimada que veste vestidinhos bonitos. Não sabe o valor de nada que tem! — ele retrucou, levantando o colar entre os dedos, deixando-o cintilar com os poucos raios de sol.

De todas as coisas, essa foi a gota d'agua para Rory. Como ele podia pensar isso dela? Ele não sabia nem metade daquilo por que ela estava passando.

— Quer saber? Eu odeio usar esses "vestidinhos"! Odeio ter que ir em festas que não gosto. Odeio os holofotes. Odeio a coroa! E acho que um minuto da minha liberdade vale bem mais que esse colar idiota! — esbravejou antes de começar a chorar, enterrando o rosto entre as mãos, o coração acelerado.

Como cheguei nesta situação?!

Sem ter esperado por aquela resposta, o entregador parou o veículo, voltando os olhos para a garota chorando ao seu lado, com o olhar confuso, deixando a boca entreaberta.

— Argh! Isso é estúpido — Rory resmungou, tentando secar as lágrimas, deixando que um silêncio monstruoso recaísse sobre os dois.

Marcus apenas a observava com um semblante indecifrável.

— Desculpe — ele murmurou, quebrando o silêncio minutos depois. Rory respirou fundo, já um pouco mais calma. — Não gosto muito da realeza — terminou, encostando as costas no banco.

Olhou para cima, passando as mãos pelos cabelos e soltando um suspiro longo.

— Me desculpe também. É, bom... As coisas não andam muito boas para mim no momento — ela respondeu, inclinando a cabeça para o lado, encostando-a no vidro da janela.

— Somos dois então — ele comentou em meio a outro suspiro, deixando as mãos caírem sobre o colo.

Seja lá o que estivesse acontecendo, ela não queria parar, voltar para trás e recomeçar uma rotina maçante.

Não! Se ela já estava transbordando, o que a impediria de virar o copo?

— Será que posso aproveitar alguns minutos de liberdade com você? — Marcus perguntou, voltando os olhos para Rory com um sorriso esperançoso, bem diferente do garoto mal-humorado de minutos antes.

— Acho que sim — ela disse, soltando um suspiro ao entender a proposta.

E por mais que os problemas dele não fossem os mesmos, Rory se sentiu reconfortada por saber que não era a única a querer um pouco de paz.

21

— Parque Silvestre de novo? — ele perguntou uma semana mais tarde, virando a chave, dando partida na van, reacendendo todas as luzes do painel.

Antes de responder, Rory olhou para a janela, observando a rua quase deserta no horário de almoço, quando a maioria ia para suas casas ou para restaurantes.

— Claro — falou por fim, voltando os olhos para o entregador.

Marcus colocou o veículo em movimento, apertando o pé no acelerador enquanto levava uma mão ao rádio, sintonizando o aparelho em alguma estação.

Desde aquele primeiro dia, cada hora passada dentro do palácio parecia angustiante e, agora, faltando apenas uma semana, tudo se tornava ainda mais sufocante, complicado demais para que ela pudesse assimilar tudo sem respirar fundo antes de continuar.

— Isso! — Ele comemorou consigo mesmo ao encontrar uma música tocando. Rory sorriu ao vê-lo aumentar o volume. — Ah! Espere um pouco — continuou, apertando um botão à sua esquerda, fazendo a janela do lado de Rory se abaixar. — Agora sim.

Ele esboçou outro sorriso para ela, que se sentiu agradecida por sempre o encontrar na mesma rua, na mesma van, e no mesmo horário todos os dias.

Sem esperar pelo vento, Rory começou a rir ao passo que seus cabelos começavam a dançar no ar, cobrindo seus olhos, até uma mecha passar por sua boca, deixando para trás um gosto estranho de xampu e terra, fazendo-a cuspir. Tentou deixar os cabelos quietos, rendendo várias gargalhadas a Marcus, que quase se contorcia de tanto rir. Rory o acompanhou logo depois ao som da música pulsante no rádio.

Sem sombra de dúvidas, os risos acabaram fazendo muito bem para ela, por mais que sua barriga estivesse dolorida. Rory gostava da sensação de poder soltar uma risada espontânea, gostava da sensação revigorante que ficava, ou talvez já fosse o efeito de estar fora do castelo e tudo que englobasse a realeza, como se ela enfim pudesse respirar ar puro.

Além do mais, gostava da ideia de conversar com alguém que a tratasse menos como a futura rainha e mais como ela mesma – o que ela encontrara justo naquele entregador de sorriso torto e olhos verdes.

– Então, por que você abandonou a escola? – ela perguntou.

A conversa se estendera pela última hora, da van até a grama do parque onde estavam sentados. Embora o orvalho da última chuva tenha deixado o chão incrivelmente gelado e úmido, nenhum dos dois pareciam se incomodar.

– Com a morte do meu pai, eu tive que procurar um emprego para ajudar minha mãe. Ela nunca daria conta de cuidar de mim e dos meus irmãos sozinha, e foi aí que eu consegui o serviço de entregador – contou, apoiando o braço no joelho levantado enquanto ia brincando com o bracelete no pulso.

– Entendi. E se você pudesse escolher? O que faria?

Rory abraçou os joelhos, olhando para as árvores grandes à sua frente. Kade com certeza tinha razão: escutar histórias de certa forma a fazia entender melhor a própria.

– Bom... Na verdade... eu adoraria ser um mecânico – falou, olhando para a van atrás de si. – Gosto de desmontar e remontar peças de carros. Eu e meu pai fazíamos muito isso nos fins de semana em que ele não precisava trabalhar. E você?

Ele voltou os olhos para Rory, que foi pega de surpresa com a pergunta.

– Hum...

Ela pensou, inclinando a cabeça para trás, permitindo que as pontas de seus cabelos encostassem no chão.

Era estranho se imaginar em qualquer lugar que não fosse no trono e, de alguma forma, ela acabou tendo vergonha de si mesma por nunca se imaginar em outro lugar. Ela queria tanto ser livre, mas nem conseguia imaginar uma vida sem a coroa? Como era patética.

— Acho que nunca pensei nisso. Meu futuro foi traçado antes mesmo de eu nascer... acho que nunca me importei em sair dessa estrada.

— Mas você está aqui, não é? — ele disse, inclinando a cabeça, sua voz saindo bem mais serena. — Na minha opinião, agora você está andando no acostamento — terminou, traçando um caminho no ar, sentindo o vento frio bater contra seu rosto.

— É... — a princesa admitiu, dando um sorriso. — Acho que eu saí um pouco da rota, mas não conte isso para os guardas de trânsito, ok?

— Sem problemas. — Marcus soltou uma risada. — Afinal, acho que sou eu que estou pilotando, não é?

— Com certeza — Rory concordou, acompanhando-o com uma gargalhada, que logo se desfez, deixando-os no silêncio por um tempo. As folhas das árvores balançavam como se conversassem entre si, fazendo Rory esboçar um sorriso ao observar a perfeita sincronia que o vento proporcionava, sem nem notar Marcus a observando. — O que foi? — perguntou ao escutá-lo dar uma risada abafada. Abaixou o rosto, focando os olhos na grama. — Ei, o que foi? — insistiu mais uma vez, colocando uma mecha de cabelo para trás da orelha.

— Você é bem diferente da TV, sabia?

Ele ainda tinha um sorriso torto no rosto.

— Hum... — Rory pensou em suas palavras. — E isso é uma coisa boa? — perguntou, voltando os olhos para Marcus, que parecia não conseguir parar de sorrir.

— Pode apostar que sim.

Ele suspirou.

— Que bom, porque não gosto nem um pouquinho de entrevistas. — Ela pensou em como era exaustivo sorrir para todas aquelas câmeras, sem contar todas as perguntas, que a deixavam zonza, até que algo muito mais curioso lhe veio à cabeça. — Marcus? — chamou enquanto esticava as pernas, fazendo o garoto olhar de volta para ela.

— Sim?

— Por que você não gosta da monarquia? — perguntou, intrigada, deixando a pergunta percorrer o ar por um instante.

O garoto ficou pensativo, o rosto desarmando o sorriso que parecia permanente com a pergunta que a perseguira por alguns dias.

— A vida sempre foi injusta para a minha família, Rory, igual a de muita gente — começou ao passo que seus olhos escureciam, deixando nítida a indignação, assim como seu tom de voz, embora ele parecesse escolher bem as palavras. — Enquanto eu via meus irmãos passarem fome na minha frente, a TV não parava de mostrar vocês no topo, acima do bem e do mal. E o pior é que muitos de vocês têm esse privilégio só pelo fato de terem nascido, sendo que os outros têm que trabalhar o dia inteiro só para conseguir comer. É... frustrante... — Ele parou por um segundo, rodando o bracelete, sem conseguir olhar nos olhos da princesa antes de continuar, tentando aliviar o assunto na esperança de afastar a raiva que não queria no momento. — Mas você me mostrou que as coisas não são assim. — Ele esboçou um sorriso triste. — Você me deu a chance de ver um pouco além das sedas e da luxúria. E por mais que pareça egoísmo, é bom saber que nem tudo são rosas, sabe? Poder ver que nossos mundos são mais parecidos do que imaginávamos.

— Ver que todo mundo tem seus monstros com os quais lutar — Rory murmurou, abaixando a cabeça e pensando em tudo o que havia ouvido, pensado e sonhado durante todos esses dias.

Talvez o povo fosse bem diferente do que ela imaginara ou será que ela só nunca se dera ao luxo de prestar atenção?

— Sim. — Ele se virou para ela, fazendo-a voltar para a realidade. — Que bom que me entende — terminou, soltando um suspiro de alívio, seguido de um sorriso de Rory, que sentia o mesmo.

Pelo menos ela não estava sozinha com seus pesadelos.

E sem nem um trovão ou raio, a chuva começou a cair de novo, deixando seus pingos despencarem num ritmo até muito agradável, embora as gotas estivessem geladas como o vento, fazendo os dois correrem para dentro da van, dispersando-os do assunto como um leque abanando o calor.

— Aqui — Marcus falou, tirando um pano do fundo da van para Rory, e passou a mão pelos cabelos um pouco molhados. — Não chega a ser uma toalha, mas...

Ele inclinou um pouco a cabeça enquanto Rory agarrava o pano.

— Obrigada — ela agradeceu, enxugando o rosto.

— Vamos para o castelo então? — perguntou, desanimado.

Assim como Rory, ele não queria acabar com seus instantes de liberdade, só que, em vez de acompanhar sua frustração, ela abriu um pequeno sorriso e colocou o pano sobre o colo.

— O rádio funciona com chuva?

— Hum... — Ele pensou antes de ligar a van, sintonizando o rádio até encontrar uma estação. — Sim.

Rory, sem hesitar, abriu a porta da van, deixando a chuva molhar uma parte de dentro do veículo, assim como o vento que ia invadindo o pequeno espaço com seu ar frio, fazendo cada parte do corpo de Rory se derreter com a sensação maravilhosa dos pingos salpicando sua pele. O vento começou a dançar ao seu redor, como se acompanhasse o ritmo calmo da música do rádio, tornando tudo um convite maravilhoso. Como ela recusaria algo assim?

Se esses fossem seus últimos quilômetros andando no acostamento, ela não via uma maneira melhor de terminá-los.

— Você quer dançar? — perguntou, virando-se para Marcus, que abriu um sorriso.

— Na chuva?

— Sim.

— Por que não?

Ele alargou o sorriso antes de agarrar a mão de Rory e pular para fora do veículo.

22

— Obrigada.

— Não quer entrar no castelo com a van? Não vão ver você — Marcus propôs, encostando-se no veículo.

— Não. Hoje não — Rory respondeu.

Olhou de uma esquina a outra da rua para ter certeza de que não havia ninguém e respirou fundo conforme seu tempo ia acabando.

— Tudo bem, então. A gente se vê por aí, princesa? — perguntou, cravando os olhos nos de Rory.

Ela esboçou um sorriso ao ouvir seu título — não era mais um insulto nem uma reverência; havia se tornado algo maior do que todas essas coisas.

— É claro, você não vai mais se livrar de mim, mal-educado — brincou, dando um murro no braço de Marcus, que fingiu se sentir ofendido antes de responder com um sorriso.

— Já que não tenho escolha, fazer o quê? — ele retrucou, levantando os ombros, antes de enfiar as mãos no bolso da calça, soltando uma risada acompanhada por Rory.

— Tchau — ela se despediu com um aceno.

Marcus apenas acenou com a cabeça, fazendo Rory lhe dar as costas para voltar ao castelo.

Ela respirou fundo e começou o caminho de volta para o palácio, fazendo barulho a cada passo dado por causa das sapatilhas encharcadas, e, por mais que seus cabelos estivessem cheios de folhas e seu vestido estivesse molhado, Rory nunca se sentira tão leve; e, por incrível que parecesse, gostava da ideia de continuar vendo o entregador.

Principalmente se estivesse chovendo, pensou, e soltou uma risada espontânea ao atravessar a rua para virar na avenida quase saltitante, sem nem notar as poças de água na calçada, embora elas não fizessem muita diferença no seu visual, que sabia que lhe renderia perguntas das empregadas, sem contar Samaira, que criaria um escândalo por causa disso.

Em meio aos pensamentos, Rory logo estava no jardim do palácio, voltando pelo caminho de pedras um pouco escorregadio pela chuva, exigindo que fosse bem mais devagar do que gostaria, mas, logo ao chegar no salão octogonal, a princesa saiu em disparada para o quarto, sem nem dar satisfação para os guardas, que ficaram de boca aberta com o estado dela.

Eu estou tão ruim assim?, perguntou-se ao terminar de subir as escadas, depois de trombar com uma empregada, que chegou a deixar algumas roupas de cama caírem escada abaixo depois de se assustar com ela.

Bom, pelo menos o corredor até seu quarto estava vazio, a não ser por três guardas de vigília, que conversavam entre si, dando a Rory a oportunidade perfeita de entrar no quarto sem ser vista.

— Ufa!

Ela suspirou depois de fechar a porta, deixando os olhos percorrerem o quarto tão familiar, um refúgio entre paredes cobertas por desenhos de flores e ramos que ela mesma pintara quando tinha catorze anos, depois de Dylan ter permitido após horas de insistência — embora não fosse muito difícil ele ceder aos pedidos da filha.

Talvez Rory pudesse ser uma pintora se não fosse princesa, afinal tinha talento. Ou uma florista, como aquelas que via circular pelo palácio, preparando arranjos para as decorações das festas. E quem sabe ela não fosse uma bibliotecária, assim poderia passar todos os seus dias entre as páginas dos livros, vivendo uma vida diferente em cada história que encontrasse.

Ela podia imaginar milhares maneiras diferentes de ser enquanto caminhava pelo quarto, desde professora a uma faxineira. Contudo, todas essas fantasias acabavam quase no instante em que começavam por causa de uma voz sussurrando no fundo do seu coração, tanto como uma resposta, tanto como uma dúvida, e, acima de tudo, como uma certeza que ela não queria ouvir.

Você só tem um futuro, Rory, e ele não vai terminar assim!

— Será que eu não posso nem imaginar mais? — perguntou a si mesma, jogando-se na cama com uma confusão de pensamentos. — É pedir muito ter mais de um futuro para escolher? Não andei no acostamento? — reclamou, olhando para o teto e puxando um travesseiro para perto de si, abraçando-o com força ao continuar pensando, até que uma batida na porta interrompeu sua linha de raciocínio como uma lâmina rasgando a carne. — Entre — falou, apoiando os cotovelos no colchão para ver fosse lá quem fosse. — Ah, Kade. Você me salvou de ter um colapso mental.

Suspirou, voltando a se deitar ao mesmo tempo que seu irmão se sentava ao seu lado.

— Pela minha Casa, Rory! Você resolveu nadar de roupa por aí? — o príncipe reclamou, colocando os pés sobre a cama.

— Hum... Engraçadinho. Eu só estava no jardim quando choveu — mentiu, focando o olhar no teto.

— Isso explica por que não a vi o dia inteiro — ele falou, passando a mão pelos cabelos, como se estivesse cansado, para depois soltar um suspiro, fazendo Rory se virar para o irmão.

— Tudo bem? — perguntou, estendendo a mão para ele, que a segurou antes de dar um sorriso e voltar os olhos para ela.

— É claro. Não sou eu que preciso preparar um discurso para a semana que vem, então... — brincou.

Rory revirou os olhos só de pensar na Oficialização.

Como podia ter se esquecido de escrever esse maldito discurso?

— Valeu por me lembrar disso, viu?

— Não é isso que está fazendo você ter um "colapso mental"? — perguntou, enfatizando as palavras com um gesto das mãos.

— Com certeza está na lista — respondeu.

Colocando as mãos no rosto para cobrir os olhos, como se de alguma forma os problemas pudessem desaparecer junto com a luz.

— Hum... O que mais há nessa lista?

— Bom... Os rebeldes, o conselho, que não me ouve, a suposição de Darya e os relatórios intermináveis que eu tenho que ler.

Também estou com pavor da coroa, sem contar as coisas que um entregador me disse sobre o povo e a minha liberdade. Ah, também não sei como perdoar a minha mãe, terminou mentalmente com um nó na garganta. Kade começou a pensar e soltou um suspiro de desistência.

— Olha, se eu fosse você, eu colocaria fogo nos relatórios — admitiu, deitando-se ao lado da irmã.

Rory soltou um risinho diante da proposta até atraente.

— Você é um gênio. E o que quer que eu faça com os conselheiros? — perguntou, virando o rosto para o irmão, tentando ficar séria.

— Coloque fogo neles também, óbvio.

— Claro, como não pensei nisso antes? — quis saber, concordando com a cabeça antes de começar a rir, assim como o irmão.

Quando os dois pararam de gargalhar para enfim ficarem em silêncio, algo muito diferente assumiu o rosto de Kade. Aquilo era uma... lágrima? Como assim? Rory era a irmã que chorava, ele era o que sorria.

— O que foi, Kade? — ela perguntou com os olhos arregalados conforme o irmão começava a se sentar. — Kade?

— Não é nada. Está tudo bem, sua boba.

Ele respirou fundo, forçando um sorriso, que saiu triste em seus lábios.

— Venha aqui. O que está acontecendo? — insistiu e voou para os braços do irmão.

Kade com certeza era melhor do que ela para isso.

— Ei! Você está toda suja, sabia? Não pretendo mudar de roupa para o jantar — ele resmungou, fracassando em fazer a irmã mudar de assunto.

— Pare com isso! É sério — ela falou, afastando-se para olhar nos olhos do príncipe, que tentava manter o sorriso.

— Às vezes as pessoas lacrimejam sem motivo nenhum, Rory — defendeu-se, arrumando os cabelos de cor caramelada, a única semelhança entre os dois.

— Eu o conheço muito bem e sei que não é isso — repreendeu, cruzando os braços.

— Você está ficando um pouco paranoica, sabia? Deve ter sido a chuva — reclamou, levantando-se da cama. Rory o segurou pelo pulso. — Ei!

— É melhor me contar o que está acontecendo, Kade Zander! — Rory ameaçou, tentando lançar seu olhar mais intimidador para Kade, embora ele apenas desse risada da cara da irmã, desvencilhando-se dela.

— Eu já disse que estou bem, *vossa alteza* — ele insistiu, ajeitando a manga da camisa. — Agora vá tomar um banho. Minha mãe vai matar você se a vir assim.

— Você não vai mesmo me contar o que está acontecendo? — Rory reclamou, jogando o travesseiro no irmão.

— Você é a que tem problemas, esqueceu? — Ele foi na direção da porta. — A gente se vê no jantar, irmãzinha — terminou, fechando a porta atrás de si, fazendo-a bufar outra vez.

Ela não ficaria perseguindo o irmão até que ele confessasse; além do mais, em que tipo de problemas ele se meteria? Se fosse algo sério, com certeza ele contaria a ela, assim como sempre contara, embora o príncipe nunca tivesse tido muitos problemas de que Rory se lembrasse.

23

Depois de ter tirado todas as folhas dos cabelos durante o banho, Rory saiu em disparada para a sala de jantar, ao qual deveria ter chegado havia dez minutos.

E quanto mais ela se aproximava, mais o aroma de comida ia se acentuando nas suas narinas, fazendo sua barriga roncar, já que ela tinha ficado sem comer quase o dia inteiro.

Ainda bem que o vestido não é apertado.

Rory comemorava consigo mesma por não precisar comer pouco ao entrar no salão, passando a mão pelo vestido rendado com as mangas até os cotovelos, escondendo alguns arranhões que ganhara ao passar pelos arbustos. Ela com certeza teria de agradecer a Nynna – sua empregada – pela discrição em relação a isso, afinal outra pessoa certamente não manteria o sigilo, muito menos as perguntas que ela não queria responder.

– Oi, filha – Dylan a cumprimentou ao vê-la se aproximar da mesa antes de se acomodar ao seu lado, como de costume.

– Achei que ia perder a entrada – Kade pronunciou, do outro lado da mesa, para depois levar um canapé à boca.

– Sim, você se atrasou bastante, querida. Cheguei a pensar que não estava bem – Samaira falou, forçando um sorriso.

– Estou bem, sim, Samaira, foram só dez minutos. Não precisa se preocupar – a princesa respondeu, tentando abrir um sorriso simpático, que foi recebido pela rainha com outro gesto fingido.

Rory se voltou para o pai, cumprimentando-o com a cabeça, enquanto ele dava um sorriso gentil.

— Como passou o dia, meu amor? — Dylan perguntou depois de mastigar o último canapé de salmão, já parecendo pronto para o prato principal.

— Bem molhada — Kade murmurou no lugar de Rory, que lançou um olhar severo para o irmão, que abaixou os olhos com um sorriso nos lábios.

— Foi bom, pai — ela respondeu, com um sorriso meio desesperado. Pensando bem, Kade não sabia de nada incriminatório, então não existia motivo para preocupação, o que a fez relaxar os ombros antes de continuar: — Fiquei o dia inteiro no jardim e acabei me molhando um pouco quando começou a chover de novo.

Rory voltou a olhar para o irmão, que a encarava enquanto mastigava, como se dissesse: "Certeza que foi só um pouco?", obrigando-a a segurar a vontade de começar a rir ao lembrar o estado das suas sapatilhas, que provavelmente levariam uns dois dias para secar.

E por mais que não fosse a pior conversa do mundo, ela logo se sentiu aliviada pelo assunto tomar outro rumo assim que Kade começou a falar do seu dia, envolvendo um jogo de xadrez com o mordomo e uma aula exaustiva de francês, que ele dizia ser a língua mais difícil do mundo, embora Rory discordasse dele. *Como alguém pode odiar francês?*

Como sempre, Samaira conseguiu mudar as coisas da água para o vinho com uma rapidez impressionante.

— Querida, estava pensando que poderíamos ligar para um estilista vir desenhar seu vestido amanhã mesmo, assim vai estar perfeito para a Oficialização. Sem contar que também temos que fazer um terno para você, meu filho — comentou, passando a mão pelo braço de Kade, sentado ao seu lado. — Sua gravata pode ser no tom do vestido da sua irmã, talvez dourado ou quem sabe um vermelho-rubro — terminou, dando um sorriso de empolgação.

Kade apenas concordou com a cabeça, dando vários goles em sua bebida.

— É claro, Samaira — Rory concordou, tentando pular para outro assunto mais agradável, embora a rainha parecesse decidida a continuar com o tema.

— Ah, acho que também podemos decorar o salão de festas com as cores de todas as casas, dando destaque para a nossa, é claro. E temos que procurar um organizador de eventos. Quanto mais ensaiarmos a cerimônia, melhor.

— Tudo bem.

— Ah, querida, você vai se sair maravilhosa. Todo o mundo vai ver o evento pela TV, pense em como vai ser espetacular — Samaira acrescentou, rodopiando o resto do vinho na taça em suas mãos enquanto seu olhar incisivo se cravava na princesa como uma provocação; desde quando Rory gostava das câmeras? Com certeza Samaira queria provocá-la e o pior de tudo era que ela estava conseguindo. Só de pensar em todas as câmeras a encarando, o estômago da princesa se revirava por completo e, por mais que fosse a rainha que estivesse bebendo, Rory já conseguia sentir sua cabeça dar voltas e voltas sem sair do lugar conforme a bile invadia seu paladar. — E você pode ficar tranquila, querida. Vou cuidar de tudo eu mesma, não vou deixar passar nenhum detalhe. E por falar nisso, Dylan, seria bom contratar mais guardas temporariamente para a ocasião. Posso fazer uma lista para não atrapalhar você — terminou.

Um mordomo tirava a louça do prato principal, assim como outras empregadas vinham logo atrás com as sobremesas em bandejas espelhadas.

— Com certeza vai ser importante ter segurança extra para a ocasião, mas posso fazer isso.

— Não, eu insisto, meu amor — a mulher falou.

Dylan se contorceu ao escutar a esposa tão melosa, assim como Rory, que se esforçou ao máximo para não revirar os olhos diante da cena, embora Kade tivesse se engasgado com a bebida.

Todos sabiam como aquela cena era fingida, e até mesmo uma das empregadas se esforçou para não rir diante da situação.

— Tudo bem, Samaira, organize a festa da melhor maneira possível.

Dylan fez uma pausa para dar um suspiro, colocando várias tortinhas em um prato, fazendo Rory arregalar os olhos. *Como você pode comer tanto com ela falando?*, pensou conforme ia tentando manter a concentração com sua cabeça parecendo mais uma roda-gigante, entretanto se a sala começasse a rodar ela com certeza teria de sair dali.

— Ah, também vou mandar fazer os convites amanhã cedo, quero ter pelo menos três modelos diferentes para poder escolher a melhor opção, não acha, querida? Sem contar que ele vai ter que combinar com a decoração – Samaira continuou. Rory só concordou com a cabeça, sem nem tocar nas tortas à sua frente. – Também temos que gravar um anúncio real para passar nos comerciais durante a semana, com nós quatro. O que acha de todos vestirmos azul-índigo? Eu particularmente acho que vai combinar com todos nós. É uma cor discreta, mas que impõe respeito, não acham? Vou...

Então, como em um passe de mágica, as palavras deixaram de fazer sentido para Rory, que só conseguia ouvir o próprio coração batendo em um ritmo desordenado, ou talvez fosse o chiado da voz de Samaira. No entanto, a essa altura Rory nem conseguia decifrar se a mulher ainda estava falando, via apenas o borrão à sua frente, assim como tudo ao seu redor.

Fosse lá o que estivesse acontecendo, ela precisava sair daquele lugar com urgência.

– Eu estou muito cansada. Vou para o meu quarto – esforçou-se para dizer. Levantou-se da cadeira, indo direto para o que pensava ser o rumo da porta até os corredores. – Boa noite.

Sem esperar por uma resposta, não que ela pudesse escutar, Rory passou pela porta aberta, esforçando-se ao máximo para conseguir andar ereta. Tentou focar em seus passos, já que ver alguma coisa já parecia uma tarefa impossível. Ainda bem que ela conhecia o palácio como a palma da mão.

Só preciso descansar. Só preciso..., repetia consigo mesma a cada corredor ultrapassado, mas, ao tentar subir as escadas, percebeu que aquela talvez fosse uma tarefa impossível. Seu peito subia e descia com a respiração cada vez mais acelerada, e seu coração parecia aumentar o volume cada vez mais, e seus pés pareciam ceder, e... e... *Por que ficou tão quente?!*

Ela deu meia-volta, correndo aos tropeços para qualquer lugar onde Samaira não a visse – não daria essa satisfação para a madrasta, jamais.

Só preciso descansar. É só isso.

Contudo, depois de não conseguir dar nem mais um passo, Rory abriu a primeira porta que conseguiu tatear, entrando em um quarto de hóspedes vazio, jogando-se direto no chão depois de conseguir fechar a porta, embora nem tivesse certeza se tinha conseguido mesmo com tudo preto ao seu redor.

Só preciso descansar.

No instante em que ela fechou os olhos, tudo se transformou no mais completo silêncio, sem nenhum barulho martelando a sua cabeça, nem mesmo o som leve da sua respiração ou coisa do tipo. Talvez ela estivesse ficando doida, o que era bem provável; fosse lá o que fosse, ela só ia se preocupar no dia seguinte.

Eu só preciso descansar.

Podia ser pelo mal-estar passando ou o nível de cansaço elevado, mas até que o chão parecia bem confortável no momento.

Só preciso descansar. Só preciso...

Eu...

24

— Graças a Deus você acordou! — Dylan suspirou, levantando-se da cadeira para ir abraçar Rory, que tentava se sentar na cama. Quando ela tinha ido para o quarto? — Está tudo bem com você, meu amor? Se sente mal? — continuou, acomodando-se na beirada da cama, inspecionando o rosto de Rory com o semblante preocupado.

— Hum... O que aconteceu? — ela perguntou, esfregando as têmporas e bocejando.

— Nynna não a encontrou aqui de manhã, por isso os guardas foram procurar você. — Ele fez uma pausa para permitir que a filha acompanhasse o ritmo. — Um deles a encontrou desacordada no quarto de hóspedes do andar de baixo. Você estava ardendo em febre, filha.

— Eu desmaiei então — Rory falou, tentando assimilar todo o ocorrido; talvez ela não precisasse só descansar. — Eu estou doente, pai?

— Não, você ficou na ala hospitalar só até a febre baixar. Tiraram um pouco de sangue, mas está tudo certo. — Ele parou, um pouco confuso, e continuou com um sorriso: — O doutor Calen disse que você está com uma saúde de ferro. Provavelmente foi só um mal-estar, mas vamos ficar de olho, ok?

— Certo — concordou, puxando o pai para um abraço. — Muito obrigada, pai.

— Eu amo você, minha pequena. Não gosto de vê-la mal, então é melhor não me dar mais sustos, entendeu? Isso é uma lei — ele terminou, soltando uma risada curta antes de se afastar da filha.

— Pode deixar, vossa majestade — concordou, esticando o corpo. — E eu também amo muito você.

— Bom, vou pedir para as empregadas trazerem algo para você comer aqui. Samaira está uma loucura lá fora; se quiser, pode ficar aqui o resto do dia, assim você pode se recuperar melhor — ele terminou com um sorriso bonito antes de se levantar da cama.

Conforme Dylan sorria, Rory conseguia ver os pés de galinha que se acentuavam em seu rosto e, por mais que seus cabelos estivessem penteados para trás, era nítido os fios grisalhos se destacando no castanho-caramelado.

Ela não daria mais preocupações para o pai. Além do mais, se Dylan era capaz de lidar com o país inteiro e ainda aturar a esposa, Rory podia muito bem tentar se sair bem em um evento sem mais ataques de pânico, afinal ela devia isso ao seu pai.

— Quer saber... — ela começou, tentando juntar todo ânimo que podia. — Eu estou muito bem, acho que posso dar conta de Samaira e de seja lá quem ela contratou para a Oficialização.

Feliz com a atitude da filha, Dylan alargou ainda mais o sorriso e concordou com a cabeça, parando diante da porta para olhar de novo para Rory já em pé, jogando os cabelos para trás.

— Estou muito orgulhoso de você.

— O senhor já me disse isso, pai.

— Eu sei.

Ele abriu a porta e saiu, dando a Rory um pouco mais de força com seu apoio. Antes que pudesse dar outro passo, Nynna entrou.

— Bom vê-la de pé, senhorita — a empregada falou com um sorriso sincero. — O que gostaria de vestir hoje?

— Oi, Nynna, que tal uma armadura de guerra? — Rory brincou, indo direto para o banheiro.

A mulher riu ao acompanhá-la.

— Acho que isso não seria o suficiente para conter a rainha — comentou entre risos.

— Então acho que pode ser aquele vestido verde-água — comentou, já tirando as roupas para entrar na banheira coberta de espumas.

— Com as sapatilhas douradas?

— Perfeito. Muito obrigada — Rory agradeceu, vendo Nynna ir direto para o closet.

Se o dia continuasse assim, Rory tinha grandes chances de acabá-lo sem muita dor de cabeça, o que era um pouco impossível diante do furacão de pessoas a esperando do lado de fora do quarto.

— Quem escolheu sua roupa, querida? — Samaira perguntou conforme Rory ia se aproximando para se sentar na poltrona do salão de chá.

— Eu mesma, por quê? — Rory perguntou depois de se sentar, ajeitando o cinto de pérolas do vestido, que ia até metade do joelho.

— Ah, por isso que ele parece tão... simples — a mulher alfinetou. Ela cruzou as pernas, deixando a fenda no vestido mostrar uma de suas pernas nuas. — Ele é bem sua cara, sabia?

— Hum... Pelo menos eu consigo respirar, não é mesmo? — Rory revidou com um sorriso para que os convidados na outra mesa não reparassem na troca de farpas.

— Tudo exige um preço, até mesmo a elegância, querida.

— Então me fazer chamar atenção dos filhos dos lordes agora é elegância, Samaira?

— Não me diga que só agora que você descobriu. Achei que fosse mais esperta do que isso, Rory — concluiu, soltando um suspiro, embora mantivesse o sorriso nos lábios.

— Bom, não precisei me casar com ninguém para ser importante, muito menos ouvida. Pena que não posso dizer o mesmo de você — atacou, pegando um copo de suco em cima da mesa.

Samaira soltou uma risada.

— Ouvida? Não foi isso que me contaram sobre as reuniões do conselho — revidou, tirando os cabelos dos ombros. Passou os olhos pelo salão, observando todos trabalharem em rascunhos para apresentar para ela, desde vestidos à posição das mesas. Rory adoraria poder revidar, mas era como se as palavras tivessem morrido na sua garganta, o que a fez soltar um suspiro e dar um gole no suco. — Hum... Foi o que pensei — Samaira continuou diante do silêncio da princesa, sentindo o gosto de ter ganhado essa. — Sou melhor do que você, garota, não fique se achando por causa da Oficialização. Eu ainda sou a rainha e ainda sou mais poderosa do que você e qualquer um nesta sala, entendeu?

— Guarde suas inseguranças para si, Samaira — Rory rebateu com cara de tédio, fazendo a madrasta arregalar os olhos de raiva por um segundo, embora ela tenha contra-atacado:

— Não sou eu que desmaio de ansiedade por aí, não é mesmo?

Ansiedade? Sério?, Rory reclamou consigo mesma diante da fala da rainha, que começou a comer alguns macarons que estavam em cima da mesinha.

— Talvez você devesse...

— Com licença, vossa majestade, vossa alteza.

Um homem cheio de papéis nas mãos apareceu por trás das duas, fazendo uma reverência, obrigando-as a se calarem.

— Ah, olá, senhor Avner, vejo que já teve algumas ideias — Samaira falou, apontando para uma poltrona vazia.

O estilista se sentou, deixando todos os rascunhos no colo antes de ajeitar o paletó xadrez que dava destaque à sua gravata vermelha, mostrando um estilo bem único, sem contar os sapatos de cores diferentes, um azul e outro vermelho.

— Claro, vossa majestade, fiz esses rascunhos e, particularmente, meu preferido foi este aqui. — Ele entregou um desenho para a rainha, um vestido justo até os joelhos, a partir de onde começava a ficar rodado. — Aposto que vossa alteza vai ficar maravilhosa nele — terminou, batendo palmas para Rory, que encarava o modelito nas mãos de Samaira.

Ele com certeza era incrível e, mesmo no papel, Rory conseguia imaginar o tecido dourado refletindo com qualquer raio de luz, mas... Aquilo era algo que Samaira usaria, não ela.

— É sensacional! Simplesmente perfeito, Avner, não é mesmo, querida? — Samaira falou, entregando o papel nas mãos de Rory.

— É lindíssimo, de verdade. Mas não é muito... extravagante? — falou, tentando não soar grossa diante do estilista, que parecia radiante.

— Você vai passar por uma Oficialização, meu bem. Isso é apenas poder — Avner terminou com um sorriso ainda maior.

Samaira concordou com a cabeça, forçando Rory a retribuir o gesto com um sorriso forçado.

— Ele vai ficar maravilhoso em você, Rory, acredite em mim — Samaira completou, colocando as mãos sobre as de Rory.

A princesa teve de se segurar para não se contorcer na frente do estilista, que olhava, encantado, para as duas.

Com certeza Kade havia herdado isso da mãe, pois Rory nunca tinha visto mãos tão geladas quanto a da madrasta, o que a fazia questionar ainda mais como Dylan a aguentava.

— Bom, eu também adorei aquele vermelho — Rory comentou, agarrando um desenho das mãos de Avner para que Samaira se desvencilhasse.

— Ah, esse com certeza fica em segundo lugar — o estilista comentou, feliz.

— E uma princesa não pode aceitar nada menos do que o primeiro — Samaira rebateu, tirando o papel das mãos de Rory, que quase bufou para ela. — Aqui, Avner, vamos ficar com o dourado mesmo. Pode começar a desenhar o modelito do príncipe agora. Com certeza a gravata vai poder ser no mesmo tom, assim como o meu vestido, é claro.

— Mas...

— Ah, é óbvio! Quase me esqueci, também há o modelito do rei — ela acrescentou, interrompendo Rory, que respirou fundo para manter o semblante alegre.

— É claro, majestade. — O estilista se levantou com os desenhos em mão. — As senhoritas vão ficar magníficas! Volto daqui a pouco para mostrar o resultado dos outros modelitos, com licença.

— Toda — Samaira prosseguiu. O estilista fez uma reverência para as duas antes de voltar para o seu lugar. A rainha soltou um suspiro. — Ainda bem que eu estava aqui. Imagine se você escolhesse aquele vestido...

— O vestido era lindo, Samaira!

— Lindo não significa perfeito, como o outro. Aprenda a diferenciar, querida.

— Por que eu estou aqui sendo que você vai me impedir de escolher o que eu quero para a *minha* cerimônia?

— Sinceramente, eu não me importo se você quiser dar uma passeada pelo castelo. Você só está tornando as coisas mais lentas — Samaira terminou antes de começar a analisar as próprias unhas sem se dar conta da chegada do filho.

— Oi!

Rory foi abraçar o irmão.

Samaira se levantou logo em seguida para dar um beijo no filho.

— Oi, mãe — ele falou, desanimado, depois da mulher lhe cobrir de beijos, fazendo Rory soltar uma leve risada para o irmão, agradecendo de todo o coração por Samaira não ser sua mãe.

— O que está fazendo aqui, meu amor? — a rainha perguntou depois de soltar Kade.

— Eu só vim ver Rory — respondeu, virando-se para a irmã. — Como você está?

— Estou ótima, não precisa se preocupar — afirmou, apontando para si mesma. — Viu?

— Tudo bem — ele concordou, passando a mão pelos cabelos. — Agora, onde está a comida deste lugar?

— Achei que tinha vindo para me ver.

Rory cutucou o braço do irmão conforme ele corria os olhos pelo salão.

— E vim, mas não vou voltar de barriga vazia. — Kade foi direto para a mesinha com macarons, com Samaira logo atrás. — Você não vem? — acrescentou, virando-se para a irmã com a boca cheia.

— Vou escrever meu discurso no quarto — Rory respondeu.

Foi em direção à porta. Embora fazer um discurso com certeza fosse bem mais difícil do que aprovar vestidos, pelo menos era algo que poderia fazer sozinha. E por mais que tivesse prometido para si mesma que aguentaria, não ia fazer mal ficar longe de Samaira só um pouco, afinal ela ainda iria fazer sua parte para a Oficialização.

No entanto, quando chegou no quarto, sentou à escrivaninha e agarrou o papel e a caneta, ela conseguia pensar em mil coisas diferentes, menos no que tinha de escrever.

25

Eu, Rory Zander, primogênita de Dylan Zander, rei de Taleiau, prometo herdar o trono com dignidade e fazer jus aos meus antepassados, governando o país com ~~dignidade~~ justiça, razão e...

— Argh...

Ela já estava nisso havia duas horas e não tinha conseguido nem terminar um parágrafo, parecia impossível conseguir fazer aquele discurso; por mais que Rory tentasse, era como se todas as suas ideias tivessem resolvido tirar umas férias ao mesmo tempo, sem contar que até mesmo a tampa da caneta já estava a fazendo perder a concentração.

E, o pior de tudo, não importava quantas vezes ela relesse aquelas três linhas, elas sempre pareciam erradas para Rory, como se não fosse certo escrever aquilo, o que a fazia torcer o nariz de raiva.

Depois de tanto tentar encontrar um jeito de continuar, ela amassou o papel entre as mãos, fazendo uma bola para jogar para trás. Talvez ela devesse pedir ajuda a Jeftali; uma hora ou outra ela teria de parar de tentar evitar o conselheiro. Embora ainda se sentisse mal por não conseguir perdoar a mãe, ele não tinha culpa e provavelmente não iria julgá-la, então... por que *ela* se julgava? Por que ela se culpava por isso? E por que aquilo a assombrava tanto?

Sem ao menos hesitar, Rory correu os dedos pela gaveta da escrivaninha, abrindo-a até encontrar o envelope que procurava, sem nome ou endereço, perfeito para que ninguém encontrasse a carta dentro dele, já meio puída por causa do tempo.

Por mais que todas aquelas palavras estivessem tatuadas no coração de Rory, vê-las gravadas naquele papel era diferente, como se de alguma maneira a voz que ela imaginava ser de Nadine ganhasse vida naquelas letras desenhadas, como se ela estivesse lá, bem atrás de Rory, falando cada verso ao seu ouvido, e, em cada vírgula, desse um suspiro atordoado, fazendo os olhos de Rory marejarem até uma lágrima solitária cair sobre o papel, juntando-se às dos dias anteriores enquanto seu peito ia se apertando.

Ao chegar na assinatura da mãe, Rory começou a pensar, alisando o papel. Talvez estivesse na hora de perdoar, de abandonar aquele peso; no fim das contas, Nadine não ia atravessar por aquela porta e dar uma abraço em Rory. Não importava o quanto ela desejasse, pedisse ou implorasse, o passado não ia mudar nem com um milhão de lágrimas, e estava na hora de a princesa aceitar isso, mesmo que significasse perder uma parte da mãe. Ela tinha de seguir em frente.

— Vou sentir saudades, mãe... — murmurou consigo mesma, observando a assinatura da mãe.

Nadine.

Depois de respirar fundo, Rory saiu disposta a fazer o que tinha de ser feito, levando a carta muito bem dobrada em uma das mãos e usando a outra para tentar enxugar as lágrimas, embora os olhos vermelhos com certeza a condenassem um pouco. Para a sua sorte, todos estavam ocupados demais no salão de chá com a Oficialização, deixando os corredores até que vazios, tirando um ou dois guardas fazendo vigília, embora nenhum deles se dirigisse a ela para perguntar sobre seu estado.

Ao chegar no subsolo, Rory cruzou um corredor, até chegar na porta da cozinha, diante da qual parou, tentando criar coragem para continuar. Respirou fundo e entrou, observando as dezenas de cozinheiros que paravam seu trabalho para olhar para ela.

É claro que a cozinha ia estar cheia, sua tonta, criticou a si mesma. Todos faziam uma reverência, e alguns até tiravam seus chapéus de chefe para se curvar, segurando colheres e temperos.

— No que podemos servir, vossa alteza?

Uma mulher se aproximou limpando as mãos em um pano de prato, curiosa com a princesa ter ido à cozinha, já que a família real nunca entrava lá, o que fez Rory ficar espantada ao perceber isso.

— Hum... Você poderia me dar um fósforo? — perguntou, tentando não chamar muita atenção, embora os outros cozinheiros já houvessem voltado ao trabalho.

— Um fósforo?

— Sim, mas um isqueiro também serve — a princesa terminou, colocando as mãos atrás das costas.

A cozinheira ficava cada vez mais intrigada com o pedido.

— Certo... Vossa alteza deseja mais alguma coisa? — a mulher perguntou, deixando transparecer sua curiosidade com o assunto.

— Não, só isso. Bem... Na verdade, eu agradeceria a discrição.

— Certo, certo. Pode confiar em mim, princesa. Aliás, tenho um aqui no bolso — a cozinheira conclui, tirando um isqueiro do bolso do avental, soltando um sorriso ao entregá-lo para Rory, embora seus olhos estivessem sedentos por um explicação que ela não teria.

— Obrigada — Rory agradeceu, apertando o isqueiro com a mão livre.

Sem esperar por uma retribuição do agradecimento, a princesa saiu da cozinha, atravessando o corredor o mais rápido possível, sentindo seu coração quase sair pela boca enquanto ia apertando ainda mais a carta, relendo-a em sua mente milhares de vezes, até que...

— Ei! — Rory reclamou ao tropeçar no pé de alguém que estava encostado na parede.

— Boa tarde para você também, *princesa* — o garoto falou

Rory parou na mesma hora para se virar para o dono da voz.

— Marcus! — cumprimentou depois de abraçá-lo, fazendo-o ficar vermelho com o ato inesperado. — Não tinha visto você.

— É, eu percebi quando você quase caiu — respondeu, abrindo um sorriso torto para depois focar nos olhos de Rory. — Está tudo bem?

— Hum... Vai ficar... eu acho.

Ela suspirou, voltando a colocar as mãos atrás das costas.

Sem entender ao certo, o entregador abaixou o rosto para o chão, focando na fita em seu pulso por um breve segundo até se voltar para Rory.

— Bom, a van está lá na garagem — ele comentou, esboçando um sorriso um pouco mais fraco, fazendo Rory sorrir.

— É tentador, mas não posso fugir desta vez — admitiu, encostando as costas na parede ao lado dele.

— A Oficialização?

Rory negou com a cabeça.

— Minha mãe — admitiu, fazendo Marcus arregalar os olhos em confusão.

— Você fala de Samaira?

— Pela minha Casa, não! — grunhiu. Só de pensar em ter Samaira como mãe, o estômago de Rory revirava como um ninho de cobras. — Eu falo da *minha* mãe. — Mais confuso ainda, Marcus torceu o nariz, sem entender absolutamente nada. — Hum... Você pode me levar para o pátio onde ficam as vans? — Rory perguntou, sem vontade de explicar nada para o entregador, embora ela mesma sentisse que não entendia muita coisa.

Antes de se opor, as palavras morreram na boca de Marcus diante do estado meio frustrado de Rory, e logo cedeu à vontade da princesa, concordando com a cabeça.

— Venha comigo.

Ele começou a andar, levando-a a outro corredor e, então, até outra escadaria, que desembocava na sala de entrada de empregados, até sair pela porta, que dava direto para o pátio.

O lugar estava cheio de vans, limusines e carros blindados, com portões enormes que davam para a rua. O que mais interessava a Rory era o espaço livre e a grande ausência de pessoas.

Ela foi para perto de uma lata de lixo de ferro vazia enquanto Marcus ficava em um canto encostado na parede, deixando Rory fazer o que quer que ela tivesse de fazer.

Ela respirou fundo e fechou os olhos, permitindo-se escutar todos os seus sentimentos, que gritavam em seu coração ao desdobrar a carta, sentindo o relevo da tinta sobre o papel, cada traço, cada curva, até que abriu os olhos e começou a ler a carta uma última vez. Seus olhos voltaram a lacrimejar, seu coração palpitando forte dentro do seu corpo quente, tão, mas tão parecido com o da mulher que um dia escrevera aquelas palavras.

— Eu vou escutar você, mãe, eu prometo... — murmurou consigo mesma e acendeu o isqueiro, vendo a pequena chama dançar solitária, revezando entre o azul e o laranja. — Vou tentar ser corajosa, e-e-eu prometo... — Levou o isqueiro à carta, deixando a pequena chama tocar o papel, queimando-o aos poucos como se relutasse em devorar as letras. — Vou tentar não chorar mais por você. — Aos poucos a fumaça tomava conta do olfato de Rory conforme o fogo ganhava um pouco mais de força. — E eu a perdoo, mãe. Eu a perdoo...

E Rory jogou o papel na lata, vendo-o ser engolido por inteiro pelas chamas num piscar de olhos, queimando consigo toda a culpa que ela vinha carregando nos últimos tempos, toda a raiva, todo o medo e remorso, até só restarem as cinzas.

Ela enfim estava livre daquilo e, por algum motivo, não se sentiu mais longe da mãe como imaginava. Apenas se livrara do que estava lhe fazendo mal, e isso nunca parecera tão bom. Talvez por isso ela não conseguisse parar de sorrir, e talvez fosse por isso que correu para dar um abraço em Marcus, e talvez fosse por isso que ele a ergueu no alto ao vê-la tão feliz antes devolvê-la para o chão.

— Agora está tudo bem? — ele perguntou com um sorriso no rosto.

Rory suspirou, sem acreditar no que tinha feito.

— Sim — admitiu, sorrindo ainda mais, para logo voltar ao normal, ao mesmo tempo que ficavam em silêncio. — Muito obrigada — agradeceu depois de alguns minutos.

— Eu só mostrei o caminho — Marcus respondeu, enfiando as mãos nos bolsos.

— Você fez muito mais do que isso — ela terminou com um sorriso. — Agora eu adoraria se me levasse de volta. Tenho que falar com uma pessoa.

— Sem problemas. Mas espere — ele falou, tirando as mãos dos bolsos, desatando o nó do bracelete em seu pulso antes de entregá-lo a Rory. — Fique com você.

— O que é? — Rory perguntou, alisando a tira de tecido verde-musgo, rústica como um jeans velho.

— Bom, semana passada você me pagou para levá-la, só que eu também acabei indo porque precisava tanto quanto você, então... este é o meu pagamento — ele terminou com um meio-sorriso.

Mesmo que aquela pulseira nem chegasse perto do valor do colar, Rory a aceitou como se fosse mais valiosa e a amarrou no pulso direito, sem ligar para o que Samaira provavelmente diria. Ela tinha ganhado um amigo do dia para a noite, e, por mais que não o conhecesse muito bem, era bom saber que podia confiar nele.

Confiar...

Aquela palavra parecia fazer milhares de borboletas rodopiarem no estômago de Rory, porque, de alguma forma, parecia muito mais significativo do que ela podia imaginar.

26

— Posso falar com você?

— Ah, olá, Rory. É claro que sim, venha aqui — Jeftali respondeu, deixando um livro grosso em cima da mesa ao lado de uma pilha com outros três que já devia ter lido.

— O que está lendo? — ela perguntou, sentando-se na frente do conselheiro, tentando começar a conversa com um assunto mais leve do que aquilo que tinha em mente.

— A história do nosso povo. É impressionante as coisas de que éramos capazes antes da Anulação, não acha? — ele falou e foi arrumando as mangas da túnica com as mãos enrugadas.

— Sim. Na verdade... Às vezes eu duvido que as pessoas fossem capazes de tudo isso — comentou, fixando os olhos na capa de um dos livros.

— Bem, admito que controlar a água e a luz pareça um tanto estranho, mas, veja, nossa história, e até mesmo nossa monarquia, se baseia nisso — o conselheiro continuou, colocando as mãos sobre a mesa. — Você será rainha porque seus antepassados eram mais poderosos do que os outros...

— Entendo. Eu seria uma Incendiadora — Rory concluiu, passando os olhos por outra capa cheia de desenhos.

— Ou uma Mental, como a linhagem de sua mãe — ele acrescentou, esboçando um sorriso fraco.

Rory se lembrou da carta ao passar o olhar para o conselheiro depois de um minuto de silêncio.

— Eu a perdoei — começou com um sorriso. — Eu tinha medo de perdê-la se fizesse isso, mas...

— Mas foi o contrário, não é? — Jeftali acrescentou quando Rory não conseguiu concluir.

— Sim.

Contente pela princesa, o conselheiro soltou um suspiro satisfeito e se encostou nas costas da cadeira de madeira.

— "Perdoar é deixar o outro nascer de novo em nossa história sem as memórias que fizeram dele uma lembrança desagradável", Caio Fábio.

— Quem é esse?

— Uma das citações no arquivo guardado antes da Depressão — Jeftali explicou, analisando o rosto de Rory como um avô observando o neto.

— Bom... acho que ele estava certo — Rory concordou, sorrindo.

Colocou uma mecha de cabelo para trás, dando um suspiro aliviado. Ela estava com saudades de ouvir os ensinamentos do amigo.

— Também concordo com você e sua mãe também concordaria, pode ter certeza — afirmou com a voz gentil.

— Obrigada.

— Não há de quê. E como você está? — o conselheiro perguntou, olhando nos olhos da princesa.

Ele a conhecia bem demais para não a entender.

— Estou bem, o desmaio não foi nada de mais — Rory respondeu sem pensar muito.

— Não foi sobre isso que eu perguntei — contestou, erguendo a postura com um sorrisinho.

Rory soltou um suspiro.

— A Oficialização parece assustadora por algum motivo, mas Samaira está organizando tudo para a cerimônia e, por mais que eu não a suporte, até que é bom não precisar fazer todos os preparativos. — Rory pausou para respirar, passando os olhos pelas prateleiras abarrotadas de livros ao seu redor. — E há o discurso... mal consegui escrever três linhas em duas horas — desabafou e sentiu os ombros relaxarem.

— Certo. Não posso dizer que entendo, nunca fiz algo do tipo, mas... no caso do discurso, acho que posso ajudar — concluiu, lançando uma piscadela para Rory, que sorriu em agradecimento.

— Posso buscar o papel e a caneta no meu quarto? — ela perguntou, animada.

— É claro que sim. Não vou sair daqui — ele afirmou, cruzando os braços.

Rory se levantou.

— Já volto — a princesa avisou, indo na direção da porta.

Depois de uma hora rabiscando, pensando e relendo, o discurso ficou pronto, e, por mais que Jeftali tivesse ajudado Rory, nele havia tudo o que ela queria, sem nada que não gostaria de dizer, contudo aquilo ainda não tinha diminuído nem um pouco o pânico que sentia com a Oficialização.

Tirando isso, o resto do dia passou bem mais calmo para a princesa e, quando o jantar acabou, Rory agradeceu profundamente por Samaira ter parado de falar e ido para o quarto, deixando apenas ela e Dylan sentados à mesa, já que Kade dissera que estava cansado demais da aula de esgrima e preferia ficar no quarto.

— Achei que ela não fosse parar — Rory murmurou para o pai com uma risada, assim como Dylan, que soltou um riso abafado pelo guardanapo, que logo colocou sobre a mesa.

— Já estava quase me retirando para ser honesto — ele comentou, colocando a coroa em cima da mesa e passando a mão pelos cabelos. — Então, como foi seu dia?

— Hum... — *Eu perdoei minha mãe e ganhei uma fita do entregador de comida do palácio.* — Eu terminei o discurso. Bom, Jeftali me ajudou um pouco, mas ele só me orientou — terminou ao mesmo tempo que dois empregados começavam a retirar os pratos, deixando a mesa comprida apenas com os dois vasos de flores e a coroa.

— Isso é muito bom. Parabéns, minha pequena. — Dylan estendeu a mão para a filha, que a apertou em cima da mesa. — O que é isso? — perguntou, olhando para o pulso de Rory, que recolheu a mão quase na mesma hora, corando, tão assustada quanto um animal sendo queimado.

— É uma pulseira. — Ela observou o desenho de um cervo bordado no centro do tecido, buscando qualquer coisa que pudesse falar em vez de *ganhei de um entregador, pai.* — Eu pedi para Nynna bordar um cervo nela, assim como o meu livro.

— Sabe que pode pedir qualquer joia daqui, não é?

Ele deu um sorriso.

— Ah, sim. É que eu não encontrei nenhum cervo igual ao do livro.

A princesa esticou o braço de novo para o pai, tentando disfarçar.

— Entendo. Tudo bem, não deixa de ser bonito — Dylan acrescentou, sorridente. — Gosto de saber como você aprecia a literatura, sabia? É um sinal de que vai ser uma ótima rainha. — Sem jeito, Rory agradeceu ao pai e se inclinou na cadeira para abraçá-lo. — Você vai ser perfeita, meu amor, não duvide disso — murmurou, abraçado a ela.

— Às vezes eu tenho medo — desabafou com um suspiro, deixando seu coração transbordar as palavras guardadas.

— Eu também já tive medo, e ainda tenho muitas vezes. Mas aprendi a enfrentá-los, assim como você também vai. — Ele se desvencilhou do abraço para ver a filha, por mais que a vontade de Rory fosse ficar para sempre nos braços do pai. — E vai ser melhor do que eu nisso.

— Como você sabe?

Ela respirou fundo.

— Instinto paterno.

Rory soltou uma risada espontânea enquanto ele começava a gargalhar.

Ela adorava ver o pai rir, mesmo que fosse raro; amava vê-lo assim, e guardava esses momentos em sua memória, como quando tinha sete anos e não conseguia dormir por causa dos trovões; Dylan fora até seu quarto e começara a brincar de esconde-esconde com ela e, cada vez que Rory o encontrava, ele soltava a risada mais bonita do mundo, conseguindo ofuscar todo trovão que chegasse.

Até hoje, Rory sempre se lembrava daquele dia ao escutar um trovão ou ver um relâmpago rasgando o céu. Porque era isso que Dylan fazia, não o rei, mas o pai, aquele que só ela e Kade tinham permissão de conhecer.

— Acho melhor irmos para o quarto — Dylan concluiu, já em pé, fazendo Rory voltar à realidade. — Vamos?

— Ah, sim. Vamos — concordou, levantando-se, agarrando o braço estendido de Dylan. — Pai?

— Sim?

Ele começou a caminhar ao lado da filha, segurando a coroa com a outra mão.

— O senhor confia em todos no castelo? — Rory perguntou, as palavras de Darya ecoando em sua memória, tão estrondosas quanto um dos trovões que ela torcia para Dylan afugentar.

— Existem muitas pessoas dentro deste castelo, mas confio nas que conheço.

Ele olhou para frente, o rosto assumindo um semblante pensativo.

— E as que não conhece?

Por um momento, Dylan ficou em silêncio, sem saber como responder, fazendo a espinha de Rory gelar por um momento — o momento mais longo que ela já tinha presenciado.

— Bom, para estarem trabalhando aqui, elas tiveram que se mostrar de confiança de alguma forma — Dylan respondeu depois de um tempo.

Os dois viravam no corredor, e Rory duvidou um pouco do pai, que assumia um semblante menos sorridente.

E se Dylan tivesse deixado algum psicopata trabalhar no castelo sem perceber? Talvez um cozinheiro acabasse envenenando a comida de todos no palácio. Ou, pior, poderiam estar armando um atentado dentro do castelo naquele exato momento.

E a cada passo dado, uma nova e pior conspiração lhe vinha à mente, desde um incêndio proposital a um ataque silencioso durante a noite, fazendo-a temer até sua própria sombra, até que se obrigou a dispersar esses pensamentos ao chegar no pé das escadas, observando os três guardas que estavam de vigília.

Não havia como alguma coisa acontecer em um lugar repleto de soldados armados, prontos para defender a família real com suas próprias vidas.

Quem dera se eles pudessem defendê-la da Oficialização ou simplesmente a levassem para algum lugar bem longe dali, para as cordilheiras talvez, ou apenas para outro país, onde não a lembrassem o tempo todo que era uma princesa, muito menos a futura rainha. Nesse caso, Marcus com certeza poderia fazer um trabalho melhor do que os guardas.

— Boa noite, meu amor.

Dylan beijou a testa da filha, puxando-a para a realidade, fazendo-a se espantar ao se deparar com a porta do seu quarto. Ela tinha subido todos os degraus sem nem se dar conta, mas logo deixou seu espanto de lado, focando em seu pai.

— Boa noite, pai. Até amanhã — ela se despediu, dando um último abraço em Dylan, que retribuiu o gesto.

— Até — ele terminou, despedindo-se da filha ao se afastar, indo para o seu quarto ao lado, balançando a coroa em uma das mãos.

Depois de observar o pai entrar no quarto, Rory abriu a porta e entrou no seu, tirando os sapatos o mais rápido que conseguiu para jogá-los em um canto qualquer no instante em que Nynna se levantava da poltrona com uma toalha nas mãos.

— A banheira já está pronta, vossa alteza — a mulher avisou, acompanhando os passos de Rory pelo quarto.

— Muito obrigada, Nynna. Ah, preciso de um favor seu.

Rory tirou o cinto de pérolas.

— Qualquer coisa, senhorita.

— Se alguém perguntar, eu que pedi para você bordar este cervo, ok?

A princesa estendeu o braço para a empregada observar a tira em seu pulso.

— Hum... Já vi várias pessoas com isso na cidade. — A empregada focou os olhos castanhos no tecido com uma expressão curiosa. — Acho que também já vi aqui no palácio, mas não presto muita atenção. Onde a senhorita arrumou isso? — terminou com um olhar incisivo para Rory, que recolheu o braço e foi direto para o banheiro, tentando pensar em algo para dizer.

A empregada a acompanhou, mas nada convincente lhe vinha à cabeça.

— Bom, eu achei.

Foi a única coisa em que conseguiu pensar, focando no zíper do vestido para não ter de olhar nos olhos da empregada, que com certeza descobriria a mentira em seu rosto um pouco corado.

— Achou?

— Sim, achei no chão.

— No chão?

— Sim. — Rory entrou na banheira de água quente, fechando os olhos para não olhar para a empregada, que fazia uma cara desconfiada. — Eu gostei dela e meu pai não deixaria eu ficar com ela se soubesse que eu pegara do chão — completou.

Nynna prendeu o seus cabelos em um coque meio relaxado para não molhar, embora Rory tenha molhado quase a metade ao entrar na banheira, afinal seus cabelos quase chegavam na altura do quadril, o que era um pouco estressante quando se enchia de nós.

— Hum... Certo.

A empregada não ficou muito satisfeita com a explicação, era quase improvável encontrar alguma coisa no chão excessivamente limpo do castelo.

Um silêncio ensurdecedor caiu sobre as duas, fazendo Rory se sentir incomodada por não escutar mais nenhuma palavra vinda da boca da empregada, que era como sua melhor amiga, embora fosse quase dez anos mais velha. Rory acabou por dispensá-la mais cedo, ficando sozinha com seus pensamentos enquanto fazia pequenas ondas de água com as mãos já enrugadas, até começar a focar no desenho em seu pulso, turvo embaixo da água.

— Escutar outras histórias para entender a minha... — murmurou consigo mesma. Abriu um sorriso, logo substituído por um suspiro. — Acho que preciso de mais histórias para isso — concluiu e saiu da banheira, deixando o chão ensopado.

27

Quando Rory entrou no salão, seu coração quase pulou pela boca ao se deparar com a passarela coberta de sangue, assim como a coroa que o cerimonialista segurava, da qual pingavam várias gotas vermelhas; suas pontas pareciam mais com adagas pregadas em um aro de ouro preto. E o pior de tudo era ver o sorriso demoníaco estampado no rosto do cerimonialista, que focava os olhos nos dela.

Aterrorizada, ela começou a recuar, com medo de ser atacada se o fizesse, mas logo bateu as costas na porta.

— O quê? Não! Não, não, não... — ela gritava, virando-se para a porta agora trancada, forçando a maçaneta.

Seu coração acelerava, cada veia do seu corpo queimava de dentro para fora, fazendo uma dor aguda percorrer todo o seu ser.

E aquela dor ficou tão insuportável que ela se jogou no chão, sem conseguir mover um músculo sequer, embora seu coração gritasse com todas as forças para ela correr dali.

— Me ajudem! Socorro! Socorro! — Rory sibilou para os convidados, que pareciam hipnotizados.

O que está acontecendo aqui? Ela gritava no meio de seus pensamentos, grunhindo de dor enquanto tentava encostar as costas na porta até o cerimonialista se aproximar dela, fazendo-a soltar um grito ao ver o rosto do homem tão de perto, parecia mais como uma vela derretendo com o fogo.

— Você só tem um futuro, Rory. Só um... Só um... — o cerimonialista bradou entre uma gargalhada e outra, colocando a coroa na cabeça de Rory, fazendo-a sentir as gotas de sangue escorrendo por sua testa, contudo ele não saía da coroa. O sangue era dela!

— Me tire daqui! Me tire daqui! — grunhiu e tentou tirar a coroa da cabeça, tão afiada quanto as pontas de mil pregos cravados em seu crânio.

— Só um futuro... — o homem repetia.

Os convidados o acompanhavam com gargalhadas vazias, fazendo Rory estremecer ao mesmo tempo que começava a se contorcer de dor, sofrendo espasmos convulsionais cada vez que tentava olhar para os rostos dos convidados.

A coroa se apertava ainda mais em sua cabeça, fazendo cada parte do seu ser latejar com a sentença sangrenta.

E como em um passe de mágica, alguém abriu a porta e a puxou para fora do salão, deixando todas as outras pessoas trancadas lá. Agarrou-se aos braços de quem quer que fosse.

— Está tudo bem, eu estou aqui, pequena. Acabou... acabou. — A voz doce de Dylan soava no ouvido Rory conforme ele passava a mão em seus cabelos, deixando-a chorar em seu ombro, incapaz de abrir os olhos. — Acabou. Eu vou protegê-la, meu amor.

Por mais que Rory estivesse aliviada com a dor se dissipando do seu corpo com o afago de Dylan em seus cabelos, a única coisa que ela conseguia fazer era chorar no ombro do pai. Só depois de vários soluços ela conseguiu sibilar, ainda de olhos fechados:

— Tire isso de mim, pai. Por favor... — terminou com um grunhido, afundando-se ainda mais nos ombros do pai.

— Vai ficar tudo bem. Tudo bem, meu amor.

Dylan tirou a coroa da cabeça de Rory, porém, quando ela enfim abriu os olhos para vê-lo, a coroa estava repousada em sua cabeça, várias gotas de sangue pingando de sua testa e caindo sobre ela.

— Não! Pai, não faça isso! — protestou para Dylan, que não parecia muito incomodado.

Antes que pudesse tentar tirar a coroa do pai, Dylan começou a acariciar sua bochecha com a mão já ensanguentada, exibindo um sorriso terno.

— Alguém precisa pagar o preço, minha filha. Não me importo que as minhas feridas sejam o preço da sua liberdade — ele respondeu, puxando-a para um abraço.

Rory voltou a chorar, fechando os olhos com toda a força que tinha, até sentir algo balançando seu ombro, bem diferente do abraço do pai. Mas ao abrir os olhos...

— Ah! Graças a Deus a senhorita acordou! — Nynna falou.

Rory tentou se sentar na cama com o coração ainda disparado, esforçando-se para assimilar a realidade ao seu redor.

— O quê?

Ela esfregou os olhos molhados até debruçar as mãos sobre o colo, deparando-se com o livro que estava lendo na noite anterior, antes de pegar no sono.

— Vossa alteza está passando bem? Quando entrei para acordá-la, a senhorita estava chorando aos soluços.

A mulher ofereceu um copo de água para Rory, que o aceitou imediatamente, bebendo de uma só vez antes de responder à empregada com um semblante assustado, como se Rory estivesse à beira da morte, o que ela pensou estar durante o pesadelo.

— Estou bem, Nynna, só foi um pesadelo. — Entregou o copo para a mulher. — Muito obrigada.

— Ufa! — A mulher respirou aliviada e colocou a mão sobre o peito. — Achei que estava tendo um ataque epilético ou coisa do tipo.

O comentário fez Rory soltar uma risada cansada; aquilo devia estar muito longe de um ataque epilético, talvez fosse mais um ataque de pânico, já que se sentira mesmo em pânico, assim como na noite do desmaio, mas era ainda pior.

Rory começou a massagear as têmporas, tentando aliviar a dor de cabeça que começava a incomodá-la — talvez tivesse chorado até demais durante o sono.

– Nynna?

– Sim?

A empregada começava a se levantar da beirada da cama.

– Você pode me trazer um remédio para dor de cabeça? Enquanto isso eu vou tomando banho – terminou.

Colocou os pés no chão, sentindo sua espinha gelar ao entrar em contato com o mármore, bem mais gelado do que o habitual por causa do frio que acompanhava a temporada de chuvas. Geralmente, ele seria um frescor maravilhoso, porém agora não passava de um incômodo depois da noite maldormida.

Rory nem queria imaginar como seria o resto da semana. Talvez infartasse antes da Oficialização, ou apenas entrasse em um estado de transe total, no qual não conseguiria nem dizer uma simples palavra.

Será que adiariam a Oficialização com isso?, pensou por um instante, observando Nynna sair do quarto para buscar o remédio, contudo logo se repreendeu e voltou à realidade.

Ela participaria da Oficialização e se tornaria rainha, mesmo que isso lhe custasse uma vida cheia de "ataques epiléticos".

28

Para a tristeza de Rory, o resto da semana passou voando... Ou melhor, os dias passaram voando, porque as noites acabaram sendo bem longas para o gosto dela, já que acordar encharcada de suor e lágrimas com certeza não era o ideal de sono tranquilo, ainda mais sendo temporada de chuvas, quando costumava se aconchegar debaixo dos edredons quentes e torcer para Nynna a acordar mais tarde.

Então, sim, Rory estava cansada, aterrorizada, estressada e muitas outras coisas terminadas em "ada", e tudo o que mais queria era poder fechar os olhos por um segundo e imaginar que nada estava acontecendo, embora fazer isso fosse uma total perda de tempo.

— Ai! — grunhiu, voltando à realidade ao ser espetada nas costas por uma costureira.

— Desculpe, vossa alteza.

A velha encolheu os ombros diante do olhar fulminante de Samaira, fazendo Rory se sentir mal pela mulher.

— Tudo bem, só acabei me assustando. Pode continuar... hã... — Rory respondeu na tentativa de ser mais acolhedora que a madrasta, o que pareceu funcionar.

— Cloe.

— Ah, sim. Desculpe não ter perguntado seu nome antes — Rory admitiu, olhando nos olhos amáveis daquela senhora.

— Sem problemas, vossa alteza.

Ela voltou a dar as últimas pregas no vestido, que, como Rory imaginara, brilhava conforme a luz do lustre batia no tecido, sem contar as pedrinhas cintilantes circuncidando toda sua cintura, dissipando-se como raios de sol, tanto para cima quanto para baixo.

— Está pronto — a senhorinha anunciou com orgulho, afastando-se com um sorriso fino.

E, com um simples gesto arrogante, Samaira a dispensou, fazendo-a sair do quarto a passos agitados.

— Está simplesmente perfeito, querida! — falou depois que a costureira fechou a porta atrás de si. — Tenho que admitir que os maquiadores fizeram um trabalho excelente, sem contar a cabeleireira.

O delineado dourado de Rory era mesmo bem-feito, embora ela tenha brigado com Samaira para não fazer algo que brilhasse tanto. No entanto, assim como seu corpo, sua mente declarara desistência e ela cedera à vontade da madrasta, assim como o rabo de cavalo alto, preso com um adorno cheio de cristais amarelados, tão brilhantes quanto o vestido.

— Eu estou parecendo uma lâmpada ambulante, Samaira.

Rory bufou enquanto se olhava no espelho. Ela brilhava tanto por fora, exalando perfeição e, como o próprio lema do país, poder, mas por dentro ela estava... Bom, nem ela entendia como estava e, no momento, não queria entender.

— Pare de ser dramática, garota! Não sei como consigo aturar você. — Samaira começou a deixar o quarto a passos elegantes. — Nos vemos daqui uma hora. É melhor ensaiar seu discurso enquanto isso. Tem que fazer pelo menos alguma coisa certa nessa cerimônia.

Ela bateu a porta com força, fazendo Rory bufar com aquilo tudo, porém, antes mesmo que ela pudesse terminar de reclamar, alguém bateu na porta.

— Ent... Ah, é você.

Rory viu o irmão entrando com um terno tão preto quanto a alma de Samaira, assim como sua camisa e seus sapatos. Ele com certeza pareceria de luto se não fosse pela gravata de tom dourado, assim como o relógio de ouro pendendo de seu pulso.

— Oi. Nossa, você está bem... dourada.

— Nossa, jurava que era azul — comentou, pondo um dedo no queixo.

— Como você é engraçada — Kade rebateu em um tom nada animado. — Como você está?

Pelo menos Rory não precisava parecer entusiasmada com a Oficialização.

— Na verdade, não estou nada bem. — Ela encolheu os ombros, abraçando a própria barriga. — Estou nervosa, com medo, cansada e em pânico! Não estou bem.

Sua voz saiu um pouco do compasso, ficando um pouco aguda demais para seu gosto, contudo ela tinha que desabar em algum momento, e era melhor acontecer agora do que na frente de milhares de câmeras.

Sem nem pedir, Kade correu e deu um abraço na irmã, que teve de se segurar para não chorar no ombro dele feito uma criança, embora ela tivesse certeza de que jamais se sentira assim quando era uma.

— Eu sinto muito — ele murmurou conforme a apertava. — De verdade, eu sinto muito mesmo.

— Obrigada. — Ela suspirou, afastando-se dos braços do irmão para encará-lo. — Eu o amo por isso. E por muitas outra coisas, com certeza.

Sem jeito, Kade passou a mão pelos cabelos arrumados e depois soltou um suspiro, pensando em alguma coisa para distrair a irmã.

— Bom... Vai dar tudo certo. Você vai entrar, fazer o juramento, dizer um discurso e ganhar um presente do pai. Não é como assumir o controle de um país.

Ele cutucou a irmã com o cotovelo, fazendo-a soltar um suspiro no meio de um sorriso triste.

Talvez Kade tivesse razão, ela não ia receber uma coroa sangrenta como nos pesadelos, e o cerimonialista com certeza não teria um sorriso diabólico. Então, se ela se apegasse à ideia de que tudo correria assim, talvez não tivesse um ataque de pânico no meio da cerimônia.

— Certo.

— E ainda há mais — ele começou, apontando o indicador para cima como se tivesse tido uma ideia —, todos os filhos dos lordes vão ficar hipnotizados só de...

— É melhor nem continuar com isso se não quiser que eu desconte minha raiva em você — Rory avisou, colocando a mão direita na boca de Kade, que arregalou os olhos antes de soltar uma risada.

— Essa é a irmã que eu conheço — falou, orgulhoso, depois de Rory soltá-lo. — Aliás, o que é isso aí?

Ele segurou o pulso da irmã, que arregalou os olhos na mesma hora.

— Eu posso usar uma montanha de ouro e vocês não dizem nada, mas se eu amarro uma fita no braço vocês pensam que é uma coisa de outro mundo! Por acaso ela brilha no escuro? — Rory protestou, desvencilhando-se das mãos do irmão. Ela com certeza estava bastante instável. No entanto, parou quando escutou alguém bater na porta. — Pela minha Casa! — terminou, saindo da frente do espelho para ir se sentar na poltrona com o saltos torturando seus pés.

— Quer que eu abra a porta?

Kade deu passos lentos para trás.

— Sim.

Ela soltou um suspiro, fazendo o irmão se virar para ir ver quem era. Rory fechou os olhos e inclinou a cabeça um pouco para trás, já que não tinha nenhuma condição de conseguir se deitar com aquele vestido.

— Eu o conheço? — Rory escutou o irmão perguntar, confuso, em um tom mais alto do que o comum, e teve a sensação de que ele estava erguendo uma sobrancelha.

Contudo, não conseguiu escutar a resposta de quem fosse e continuou de olhos fechados, até sentir o irmão cutucando seu braço.

— Quem é ele?

Kade apontou o dedo para o garoto esperando na porta do quarto.

Por um instante, Rory mal reconheceu o ser de camisa preta e calça jeans parado ali, mas, ao focar mais naqueles olhos verdes, ela se engasgou com a própria saliva de um jeito que até Kade arregalou os olhos.

— Quem é ele, Rory?

Era claro que o universo não estava satisfeito o suficiente com os problemas que ela já tinha para um dia só. Por que não mais um?

— É o entregador do palácio. Sabe? Quem busca comidas e essas coisas.

Ela se levantou.

— E o que o entregador de comida faz na porta do seu quarto?

Kade cruzou os braços com um sorriso meio torto surgindo em seu rosto.

— Pode parar com isso, Kade Zander! Ou eu vou cortar você em picadinhos e jogar pela janela — Rory ameaçou, beliscando a barriga dele, o que só fez o sorriso aumentar em seu rosto.

— Por isso que os filhos dos lordes não servem par...

— Pela minha Casa! Eu não estou ouvindo isso. Não — bradou enquanto começava a empurrar o irmão para fora do quarto.

— Ei!

— Não! Eu não vou discutir isso hoje. Agora vá embora — esbravejou, quase fechando a porta antes de perceber Marcus parado ali, mas fala sério! Ela tinha que ter pelo menos um pouco de paz. — Precisa de alguma coisa?

— Eu vim ver se você quer conversar — o entregador falou, dando um passo para o lado, afastando-se de Kade.

— Eu preciso é de paz antes da minha cabeça dar um curto-circuito, muito obrigada.

Ela fechou a porta na cara dos dois com tanta força que até se lembrou de Samaira por um momento, contudo logo abanou as mãos para afastar qualquer memória sobre ela e, quando conseguiu, continuou sacudindo as mãos para tentar aliviar a tensão.

Talvez ela já estivesse começando a dar curto-circuito.

29

– Está pronta, meu amor?

Dylan se aproximou de Rory no corredor.

Por mais que ela houvesse passado o resto do tempo se convencendo de que daria tudo certo, suas mãos estavam suadas, e, se seu coração batesse mais rápido, talvez ela tivesse um ataque cardíaco bem ali, mas não tinha coragem de falar tudo isso para seu pai – ele irradiava um orgulho e felicidade que ela nunca tinha visto antes, e não seria ela a estragar isso.

–É claro.

Rory enlaçou o braço no do pai para caminhar ao seu lado.

– Estou muito orgulhoso de você, minha pequena, muito mesmo.

Ele deu um beijo na cabeça da filha, que fazia seu máximo para dar um sorriso genuíno.

– Muito obrigada, pai. – Foi tudo o que conseguiu dizer antes de se deparar com a porta da sala do trono, e, pelo burburinho, todos já deviam estar lá dentro.

– Eu vou entrar primeiro, e depois vão abrir a porta para você, assim como ensaiamos ontem, certo? – Dylan arrumou a coroa repleta de rubis na cabeça, que se destacava ainda mais com seu traje preto com uma faixa dourada atravessando seu peito, junto com uma vermelha um pouco mais fina. Rory apenas concordou com a cabeça ao mesmo tempo que tentava respirar fundo. – Ei, vai dar tudo certo. – Ele segurou o queixo da filha. – Você é mais corajosa do que qualquer um neste lugar.

Com certeza qualquer um devia ser mais corajoso que ela, já que, quanto mais Rory pensava nas pessoas do outro lado da porta, mais ela cerrava os punhos fechados até o nó dos seus dedos ficarem brancos, sentindo o gosto da bile na boca. Como seria corajosa se nem conseguia ficar calma?

Antes de tentar forjar outro sorriso para o pai, os guardas abriram as portas, e Dylan entrou no salão, fazendo todos os convidados baterem palmas aos gritos:

— Poder às Casas! Poder ao rei!

Por um instante, Rory conseguiu vislumbrar o pai caminhando antes de as portas se fecharem outra vez. Como ele podia parecer tão calmo?

Naquele momento, a vontade de Rory era poder sair correndo por aquele corredor, tão rápido quanto as batidas do seu coração, deixar todas aquelas pessoas para trás e tirar aquele maldito vestido. Será que era pedir muito?

— Vossa alteza, é sua vez.

O guarda ao lado escancarou as portas para Rory entrar.

É, com certeza era pedir muito mesmo.

Rory fechou os olhos por um segundo, dando seu último suspiro antes de entrar naquele circo cheio de pessoas querendo ver seu show e, quando abriu os olhos, ergueu a postura e entrou em cena, caminhando pelo tapete vermelho. Todos aplaudiram incansavelmente ao mesmo tempo que milhares de olhos eletrônicos piscavam para ela, transmitindo tudo para todos em cada canto do país.

Seu coração batia tão forte que, assim que chegou na metade do caminho, todos os aplausos se transformaram em um mero chiado, e os rostos cheios de sorrisos, meros borrões, fazendo com que a única coisa visível fosse o velho à sua frente, usando uma túnica branca junto com uma voz que martelava sua cabeça: *você só tem um futuro, Rory*, várias e várias vezes. Porém, ela já conhecia seu futuro e, por mais que não gostasse muito, tinha de aceitar essa sentença.

E, em um piscar de olhos, lá estava ela, ajoelhada na frente do homem, que jogava um manto sobre suas costas, e, por mais que fosse leve, acabou pesando de um jeito inexplicável nas costas de Rory, que fazia o máximo para manter a postura ereta, tentando focar em tudo o que tinha ensaiado.

— Hoje nós nos reunimos aqui, diante do rei, para oficializar Rory Zander como futura rainha de Taleiau, herdeira do trono, do povo, do poder e, acima de tudo, herdeira deste país.

Parecia que cada palavra que o cerimonialista dizia fazia aquele manto pesar cada vez mais e, a cada respiração dele, era como se roubasse um pouco de ar dos pulmões dela. Ela não queria ser herdeira de coisa nenhuma! Será que as pessoas não entendiam?

O velho fez uma pausa e voltou os olhos para ela, fazendo seu corpo estremecer por completo. Ela sabia o que viria agora.

— Rory Zander, jura governar o país com justiça, honra e paz quando a hora chegar, sendo que, a partir de agora, terá de estar pronta para assumir seu posto a qualquer momento? — O cerimonialista declarou, colocando uma mão no ombro dela. Tentando recorrer a todo ar que ainda tinha, ela levantou a cabeça e concordou, fazendo o velho prosseguir: — Jura colocar seu país acima de tudo e todos quando a hora chegar?

Rory jurou mais uma vez, assim como fez durante o restante daquele minuto, que mais pareceu uma hora inteira.

Assim que o juramento acabou, todos começaram a gritar o lema do país conforme tiravam o manto das costas de Rory, que sentiu o alívio de não estar mais com aquela coisa na mesma hora, porém ainda havia um nó na garganta, algo tão angustiante quanto uma pedra a jogando para o fundo do mar. Ainda não tinha acabado.

Ela se levantou e se virou para os convidados, que enfim conseguiu enxergar.

Todos usavam as cores de suas respectivas Casas, fazendo tudo parecer um grande arco-íris. Um pouco à esquerda, Kade focava os olhos nos sapatos. Ao seu lado, Samaira ostentava um vestido quase tão brilhante quanto o de Rory, os cabelos presos em uma única trança, com uma coroa repousando em sua cabeça — que parecia ter sido feita apenas para a ocasião.

Ao olhar para o rosto da madrasta, Rory teve de se conter para não torcer o nariz na frente de todos. O sorriso da mulher era quase tão cruel quanto o do cerimonialista em seus sonhos, obrigando-a a redirecionar o olhar para outro lugar e, felizmente, Dylan estava ao lado de todos os lordes, que exibiam um sorriso até muito exagerado, embora Belarmino com certeza estivesse tendo um pouco de dificuldade.

Ao focar no pai, Rory viu um semblante tão bonito que, por incrível que parecesse, foi capaz de fazer um sorriso surgir em seu rosto; um sorriso de verdade e, depois de encará-lo mais um pouco, ela voltou os olhos para os convidados antes de continuar, com um pouquinho mais de coragem só por saber que Dylan estava lá.

Pelo meu pai.

— Eu, Rory Zander, primogênita de Dylan Zander e Nadine Nefertari — *isso também é por você, mãe* —, prometo herdar o trono que hoje pertence ao meu pai, o melhor pai que alguém poderia desejar e o melhor rei que alguém poderia pedir. Talvez eu não seja a rainha perfeita no futuro, porém prometo ser a melhor que conseguir, pois, assim como qualquer um, não sou a perfeição personificada. Mas passei a minha vida inteira aprendendo como ser uma futura rainha e tenho certeza de que isso me faz capaz de realizar esse papel. — Como aquilo era uma mentira. — Então prometo herdar com dignidade o poder que um dia será dado a mim. Como um amigo disse, a pessoa mais poderosa é aquela que pode dispor sua própria energia para servir, e prometo servir meu país com a mesma energia com que meu pai serviu e ainda serve.

Aquilo tinha sido bem mais difícil do que ela podia imaginar, mas ficou aliviada por ver os olhos do pai lacrimejarem, junto com um sorriso de orelha a orelha de Jeftali ao lado dos lordes, contudo o resto dos convidados estava um tanto... extasiado, o que fez Rory se assustar um pouco com o silêncio.

— Poder às Casas! Poder ao rei! Poder à princesa! — bradaram depois de um minuto em silêncio, acompanhados de muitas salvas de palmas e até alguns assobios conforme Dylan ia até ela com uma caixinha preta nas mãos.

— Você foi maravilhosa — ele falou tão baixo que provavelmente só ela podia ouvir. — Sua mãe estaria muito feliz por você.

Ao ouvir o pai falar de Nadine com um sorriso, Rory retribuiu o gesto.

— Muito obrigada, pai.

— Eu amo você — ele sussurrou e abriu a caixinha, revelando um colar de ouro com um pequeno pingente em formato de cervo e, bem entre os chifres, uma minúscula pedra de esmeralda. — Não é idêntico ao da pulseira, mas...

— É perfeito.

Ela suspirou ao olhar, encantada, para o colar.

Dylan a amava e aquilo era mais do que o suficiente para fazer com que ela se esquecesse do mundo à sua volta, lembrando-se de todas as vezes que aqueles braços a cercaram, afugentando todas as tempestades com um único gesto. Talvez esse fosse um dos privilégios de ser pai, você ficava maior do que os problemas.

— Agora vamos terminar isso — Dylan sussurrou no ouvido dela depois de prender o pingente.

Rory soltou um suspiro e concordou com a cabeça. Ela só queria acabar com aquilo de uma vez e poder abraçá-lo sem que o país inteiro estivesse vendo.

Ele se posicionou ao lado da filha e começou seu discurso, que acabou sendo bem mais longo do que o de Rory. No fim, percebeu que o pai já estava se contendo para não deixar as lágrimas rolarem e, embora ela tivesse certeza de que Dylan era bem mais forte do que ela, ficou duvidando se ele conseguiria se conter caso o discurso durasse mais, contudo, para a felicidade dos dois, ele acabou nestas palavras:

— Muitos dizem que a vida não dá presentes, mas sim distribui merecimentos. No entanto, hoje vou ter de discordar, porque tenho certeza de que minha filha é um presente que a vida me proporcionou. Um presente que nem eu mesmo poderia imaginar ter.

Ele colocou uma mão no ombro da filha ao mesmo tempo que a plateia começava a aplaudir, e, antes de focar os olhos no rosto do pai, Rory conseguia ver que alguns até secavam as lágrimas do rosto, embora tudo isso fosse inútil em relação ao sorriso de Dylan, que ela queria deixar estampado no rosto dele.

E foi bem ali que percebeu que talvez seria capaz de aguentar o seu destino se fosse para ver o pai radiante.

Talvez ela sacrificasse sua liberdade pelo orgulho do pai. Mesmo que isso fosse aterrorizante, Rory ia aguentar por Dylan.

30

O salão de festas estava incrível, com as mesas enfeitadas por arranjos de flores maravilhosos. As cortinas foram deixadas abertas, de forma que pudessem ver o cair do sol com perfeição, embora as nuvens voltassem a se aglomerar aos poucos, fechando o tempo.

No centro do salão, quase todos dançavam enquanto mordomos caminhavam por todos os lados com bandejas cheias de taças de champanhe na mão e alguns até levavam vinho com uma destreza admirável para equilibrar todas as taças.

No canto do salão, três violinistas tocavam uma música alegre junto com um pianista, uma violoncelista e um velho tocando uma flauta; juntos, faziam todos dançarem. Bom... menos Rory, sentada à sua mesa com uma taça quase intocada de champanhe na mão que ela aceitara apenas para que os mordomos parassem de perturbá-la.

Ela não tinha vontade nenhuma de dançar com ninguém naquele salão, muito menos de sair dando apertos de mão junto com seu pai, que circulava com o sorriso ensaiado que ele sempre oferecia nessas ocasiões. Era bem melhor ficar quieta no seu lugar, olhando a chuva se aproximar pela janela, esperando todo aquele espetáculo acabar para ela poder sair de lá.

Rory estava tão perdida em seus pensamentos que mal notou quando alguém se aproximou dela.

— A *princesa* gostaria de dançar?

Um garoto de terno azul-céu estendeu a mão, mostrando um sorriso branco, destacando seus olhos especialmente verdes, combinando com a nova fita amarrada em seu pulso direito, assim como Rory, que arregalou os olhos no mesmo instante, sentindo toda a cor fugir de seu rosto ao tentar acreditar em si mesma.

— O que está fazendo aqui? — ela perguntou, erguendo-se num pulo, saindo da cadeira confortável e puxando o braço de Marcus.

— Eu tenho que admitir que isso parece um pesadelo. — Ele fez uma careta. — Mas seu irmão me deu este terno e me falou para vir, disse que você precisaria de ajuda — terminou, lançando um olhar para Kade do outro lado do salão, que olhava para a irmã, antes de desviar o olhar e começar a andar.

— Achei que não gostava da monarquia — Rory protestou, voltando a se sentar.

— E não gosto. Só achei melhor vir, parecia que você ia ter um surto psicótico mais cedo — Marcus constatou, ainda de pé, observando Rory rodopiar o champanhe na taça.

— Por falar nisso, como achou meu quarto?

— Um faxineiro ficou doente e eu pedi para cobrir o turno dele. Sinceramente, nunca mais faço isso — admitiu, soltando um suspiro cansado, fazendo Rory esboçar um sorriso. — É sério, me fizeram limpar quartos que já estavam limpos! Qual a necessidade de fazer isso?

— Alguns lordes costumam ficar hospedados no castelo em festas assim.

Ela passou os olhos pelos convidados, até perceber um deles se desvencilhando de um grupo de amigos de Kade, indo bem em sua direção com um sorriso branco, quase parecido com uma raposa, fazendo-a estremecer.

— Algum problema? Parece que chupou um limão — Marcus brincou enquanto tentava seguir o olhar de Rory.

Sem hesitar, ela virou a taça de champanhe goela abaixo, fazendo Marcus arregalar os olhos por um momento, antes de ela se levantar e agarrar seu braço outra vez.

— Você me chamou para dançar, não foi? Então vamos logo — ela murmurou entre dentes, abrindo um sorriso desesperado.

— Certo — Marcus respondeu, hesitante, conforme os dois iam dançar.

A música logo acabou, dando lugar a outra um pouco mais calma. Pelo menos Rory não precisaria forçar os pés a se mexerem muito.

— Muito obrigada — sussurrou ao mesmo tempo que colocou as mãos nos ombros de Marcus, e ele em sua cintura. — Odeio os filhos dos lordes.

— Acredita que eu mal notei? Jurava que você bebia assim todos os dias.

— Engraçadinho. Mas é sério, todos acham que vão ser o futuro rei se puxarem muito o meu saco.

Ela suspirou, soltando um pouco os ombros, sem ligar para as pessoas ao redor, e desfez o sorriso fingido.

Eram apenas ela e Marcus ali.

— Só ligam para a coroa — Marcus acrescentou com um sussurro. Rory concordou com a cabeça, contudo ele logo percebeu que talvez não fosse o melhor caminho a se seguir e mudou de assunto. — Ei! Isso parece muito com a semana passada, não concorda?

— O quê? Definitivamente não! — ela admitiu, rindo.

Uma semana antes, ela estivera dançando na chuva ao som de um rádio no meio das árvores. Agora estavam num salão repleto de pessoas, e ela brilhava tanto quanto o grande lustre pendurado no centro do salão. Com certeza havia um abismo bem fundo que separava essas duas situações, embora Marcus com certeza fosse a ponte... Uma ponte um pouquinho irritante.

— É. Eu achava você bem mais chata há uma semana. — Ele lançou um olhar brincalhão para Rory, que apertou seu ombro. — Ai!

— Então não sou mais chata?

Arqueou as sobrancelhas.

— Você se tornou suportável, o que é bem diferente. — Ele parou de mexer junto à música, que chegou ao fim, embora continuassem do mesmo jeito, um encarando o outro, até Marcus se afastar, desajeitado. — Vossa majestade.

Ele fez uma reverência com a cabeça enquanto engolia em seco, fazendo Rory se virar para olhar o pai acenando com a cabeça.

Depois de dar um aperto de mão, Dylan se voltou para a filha, e Marcus foi embora, deixando-a com o pai.

— Gostei dele, mas nunca tinha o visto — ele comentou, estendendo o braço para a filha, que logo enlaçou o seu no dele para começarem a caminhar.

— Hum... Kade que convidou.

Ela olhou ao redor do salão.

— Entendi. Qual o nome dele?

— O quê? Ah, sim... Marcus, o nome dele é Marcus.

— Bom, acho...

Dylan se interrompeu para soltar um suspiro entediado assim que notou Samaira se aproximando com duas taças de vinho, fazendo Rory torcer o nariz ao observar a madrasta desfilando em sua direção.

— Ah, oi, meu amor! Querida! — ela saudou quando ficou diante deles, esboçando um sorriso largo até demais para o gosto de Rory.

E talvez fosse o champanhe, mas, por um segundo, ela sentiu seu estômago se revirar como se estivesse em alto-mar, sem contar o olhar da madrasta, que parecia tão frio quanto uma geleira, embora Rory nunca tivesse visto uma pessoalmente para tirar as próprias conclusões.

Antes que um dos dois pudesse responder, Samaira se inclinou na tentativa de dar um abraço no marido e deixou as duas taças caírem com um gritinho agudo, molhando tanto o vestido de Rory quanto o traje de Dylan, que resmungou, bravo, olhando as taças quebradas e as manchas impregnadas em sua roupa conforme Rory tentava limpar a mancha com as mãos, o que só piorava a situação de seu vestido.

— Não acredito! Eu sinto muito — Samaira lamentou enquanto segurava uma das mãos de Dylan e lançava um olhar de súplica para Rory, que arqueou uma sobrancelha, sem acreditar que aquele pedido de desculpas fosse real, embora logo tivesse de disfarçar por causa dos convidados que começavam a olhá-los e os empregados que surgiam para limpar o chão e recolher os cacos de vidro. — Venham, deixem-me ajudar, acho que há um terno extra em nosso quarto, querido — ela terminou, agarrando a mão de Rory, levando-os para fora do salão de festas.

Depois de saírem do salão, Rory se perguntava por que a madrasta ainda segurava a sua mão. Logo se desvencilhou quando começou a subir as escadas até o seu quarto, deixando Samaira e Dylan irem à frente, embora seu pai fizesse um esforço notável para tentar aumentar o ritmo e se afastar da esposa, que parecia nem se incomodar, subindo cada degrau com uma elegância invejável.

Ao chegarem no corredor, Dylan logo foi para o seu quarto, lançando um olhar de desânimo para a filha antes de entrar pela porta, seguido por Samaira, que logo voltou para o corredor na mesma rapidez com que tinha entrado.

— Venha, querida. Tenho um vestido que vai servir em você — Samaira falou antes que Rory pudesse abrir a porta de seu quarto.

— Tenho milhares de vestidos de festa, Samaira. Não precisa — Rory protestou, arrepiando-se com a ideia de vestir algo que fosse da madrasta, que revirou os olhos antes de pegá-la pela mão.

— Venha logo pegar o vestido. Não posso deixar que as pessoas a vejam usando algo que já usou em outra festa. Eu nem o vesti...

Ela forçou Rory a acompanhá-la para não acabar caindo com aqueles sapatos.

— Pela minha Casa — Rory resmungou consigo mesma.

Entrou no quarto, afinal qualquer coisa que fosse de Samaira deveria ser tão extravagante quanto o que ela estava usando.

— Onde está o terno, Samaira? — Dylan perguntou enquanto a esposa se aproximava.

A mulher largou a mão de Rory ao chegarem no centro do quarto, um tapete branco cobria quase todo o mármore, fazendo Rory ter vontade de tirar os sapatos e sentir a maciez dele. Começou a passar os olhos pelo lugar, observando o quanto o aposento era bem maior do que ela se lembrava.

Havia uma cama especialmente grande e as paredes eram revestidas de madeira de carvalho com um quadro bem grande mostrando ela, Kade, Samaira e Dylan, que ostentava sua coroa negra como um corvo machucado por causa das pedras de rubis.

Rory mal se lembrava do dia em que eles posaram para essa pintura, mas conseguia se recordar de que Kade só conseguira ficar quieto quando Samaira lhe lançara um olhar fulminante que o fizera ficar tão imóvel quanto a pedra de alguma montanha, o que a fizera rir por longos minutos antes de conseguir se recuperar.

Ela não ia ao quarto do pai havia um bom tempo, no entanto logo lembrou do motivo ao voltar à realidade, observando Samaira desfilar até chegar na escrivaninha atrás de Dylan, deslizando os dedos sobre a mesa até pegar alguma coisa, contudo Rory logo mudou sua atenção para o pai, que a observava com um sorriso bobo.

— Sabia que, quando você era pequenininha, manchou seu leão de pelúcia com suco de uva? Aí você pegou o resto que tinha no copo e jogou no seu vestido — ele contou com um sorriso, seus olhos viajando para um passado do qual Rory mal se lembrava. — Você falou que não podia deixá-lo passar por aquilo sozinho, porque ele nunca a deixava sozinha.

— Acho que ele ficaria orgulhoso de mim agora — Rory comentou, soltando uma risada acompanhada de Dylan. A risada dele, entretanto, parou de supetão, sendo substituída por um gemido gutural conforme arregalava os olhos, focando-os em Samaira atrás dele, até cair de joelhos. — Pai? Pai! — Rory o chamava, sentindo seu coração acelerar numa velocidade impressionante, seus olhos focando em Dylan mexendo a boca sem conseguir dizer nem uma palavra sequer, como se estivesse mudo de uma hora para outra.

Mas, ao olhar para a madrasta, algo muito pior do que o susto percorreu seu corpo, vendo a mulher com um sorriso diabólico para o marido enquanto segurava um punhal, do qual sangue gotejava, manchando o tapete branco.

Rory não podia acreditar no que estava vendo. Aquilo não podia ser real. Devia ser mais um dos pesadelos que ela tinha. Isso! *Não passa de um pesadelo.*

É só um pesadelo. É só um pesadelo. É só um pesadelo. É só um pesadelo. É só um pesadelo. É só um pesadelo. É só um pesadelo. É só um pesadelo. É só um pesadelo.

Quando mordeu o lábio inferior para conter as lágrimas que vinham se acumulando, uma dor súbita tomou conta do seu corpo, tão forte quanto a voz que gritava em seu ouvido. Aquilo era real! *Aquilo era real!*

— Filha — Dylan sibilou, levando uma mão ao peito antes de começar a engasgar com o próprio sangue.

— Pai! — gritou e correu para perto de Dylan, que parecia mais pálido a cada segundo enquanto tossia ferozmente, expelindo gotas de sangue por toda parte. — Pai, olhe para mim! Não. Pai, pai!

Assim que ela se ajoelhou, uma torrente de lágrimas começou a encharcar seu rosto. Procurou pelo ferimento, até sentir o sangue que saía das costas de Dylan, fazendo-a sentir uma dor que nunca imaginara, como se ela mesma estivesse levando uma facada bem no fundo do coração.

— Não, pai! Pai, olhe para mim! Socorro. Socorro!

Cada grito era uma nova dose de desespero que parecia inflamar seus pulmões ao mesmo tempo que pequenas lágrimas começavam a escorrer pelo rosto do pai.

Vendo o desespero da garota, Samaira soltou uma risada fria, fazendo Rory se calar e voltar os olhos para a madrasta, que começava a andar, posicionando-se bem na frente de Dylan, soltando o punhal diante dela com toda a satisfação do mundo conforme Rory fazia o máximo para estancar o sangue.

— Você é um monstro. Um monstro! — a princesa bradou.

— Ah, querida. Poupe seu fôlego, não é, Dylan? Vamos! Conte para ela, *amor* — Samaira falou, e Dylan levantou o olhar para ela. — Ah, tudo bem, deixe que eu falo. Sabe seu paizinho querido? Pois bem, ele não chega nem perto de ser o santo que você imagina, querida.

Rory tentou empurrá-la para longe, falhando miseravelmente quando Samaira se esquivou.

— Pare. Pare com isso! Você vai para a prisão. Vai morrer! — Rory gritou, voltando a segurar o pai, que passara a apertar uma de suas mãos.

Ao ouvir as palavras dela, Samaira soltou outra gargalhada cruel. Rory passou a mão suja de sangue pelo rosto na tentativa de enxergar melhor, embora tudo que tenha conseguido fosse se cobrir de sangue.

— Não sou eu quem vou para a prisão, Rory — ela acrescentou, desfilando até se sentar na beirada da cama com um sorriso sórdido, como se estivesse apreciando o espetáculo, fazendo Rory soltar um grito de raiva do fundo da sua alma, que parecia se estraçalhar em mil pedaços. — Ninguém vai lhe dar ouvidos, querida... Bom, pelo menos ninguém que vá ajudá-la — terminou com uma risada caótica, ajeitando o vestido.

A pressão que Dylan fazia nas mãos de Rory ficou mais leve, fazendo-a abraçar o pai, ainda pressionando o ferimento, para depois deitá-lo no chão tão gelado quanto ele próprio.

— Pai, fique comigo! Pai. Não faça isso comigo, por favor! — sibilou, embriagando-se nas palavras por causa do choro. Segurou o rosto já sem vida de Dylan. — Eu preciso do senhor! Me ouviu? Eu preciso do senhor, pai!

Por mais que ela tentasse, Dylan não respondia, nem uma respiração sequer, nem uma tosse, gemido ou som.

Rory precisava do pai, ele era a pessoa que ela mais amava, era o que a fazia fingir ser corajosa. Como Rory viveria sem ele? Quem acabaria com os trovões agora?

— Por que você fez isso? — grunhiu, abraçando a si mesma com um braço enquanto a outra mão segurava a do pai, sem nem conseguir olhar nos olhos de Samaira, que parecia desfrutar da cena.

— Tudo tem seu preço, querida. O poder também tem, e seu pai só iria atrapalhar... igual a você — terminou e se aproximou de Rory, vendo que o show já estava chegando ao fim.

— Vai me matar agora?

Ela pegou o punhal ao seu lado, imaginando que acabaria como o pai, mas não tinha forças para mais nada além de chorar. Era como se estivesse paralisada, afundando em um poço sem fundo, como uma pedra caindo no fundo do mar.

— Ah, eu não preciso, Rory. — A mulher se abaixou, segurando a mandíbula da princesa para forçar seu olhar, cravando as unhas na pele dela até soltar um grunhido, embora seu coração estivesse doendo bem mais do que qualquer outra coisa. — Você vai morrer de qualquer jeito, querida — terminou, soltando bruscamente o rosto da garota, voltando a se levantar com os olhos lacrimejando.

Sem entender mais nada, Rory observou Samaira começar a chorar, embora o sorriso permanecesse em seu rosto.

— Assassina! — Rory conseguiu esbravejar antes de voltar a chorar, descontrolada.

O sorriso de Samaira logo desapareceu e mais lágrimas começavam a brotar de seus olhos, que começavam a ficar inchados.

— Eu? Eu não matei ninguém, querida. A única assassina neste quarto é você, Rory.

Samaira olhou para o relógio pendurado na parede e, quando ele marcou a hora exata, ela soltou um grito, seguido de outro e de outro, seu rosto se enchendo de um pânico assustador. Rory arregalou os olhos, sem conseguir parar de chorar, ainda apertando a mão do pai antes tão quente, mas agora mais fria do que o coração psicopata de Samaira, se é que ela tinha um.

— Você é louca! — Rory acusou.

Juntou as pernas para perto de si, abraçando-as como uma criança indefesa, porque era assim mesmo que se sentia, e agora não havia mais ninguém que pudesse defendê-la.

E como em um passe de mágica, Samaira pausou os gritos, indo na direção da porta, cambaleando de uma maneira incrivelmente encenada. Mas Rory já não conseguia escutar nada além do chiado zunindo ao pé do seu ouvido, forçando-a a fechar os olhos. Tudo o que via era o semblante do pai minutos antes de morrer, forçando-a a abrir os olhos.

Ao olhar para a porta, observou a madrasta gritando alguma coisa que não conseguiu ouvir, fazendo seis guardas armados entrarem em disparada pela porta.

Com uma força inimaginável, Rory se levantou e, sem nem saber como estava conseguindo se equilibrar, buscou toda a energia que ainda tinha para falar ao mesmo tempo que voltava a ouvir o que estava acontecendo:

— Ela é um monstro... Ela é um monstro... — sibilou enquanto um guarda a segurava pelos braços.

Rory observou a madrasta se jogar no chão aos gritos, embora ninguém estivesse tentando prendê-la.

— Você está presa pelo assassinato do rei — esbravejou o guarda que a segurava, apertando ainda mais seus braços depois de tirar o punhal de suas mãos ao mesmo tempo que outros dois guardas apontavam rifles para a sua cabeça.

— Não. Não! Essa cobra o matou! Ela é uma assassina! Parem! — Rory esbravejou, tentando se desvencilhar das mãos ásperas do homem que a arrastava para longe do pai ao mesmo tempo que o restante dos guardas se juntavam ao redor dele. — Não façam isso! Por favor. Ele precisa de mim! — continuou, debatendo as pernas e chorando ainda mais conforme o guarda começava a erguê-la.

Era para levarem Samaira! Era para prenderem aquela víbora! Por que não estavam fazendo nada com ela? Por que estavam levando Rory? Que droga estava acontecendo ali?

Ela não era capaz de assimilar nada nem se quisesse, e a única coisa que conseguia fazer era espernear ao ser arrancada do quarto. Mais guardas apareceram com as armas em mãos.

Por um instante, um calor súbito tomou conta de seu corpo, fazendo com que sua cabeça fervilhasse em meio àquilo tudo, e, em um simples segundo, tudo ficou preto, assim como qualquer som, que se tornou nulo em um piscar de olhos.

Tudo tinha desaparecido, e talvez por isso a sensação fosse tão boa.

Não havia Samaira.

Não havia morte.

Não havia nada além da escuridão, fria e calma, sem nada em que pensar ou fazer além de deixar-se levar por aquelas ondas monótonas de inconsciência.

31

No instante em que Rory se sentou, uma dor intensa percorreu cada nervo do seu cérebro, assim como um frio congelante fez todos os seus pelos se eriçarem, sem contar suas vistas, que se agoniavam toda vez que ela tentava abrir os olhos.

— Argh — grunhiu.

Levou uma mão à têmpora e esfregou o olho com a outra ao mesmo tempo que encostava as costas na parede metálica, tão fria quanto o próprio ar, que parecia queimar a parede de seus pulmões.

Depois de alguns minutos tentando se acostumar com seu estado, Rory analisou o lugar à sua volta. Era um cubículo minúsculo revestido por paredes de metal, assim como as barras do portão à sua frente; no teto havia uma lâmpada solitária, que piscava, esforçando-se para continuar acesa, assim como a cama precária em que estava sentada, que rangia a cada movimento que tentava fazer, provocando um som horrível em contato com o chão metálico, forçando Rory a abandonar a fina tira de enchimento, que mal podia se chamar de colchão, para se sentar no chão, que pelo menos não fazia barulho.

Mas, ao se sentar no chão, todo seu corpo se contraiu com uma dor notória em seus músculos.

Ela tinha desmaiado por completo nos braços do guarda e agora estava enjaulada em uma prisão congelante com hematomas nos braços, nos pulsos e nas pernas, embora fosse outra pessoa que devesse estar naquela situação.

Como Rory pudera ser tão burra durante todo esse tempo? Samaira *era* a conspiração. Ela tinha armado tudo o tempo todo, e só agora, abraçando os próprios joelhos, Rory pôde enfim entender tudo o que estava acontecendo.

Samaira tinha esperado o dia da Oficialização e, sem sujar as mãos, matara Dylan na frente dela, sabendo que Rory socorreria o pai, que ela se sujaria de sangue, que gritaria antes do horário da ronda dos guardas, que ela escolhera durante os preparativos, assim como o punhal, que ela ia segurar. O cenário era perfeito, sem nenhuma falha.

Rory já até podia ler as manchetes do jornal, como se estivessem estampadas na sua frente: "Princesa esperou pela cerimônia de Oficialização para matar o rei e tomar a coroa".

Por isso que Samaira dissera que não precisaria matá-la, ela mesma já tinha armado a própria forca, e agora só restava esperar a hora da sua morte.

E pensar que a única pessoa que merecia pagar por seus crimes continuaria com uma coroa sobre a cabeça fez Rory soltar um grito de raiva, e, por mais que quisesse chorar até morrer desidratada, nenhuma lágrima sequer brotava em seus olhos — parecia não ter restado nenhuma depois da enxurrada que ela derramara sobre o corpo gelado do pai, que aparecia em sua memória a cada segundo, assim como o sorriso maníaco de Samaira junto às suas palavras frias, ecoando em seu crânio como o eco de um cânion: "A única assassina é você, Rory! A única assassina é você, Rory!".

Cada vez que escutava essa frase, mais cerrava os punhos até os nós de seus dedos ficarem brancos. Mordeu o lábio inferior com tanta força que sentiu o gosto de sangue salpicar seu paladar, fazendo-a gritar mais uma vez conforme seus olhos percorriam o vestido coberto do sangue já seco, deixando uma nova onda de raiva percorrer todo o seu corpo ao continuar a gritar, rasgando aquele vestido horroroso que Samaira a obrigara a vestir.

— Isso é tudo culpa sua! Tudo culpa sua! — esbravejava enquanto cravava as unhas na barra do vestido, abrindo um novo rasgo, assim como seu arranjo de cabelo, que agora arrancava com toda força e lançava contra a parede.

Quem dera ainda estivesse calçada para atirar o par de sapatos. Na falta de qualquer coisa, ela agarrou o colchão em cima da cama, estraçalhando-o em várias partes, até toda a adrenalina do seu corpo se esvair, dando lugar a uma tristeza profunda que corroía seu coração e um cansaço sub-humano, obrigando-a a voltar a se sentar encolhida em um canto da cela. Sua respiração voltou a soar lenta no mesmo instante em que uma única lágrima solitária começou a escorrer por seu rosto sujo.

— Eu quero o meu pai — murmurou para si mesma, como uma criança abandonada.

Apertou seu colar enquanto afundava o rosto nos joelhos, perdida entre a tristeza e a raiva. Querendo ou não, aquela era a única coisa que teria do pai pelo resto de sua vida, o que com certeza não iria demorar muito, visto que já começava a ouvir vários passos ecoando pelo corredor, ficando cada vez mais alto a cada segundo.

Quando Rory escutou o barulho cessar por completo, nem sequer se deu ao luxo de erguer a cabeça, esperando que alguém fosse arrancá-la de lá de qualquer forma.

Contudo, um silêncio enorme se acumulou ao seu redor, fazendo com que a respiração fosse a única coisa que evidenciasse a presença de alguém ali.

Talvez fosse Samaira querendo apreciar ainda mais sua vitória, como um urubu comendo o resto da carcaça de um animal morto, ou só fosse um guarda vindo conferir se ela ainda estava viva depois do cessar de gritos, embora duvidasse que um guarda ficasse tanto tempo a encarando. Seria pena do seu estado caótico ou repugnância do monstro que todos achavam que ela era?

Fosse lá qual fosse o motivo, a única pessoa com quem Rory queria conversar nunca mais soltaria um ruído sequer.

— Já vão me matar? — perguntou, seca, escutando alguém pigarrear. Nenhuma resposta surgiu, o que a fez insistir com remorso: — Qual é a condenação para uma coisa que eu não fiz? Vão me fuzilar? Ou vão deixar aquela psicopata terminar o serviço, me matar igual fez com meu...

— Queimada — a voz interrompeu. Rory arregalou os olhos ao escutar aquele som tão familiar continuar: — Você vai ser queimada na praça Ardente.

— Kade? — balbuciou o nome do irmão. Levantou-se, jogando-se sobre as barras de ferro para segurar as mãos gélidas do irmão conforme outra lágrima escorria pelo seu rosto atordoado. — Kade, foi ela... Aquela mulher é um monstro! Você precisa acreditar em mim. Eu vi quando ela... Era tudo planejado, Kade.

Ela tentava falar, mas era como se nenhum som fluísse de sua boca conforme percebia a coroa negra assentada sobre aqueles fios de cor caramelada.

Aquilo estava errado... Muito errado!

Kade era seu irmão, o seu protetor... Ele era a pessoa com quem ela podia contar para chorar e rir. Então por que a coroa? *E por que ele não está falando nada?*

Sem resposta do irmão, que fitava o chão, Rory largou as mãos geladas dele, dando um passo para trás. Seu rosto se encheu de horror, os cacos do seu coração começaram a se quebrar enquanto ela juntava as palavras voando pelo seu subconsciente.

— Mas você sabia — sibilou para si mesma.

Levou a mão ao peito, como se tivessem a atingido com uma bala de chumbo. Aquilo não podia ser verdade, no entanto ele nem sequer negou com a cabeça, sem nenhum tipo de contrariedade ou protesto.

— Ela passou a coroa para mim. Não está em condições de governar o país...

Sem se conter, Rory soltou uma risada de escárnio, sentindo uma nova chama de raiva surgir em seu peito junto com tantas outras emoções, fazendo Kade finalmente olhar para a irmã com os olhos frios; não havia o humor habitual neles, nem um brilho para deduzir que aquilo era uma piada, como se tivessem trocado a alma dele com a da mãe, fazendo todo o sangue de Rory fervilhar.

— Você ajudou — Rory acusou, correndo os olhos por toda a cela, ligando todos os outros pontos daquela farsa que se formara ao seu redor havia muito tempo. — Como você foi capaz? Diga, *rei* Kade — continuou, focando os olhar na coroa que o pai usara na noite passada. Como alguém podia fazer isso? Ele nem sequer tivera a decência de usar outra coisa! — Será que não consegue falar a verdade uma vez na vida? *Vamos, vossa majestade real,* nos diga sua brilhante versão da história, seu idiota compulsivo!

— Pare. As coisas não seriam assim, mas é claro que você tinha que estragar, não é? — Kade bradou ao ouvir o pronome de tratamento sendo falado com tanto desgosto pela irmã, como se ela estivesse falando com um leproso em decomposição.

— Do que você está...

— Você não morreria se não tivesse dado bola para o que aquela empregada idiota falou! — ele rugiu, apontando o dedo para Rory, seus olhos assumindo um olhar que ela nunca tinha visto em toda a vida. — Ele morreria antes da Oficialização e minha mãe me coroaria rei!

Sem acreditar, Rory tampou a boca antes de soltar os braços, avançando até as grades como um leão.

— Você pelo menos está se escutando? — bradou, balançando as barras. — Ele é seu pai! Ele o amava e você simplesmente armou um plano com aquela doida para matá-lo como se fosse planejar um chá da tarde. — Ela já nem sabia o quão alto estava gritando, mas as palavras que não paravam de jorrar de sua boca a machucavam muito mais do que ela gostaria. — Ele o amava. *Eu* amava você, Kade. Pela minha Casa! Ele morreu, e você não sente nem um pingo de remorso? Usa a coroa dele como se fosse a pessoa mais poderosa do mundo. Como você é medíocre! Você é só um garoto mimado. Você... Argh!

A confusão dentro de Rory começava a ficar tão grande que ela nem sequer conseguia gritar com o irmão, contudo, na falta de palavras, as acusações dele preencheram o vazio.

— Ele era *seu* pai, Rory. Ele amava *você*! Eu era só mais um encosto para ele. Todos os boas-noites e "eu a amo" sempre foram para você, então não ache que ele era meu pai, porque ele não fez nada além de passar a vida inteira a adorando como se você fosse o sol, as estrelas e a lua juntos, sendo que não era nem para você ter nascido! Mas é lógico que o rei tinha que se apaixonar por aquela suicida, não é? Ela odiava tanto você que nem aguentou esperar seu aniversário passar para se matar de uma vez!

Rory estremeceu dos pés à cabeça ao ouvir aquilo, e a raiva tomou conta de toda a parte racional que ainda mantinha em prol da sua sanidade mental.

— Tire a minha mãe da sua boca se não quiser morrer, idiota! Nunca mais fale dela, seu psicopata assassino! Sinceramente, você é igualzinho a Samaira, como eu nunca tinha visto como você é podre e repugnante?

A grade parecia ser a única coisa que a impedia de voar no pescoço dele.

E por mais que ela estivesse quase enlouquecendo, Rory conseguiu capturar o segundo em que o irmão hesitou antes de voltar a contra-atacar com a voz rouca, mais controlada e dura enquanto voltava a assumir sua postura firme:

— Porque você amava a versão fantasiosa que criou na sua cabeça — ele respondeu, afastando-se alguns passos da cela.

Rory ficou com a boca semiaberta, a ira desarmada, destroçada com a afirmação, porque, querendo ou não, era verdade. Rory o amava com todas as forças, e, por mais que doesse admitir, ainda amava aquele ser que percorria suas memórias com sorrisos cativantes e comentários sarcásticos.

E, ao correr por elas, percebeu o que o irmão queria dizer.

— Mas você nunca me amou, não é?

Em toda sua vida, ela sempre dizia o quanto o amava, no entanto nunca ouvira o mesmo do irmão, nem quando os dois eram crianças. Ela nunca escutara uma declaração vinda dele.

Diante da pergunta, ele soltou um suspiro cansado, juntando as duas mãos, analisando a irmã coberta de lágrimas e sangue.

— O que você acha, Rory? — ele perguntou, alisando o novo traje real com uma capa rubra sobre as suas costas, fazendo-o parecer bem mais velho do que era, ou talvez só fosse o ódio incessante que fizesse Rory não conseguir enxergar o adolescente de quinze anos à sua frente.

Sem conseguir responder, ela apenas soltou os braços ao lado do corpo, cerrando os punhos e voltando a morder o lábio já machucado na tentativa de conter qualquer lágrima que quisesse despontar de seus olhos.

Mediante ao silêncio, Kade deu as costas para a irmã com um suspiro, pronto para abandoná-la de uma vez.

— Virão buscá-la daqui meia hora — ele avisou com a voz seca.

— Já fizeram o enterro? — Rory perguntou, ignorando o fato de não ter nem mais uma hora de vida.

— Sim.

— Jogue o que sobrar de mim com ele — sibilou.

Fitou o colar que deixara cair no chão no meio de sua fúria. Não era um pedido e Kade sabia muito bem, mas, mesmo assim, saiu andando pelo corredor sem dizer mais nada, deixando Rory ainda mais destroçada do que antes.

32

— Éramos seis reinos — ele contava ao apontar para um mapa desenhado no chão, tão velho quanto seus antepassados. — Fazíamos coisas incríveis, mas, por sermos tão poderosos, a ganância ofuscou os olhos de muitos.

— Então aconteceu a Anulação — Rory acrescentou, já que sabia a história de cor e salteado, fazendo Dylan soltar um sorriso e dar outra colherada em seu sorvete.

— E todos perderam seus poderes — ele continuou, ignorando a filha, apontando para outro desenho. Rory soltou um suspiro cansado conforme o pai começava a rir dela.

— Eu ficava do mesmo jeito quando meu pai me trazia aqui. Será que ele não entendia que eu já sabia tudo?

— Me pergunto a mesma coisa.

— Hum... Eu sei, sim. Você é muito inteligente. — Dylan suspirou e esticou as pernas. — Já poderia governar o país sozinha, só que eu ainda gosto de sentir que você depende de mim.

— Mas eu dependo, pai! — ela interveio com os olhos arregalados, fazendo-o abrir outro sorriso.

— Bom, é claro que depende de mim para contar histórias — ele comentou, sorrindo. — Porém, é capaz de fazer qualquer outra coisa que quiser, só não sabe disso ainda...

Quando o carro enfim parou, Rory voltou à realidade com a parada inesperada, deixando suas memórias guardadas enquanto começava a ouvir os urros do lado de fora – pessoas que antes a adoravam agora estavam enfurecidas com ela, sedentas para ver as chamas encobrirem todo seu corpo no centro da praça que um dia fora tão alegre.

– Assassina! – alguns gritavam, descontrolados, com sangue nos olhos.

Os guardas eram o único motivo de não atacarem o veículo.

– Morte à princesa! – outra parcela urrava, dando socos no ar, tão furiosos quanto em um estádio de combate, fazendo Rory se arrepiar ao ver toda aquela fúria pela janela escurecida.

Ela não tinha feito nada, no entanto, por causa de uma mentira, todos desejavam sua morte ao mesmo tempo que veneravam o novo rei – um rei que fazia *justiça* pela morte do pai.

Antes que ela começasse a entrar em um novo ataque de raiva e tristeza, um guarda de olhos azuis abriu a porta com toda a força que tinha, agarrando-a pelo braço como se ela fosse um animal raivoso. As algemas pareciam ser sua nova focinheira.

– Ai!

– Ande logo, pirralha – ele bradou, forçando-a a pôr os pés para fora do carro, fazendo com que todos os seus pelos se eriçarem ao pisar no chão de paralelepípedos esbranquiçados conforme soltava um suspiro ao olhar para o céu cinzento, tão drenado de luz quanto ela.

Sem emitir mais nenhum som, Rory apenas correu os olhos por todos os lados, observando a grande quantidade de guardas armados, delimitando até onde as pessoas furiosas poderiam ir, deixando o espaço livre para que ela caminhasse até o pequeno poste de ferro, cercado por um tapete generoso do que parecia ser palha molhada com algum líquido preto, sem contar as correntes presas ao poste, que lhe davam um ar macabro que fez ela arregalar os olhos.

Antigamente, a praça Ardente era um lugar alegre a que ela costumava ir com o pai depois das reuniões cansativas para tomar sorvete e ficar observando o tempo passar na sombra de uma árvore em dias ensolarados com uma horda de guardas os cercando. Agora, não passava de um matadouro cheio de espectadores que assistiriam à sua morte.

Como um lugar poderia se tornar tão assustador em um piscar de olhos? E o mais importante, como alguém podia se tornar tão assustador em tão pouco tempo?

No fundo da praça, Rory conseguia enxergar Kade olhando em sua direção. Ele estava em cima de um pequeno palco de madeira revestido com um carpete negro, assim como Samaira, que estava ao seu lado, tão sombria quanto um anjo caído em seu vestido preto, fingindo um luto inexistente; tentava demonstrar uma tristeza profunda, enxugando os olhos com um lenço tão vermelho quanto a capa do filho, fazendo o estômago de Rory se revirar ao observar tal cena. Lamentou-se por ter sido tão cega a ponto de não conhecer nem o próprio irmão.

— Argh — resmungou, quase caindo no chão que um dia parecera bonito ao seus olhos.

— Ande logo! — o guarda bradou, começando a empurrá-la.

Rory desviou o olhar do novo rei para focar em seus pés conforme um calor febril começava a percorrer seu corpo a cada passo dado na direção de sua morte.

Quanto mais perto se aproximava do centro, mais as pessoas gritavam seu nome com todo o ódio do mundo, fazendo-a se encolher, como uma tartaruga entrando no casco; gotas de suor escorriam por sua coluna, mesmo não tendo sol nenhum para esquentá-la.

Até que, sem mais nem menos, o guarda a empurrou com tudo no chão, fazendo cada um de seus músculos se render diante da força abrupta do homem que agora a deixava ajoelhada enquanto a plateia se silenciava perante um gesto de Kade, que exalava um poder sobrenatural. Rory sentiu o gosto da bile na boca ao lembrar que esse mesmo rei julgava francês complicado havia menos de uma semana, sentado perto de um homem que usava aquela coroa com muito mais dignidade do que ele.

Quanta estupidez!

— Rory Zander, hoje você é sentenciada à morte por assassinato real, conspiração contra o rei e, acima de tudo, contra nosso próprio pai — ele declarou, dando um passo à frente no palco, forçando Rory a cerrar os dentes ao ver o irmão tratando Dylan com tanto respeito na frente do povo, aceitando sua paternidade de braços abertos. Ele encenava melhor do que qualquer ator que ela já tivesse visto no teatro central. – Tenho nojo por saber que temos o mesmo sangue, assim como o resto do país se repugna por tamanha atrocidade, então, como rei desta nação, filho de Dylan Zander e representante do povo, eu a sentencio à morte, sendo queimada até que não reste nenhum resquício do seu corpo, assim como todos os sentenciados a crimes contra a coroa – acabou, apontando o dedo indicador para a irmã.

Sem se conter, Rory cuspiu no chão o mais longe que pôde, repugnando o ser que pronunciava aquelas palavras com tanta autoridade, embora tudo o que tenha ganhado fosse um olhar raivoso e um suspiro de desprezo.

Antes que ela pudesse fazer qualquer outra coisa, o guarda a reergueu com tanta brutalidade quanto a tinha empurrado, fazendo o povo voltar a rugir conforme ele a levava para o poste, forçando-a a pisar naquela gosma fétida.

Rory queria gritar, correr e espernear, mas era como se todas essas coisas fugissem do seu controle enquanto uma enxurrada de sentimentos a afogava cada vez mais e, no fim de tudo, ela não tinha mais ninguém para tirá-la de lá.

– Argh! – grunhiu quando o guarda a jogou contra o poste.

Sua cabeça bateu em cheio contra o ferro no instante em que ela caiu de joelhos, sujando as pernas com aquele líquido escuro, forçando-a a abraçar o poste na esperança de se reerguer, com a cabeça latejando.

Assim que finalmente se pôs de pé entre um gemido e outro, o guarda agarrou seus braços com os dedos ásperos, levantando as mãos de Rory até conseguir acorrentá-las à primeira corrente, forçando-a a ficar na ponta dos pés para não deslocar algum membro. Seus dedos roçavam a gosma negra no chão, fazendo seus pulmões se inflamarem com o cheiro terrível de gasolina, graxa e álcool, que entrava pelas suas narinas a cada inspiração, assim como o guarda, que parecia torcer o nariz conforme seu peito subia e descia.

O homem se agachou diante dela, agarrando a segunda corrente coberta de gosma, amarrando-a nos calcanhares de Rory com tanta força que ela soltou outro gemido de agonia. Tentou mexer os pés, que começavam a latejar de dor conforme iam ficando um pouco arroxeados por causa da falta de circulação.

Queriam que ela sofresse, que agoniasse durante cada segundo do resto da sua vida, fazendo-a se contorcer de dor mesmo antes de pegar fogo, o que, querendo ou não, estava dando certo.

Sem nenhum aviso, o homem se levantou e passou para a terceira corrente, fazendo Rory gritar tão alto quanto suas cordas vocais lhe permitiam ao sentir o ferro se apertar ao redor de seu pescoço, como uma cobra enrolando sua vítima, sentindo algumas veias saltarem em sua garganta, assim como sua traqueia, que parecia estar prestes a se quebrar conforme ofegava de medo e dor.

Antes que a corrente pudesse enforcá-la por completo, parando de vez com sua respiração, o guarda percorreu os olhos pelo semblante desesperado de Rory, observando as lágrimas se acumularem em seus olhos enquanto sua boca semiaberta mostrava os machucados em seu lábio inferior, tão vermelhos quanto as manchas de sangue espalhadas por suas bochechas, misturando-se ao rímel borrado pelo choro e as marcas de unha em seu maxilar, deixadas pela psicopata que se vangloriava de sua dor no alto de um palco, com os olhos tão assustadores quanto os da própria morte, que Rory estava prestes a encarar.

— Eu não fiz nada — murmurou e começou a chorar.

Percebeu pena despontando nos olhos do homem, que, sem dizer nada, afrouxou a corrente em seu pescoço, permitindo Rory soltar um suspiro ao sentir a pressão diminuir um pouco. Ele prendeu o cadeado e lançou um olhar frio para ela antes de ir embora rapidamente.

No meio de tantos carniceiros, Rory encontrou um rosto na multidão. Jeftali parecia tão abalado por vê-la naquele estado quanto um cachorro abandonado, seus olhos expressando uma dor tão profunda quanto os de Rory.

Os lábios dele formavam palavras que ela era incapaz de entender, até que sua boca se calou no instante em que ele redirecionou o olhar para outro lugar, fazendo Rory acompanhá-lo ao observar os olhos arregalados do amigo.

Ao olhar na mesma direção, seu coração disparou conforme o calor parecia aumentar em seu corpo já quente, fazendo o desespero crescer dentro de si ao encarar a chama dançando sobre uma tocha negra.

Sem conseguir fazer mais nada, Rory clamou por ajuda enquanto as lágrimas pareciam começar a queimar sua pele no instante em que escorriam de seus olhos:

— Pai, me ajude — suplicou, observando um homem mascarado ir em sua direção com uma tocha de fogo. Os gritos ensurdecedores da multidão se transformavam em ruídos diante dos seus ouvidos, deixando as batidas do seu coração se transformarem no único som audível. — Eu não sou forte, pai. — A chama bailava sobre a estaca de madeira com uma perfeição assustadora. O homem parou diante da palha molhada. — Eu tenho medo... muito, muito medo — admitiu. Seu sangue parecia borbulhar dentro do corpo conforme ela via a chama se abaixando, refletindo sua luz alaranjada sobre a pupila dilatada de Rory. — Me ajude, pai! Por favor, me ajude — sibilou, fechando os olhos com força.

A chama começou a se alastrar pelo tapete negro com uma velocidade avassaladora, engolindo tudo à sua frente com as labaredas cada vez maiores.

34

— Essa é ela? — Rory perguntou com os olhos arregalados, tremendo diante da foto em suas mãos.

— Sim. E esse bebê no colo dela é você — Jeftali respondeu, abrindo um sorriso gentil para a pequena princesa.

— Mas... ela parecia feliz — refletiu, encarando os olhos idênticos aos seus presos em um pedaço de papel colorido, uma memória capturada no close de uma câmera.

Jeftali encarou a foto, decifrando a pergunta escondida na alma daquela menina de apenas nove anos.

— A morte é uma coisa difícil de se entender. As pessoas passam a vida inteira com medo dela, tentando descobrir o motivo e como fugir, mas sabe... Acho que, no fim das contas, você só entende de verdade quando a vive. Talvez este seja o enigma da vida: conhecer o que há depois dela. Sua mãe só descobriu esse segredo antes de nós.

Rory não entendia e, para falar a verdade, nem queria entender o que fosse lá que o conselheiro falava, hipnotizada demais pela mulher que a segurava nos braços; braços que ela não conseguia lembrar, não importava o quanto tentasse.

35

Rory nunca achou que morreria assim, sozinha, sem nada nem ninguém, a não ser o fogo queimando tudo ao seu redor, correndo por cada nervo, cada veia, inflamando seus pulmões com sua chama feroz, até encontrar seu coração.

Antes que a morte lhe confrontasse e tudo acabasse num piscar de olhos, algo muito diferente percorreu sua alma, como se aquela chama incessante acordasse cada nervo adormecido, agitando cada partícula do seu ser.

Seu coração passou a bater com a mesma ferocidade do fogo, que fazia seu sangue borbulhar dentro de seu corpo, forçando-a a abrir os olhos no instante em que o barulho estrondoso de uma explosão irrompeu no ar, fazendo-a se sentir mais viva do que em qualquer outro momento de sua vida.

Observou a explosão eclodir ao seu redor, alastrando o fogo bem além da palha, tornando tudo um misto de luz e brasas dançantes conforme Rory olhava ao seu redor, pasma ao ver as correntes estraçalhadas no chão ardente, sem contar as centenas de pessoas que começavam a correr para longe dali aos gritos.

Vários guardas começavam a levar Kade e Samaira para um carro blindado conforme o restante erguia suas armas na direção de Rory, afastando-se aos poucos com os olhos arregalados.

Enquanto todos se afastavam do fogo crescente, Rory continuou lá, viva em meio às labaredas tocando sua pele sem ao menos lhe deixar uma marca, forçando-a a arregalar os olhos diante da cena inacreditável, até que...

– Matem-na de uma vez! – uma voz gritou com todo o ódio do mundo.

Rory estremeceu ao ver o olhar endemoniado de Samaira através das labaredas antes de continuar seguindo os guardas até o carro.

A princesa gritou, sentindo uma bala roçar seu braço esquerdo, provocando uma dor que nem o fogo lhe proporcionara, forçando-a a correr em disparada ao mesmo tempo que outras balas começavam a ser disparadas em sua direção, adentrando no fogo que a cercava com um único objetivo.

Sem entender nada, Rory só conseguia pensar em fugir dali o mais rápido possível – fugir para longe daquele inferno que se formava ao seu redor – e ela apertou o braço que começava a sangrar.

Assim, com toda a adrenalina que pulsava em seu corpo, correu na direção oposta dos guardas, desvencilhando-se da grande massa ardente que a rodeava; correu pelos paralelepípedos até pular na grama do jardim, na esperança de chegar até a rua sem nem olhar para trás, certa de que uma legião de guardas começava a rodear o fogo para matá-la.

Contudo, a cada passo dado, uma nova chama começava a devorar a grama sob seus pés, deixando um rastro negro atrás de si. Vários guardas começaram a correr em sua direção com os rifles carregados.

Eles eram muito mais rápidos do que ela pensava, assim como as balas de suas armas, que voavam, velozes, na direção de Rory.

Um... Três... Cinco... Seis tiros cortaram o ar em sua direção, obrigando-a a se abaixar a cada estrondo horripilante atrás de si. Seu coração acelerava cada vez mais conforme começava a correr em zigue-zague, deixando seus pés a guiarem no ritmo de seu desespero, escutando os gritos ao seu redor, tanto de medo quanto de raiva, fazendo um turbilhão de pensamentos correr pela sua cabeça enquanto se agarrava à única conclusão sólida que penetrava todo o seu ser.

Ela estava viva e tinha de correr!

Sem hesitar, Rory pulou a pequena cerca, sentindo os pés tocarem a calçada. Seus joelhos falharam por um segundo, levando-a ao chão de tijolos ásperos.

— Não, não, não! — gritou, reerguendo-se.

Suas mãos começaram a arder, assim como seus joelhos ralados, contudo seu pavor era tão grande que ela nem se deu ao luxo de parar, correndo na direção da rua, observando as balas atingirem o chão ao seu lado, provocando faíscas em contato com o asfalto, que começava a esfolhear a sola de seus pés, que um dia foram macios.

— Pare, assassina! — Ela escutou um guarda urrar a alguns metros de distância, fazendo-a se virar, sem deixar de correr.

Arregalou os olhos ao ver o homem que começava a apontar o rifle para a sua cabeça com um olhar assustador por causa do fogo refletindo em seus olhos acinzentados. O fogo de Rory!

Sem mais nem menos, ela parou, fazendo o guarda tremer ao observá-la o encarando.

— Mais um passo e eu atiro! — bradou.

Os outros guardas pararam atrás dele, sem ousar mais nenhum disparo. Rory continuou a apertar seu braço, tentando pensar no que fazer.

Ninguém atirava. Não por seguir uma ordem ou um protocolo. Estavam com medo e, de alguma forma, Rory conseguia sentir, tão claro como o fogo que queimava sob a ponta de seus dedos, vivo e abrasador em seus olhos, dominando seu ser como uma injeção de adrenalina, reavivando seu coração.

Embora seu medo fosse muito maior do que o daqueles homens, a adrenalina que corria por seu sangue era muito maior do que qualquer outra parte racional que tivesse dentro de si mesma.

— Estou avisando! — o guarda insistiu, dando um passo para trás conforme suas mãos faziam o cano da arma tremer. — Vou atirar!

Sem nem entender o que estava fazendo, Rory fechou os olhos, permitindo-se ser levada pela chama que voltava a correr descontroladamente por cada veia de seu corpo. Seu coração batia tão forte quanto o fogo que começava a crescer em seu corpo.

— Ajoelhe-se ou eu a mato, garota! — o homem alertou com a voz rouca, arregalando os olhos com o fogo crescente.

— Não, não me matará — ela murmurou ao abrir os olhos, fazendo o guarda dar passos desordenados para trás ao ver a chama furiosa queimando em suas íris castanha.

— Mas o que é que...

Sem mais nem menos, uma labareda o engoliu por completo, junto com o restante dos guardas, que foram incinerados pelo círculo de fogo que se alastrou com a mesma rapidez que surgira, fazendo-os correr aos gritos enquanto outros apenas caíam, carbonizados, sobre o chão, devorados pelo fogo constante conforme seus corpos iam tomando uma aparência petrificada, tão inertes quanto simples pedaços de carvões.

Antes que Rory pudesse assimilar qualquer coisa, todas as suas forças pareceram sumir no instante em que o fogo cessou, fazendo-a apagar, caída sobre as cinzas, bem no centro da destruição que tinha causado.

36

— Ei, acorde, Rory! Acorde! — Ela escutou uma voz sussurrar no fundo de sua cabeça. Seus olhos pareciam pesar quando tentou abri-los, como se tivesse passado um mês na guerra e agora tivesse de repor o sono. — Vamos, você tem que acordar — a voz insistiu, porém seu corpo continuou paralisado, sem forças para mover nenhum músculo.

Um cheiro terrível entrou junto com sua inspiração, retorcendo cada nervo até que ela conseguisse se mexer.

— Não me matem, por favor.

Começou a esfregar os olhos, tentando se lembrar do que acontecera. Sentiu uma dor intensa percorrer cada parte do seu corpo, desde os pés até o braço esquerdo, que parecia latejar a cada movimento.

— Ninguém aqui vai matá-la, *princesa*. — Ouviu uma voz ficando mais clara na cabeça de Rory, forçando-a a abrir os olhos para ter certeza de que não estava sonhando.

— Marcus? — Tentou se levantar do colo do amigo, encarando o sorriso refletido nos olhos dele. — Ai!

— Deixe que eu a ajudo — ele disse, permitindo que ela se sentasse.

— Desculpe, tinha que esperar você acordar para tratar dos ferimentos — outra voz falou.

Rory sentiu alguém se sentar ao seu lado, fazendo-a arregalar os olhos ao ver Darya com um frasco de vidro nas mãos.

— O que está acontecendo? — Ela não estava entendendo nada. Correu os olhos pelo lugar parecido com um prédio abandonado, revelando sua altura pelas duas janelas quebradas. Quatro pilares seguravam o lugar coberto de pichações sobre a pintura descascada. — Que lugar é este...? Eu... Eu estava na praça.

— Eu a tirei de lá — Marcus admitiu e passou a mão pela nuca, tentando apagar a cena terrível, que agora começava a surgir na cabeça de Rory.

Ela soltou um suspiro conforme seu coração se apertava ao relembrar o rosto do guarda ao ser consumido pelo fogo, assim como os gritos agoniantes dos homens que se jogavam no chão, incapazes de escapar da chama feroz que os engolia. A chama que vinha dela.

— Eu não queria... Eu juro... — sibilou, abraçando a si mesma.

Ela tinha matado quase doze homens sem mover um dedo sequer. Isso era tão aterrorizante quanto qualquer outra coisa que tivesse acontecido.

— Ei, calma, está tudo bem agora... — Darya afirmou enquanto colocava a mão no ombro de Rory, notando o olhar desolado da amiga. — Você está com a gente.

— Ele não vai matar você, Rory. Ninguém vai machucá-la — Marcus garantiu.

Seu olhar transmitia uma segurança que Rory nunca tinha visto no rosto do amigo, fazendo-a soltar um suspiro, tentando convencer a si mesma de que aquilo era verdade.

— Tudo bem — cedeu.

Darya lhe deu um abraço amigável ao mesmo tempo que Marcus esboçava um sorriso curto.

— Vai dar tudo certo.

A amiga se afastou de Rory, que voltou o olhar para o entregador de olhos verdes.

— Obrigada, de verdade. — Ela puxou o ar para os pulmões, sentido a umidade gélida do lugar. Uma das milhares de perguntas que tinha surgiu em sua cabeça depois de alguns segundos em silêncio. — Onde estamos? — questionou, revezando o olhar entre os dois.

— Deixe Darya cuidar de você primeiro. — Marcus suspirou e se levantou da maca em que Rory continuava sentada. — Quando ela acabar, eu explico tudo — concluiu, enfiando as mãos nos bolsos da calça jeans suja do sangue que com certeza pertencia a ela.

Sem a resposta que queria, ela apenas concordou com a cabeça, afinal, querendo ou não, precisava urgentemente de curativos e uma porção de remédios, sem contar o quanto seu corpo clamava por um banho.

— Vou esperar lá fora, ok?

— Sim. Avise Áki que ela acordou — Darya acrescentou, passando uma mecha de seu cabelo preto para trás da orelha, mostrando o brilho de seu brinco verde ao qual Rory nunca tinha prestado atenção.

— Pode deixar — ele garantiu. Começou a ir embora, mas parou na frente da porta com um suspiro. — A gente se vê mais tarde, certo?

— Tudo bem.

Rory deu um sorriso triste para Marcus, que saiu logo em seguida, deixando as duas a sós.

— Ele ficou aqui a noite toda — Darya comentou ao voltar a olhar para a amiga. — Nada o tirava daqui.

As palavras soavam estranhas na boca de Darya, como se aquilo fosse algo muito fora do comum, contudo Rory focou em algo muito mais estranho naquela frase.

— Eu fiquei desmaiada um dia inteiro? — perguntou, boquiaberta.

Inclinou a cabeça para trás, encostando-a na parede, que precisava de uma nova camada de tinta, sentindo todos os seus músculos darem uma leve contração ao esticar o pescoço na tentativa de tirar a tensão acumulada.

— Dois na verdade. — Darya se levantou para deixar o frasco de vidro em uma mesinha encostada na parede ao pés da maca. — Marcus chegou com você antes de ontem... Já era bem tarde quando ele apareceu.

— Nossa.

Rory fechou os olhos, tentando assimilar tudo o que tinha acontecido, já que não era todo dia que ela desmaiava depois de pegar fogo e ia parar em... bom... onde quer que ela estivesse.

— Ei, vai ficar tudo bem. É sério.

Darya voltou para perto da amiga com as mãos livres.

— Eu só... É muita coisa.

Rory suspirou, ainda de olhos fechados, esfregando uma mão na outra.

— Eu sei, mas você está viva, não é?

— É — concordou.

Olhou para o teto, pensando na fala de Darya.

Dylan tinha morrido. Ela tinha matado uma dúzia de homens e Kade queria matá-la. Mas... Bom, ela ainda estava viva.

— Tente ficar calma, tudo bem? Ninguém vai machucar você aqui — ela assegurou.

Rory tentou seguir o conselho da amiga.

— Tudo bem.

Então Darya começou a segurar seu braço ferido.

— Vou começar pelo braço, que está pior, tudo bem? — ela perguntou. Rory concordou com a cabeça, dando vários suspiros enquanto a amiga apalpava a ferida. — Vai ficar uma cicatriz bem pequenininha. Não consigo anulá-las.

— Você vai dar pontos?

Rory correu os olhos pela sala em busca de algum sinal da anestesia, mas as únicas mobílias do lugar eram uma maca, uma mesinha de ferro e uma cadeira de madeira perto de uma porta à frente de Rory, que franziu a testa em confusão ao não encontrar nada. Darya soltou uma risadinha abafada e balançou a cabeça.

— Não preciso de nada disso.

A garota começou a deslizar os dedos em pequenos círculos ao redor do ferimento, seus olhos assumindo um azul tão brilhante quanto o sol ricocheteando seus raios nas ondas do mar, fazendo uma onda de alívio percorrer o corpo de Rory, que arregalou os olhos ao ver o ferimento se fechando aos poucos, como em um passe de mágica.

— O que é...

— Eu sou Curandeira — Darya interveio com um meio-sorriso, sem parar de fazer fosse lá o que estivesse fazendo, deixando Rory fora de órbita com a explicação.

— Eu deveria ter entendido?

Ela olhou para o rosto concentrado.

— Eu curo as pessoas... Sabe? Assim como você pega fogo — ela terminou, lançando um olhar para Rory.

— Isso não existe mais... — falou, contudo logo foi interrompida por si mesma, afinal ela tinha queimado pessoas.

— Incendiadores também não, mas olhe você aí. Tem fogo no seu sangue, Rory, sempre teve, mas só agora você descobriu.

Darya soltou o braço da amiga já curado ao mesmo tempo que seus olhos voltavam a ter o azul normal, fazendo a pequena cicatriz se tornar o único resquício do ferimento que doía havia menos de cinco minutos.

— Eu não entendo — Rory admitiu.

Analisou seu braço curado. Era mais uma nas milhares de coisas que ela não entendia mais.

Aquilo não fazia sentido algum para Rory. Ela tinha passado a vida inteira aprendendo sobre a Anulação e como Taleiau se formara a partir dela. Todos os livros, desenhos, histórias... Tudo ao seu redor girava a partir desse conceito, até mesmo seu próprio país, que agora parecia desmoronar sob seus pés como um espelho se quebrando em milhares de pedaços ao cair no chão.

— A Anulação acabou com os dons da maioria do povo, inclusive dos reis — Darya explicou e se agachou, desfazendo os arranhões e hematomas nos pés de Rory. — Isso os deixou com medo de perderem seus tronos, e por isso mandaram matar todos que tinham restado pelo bem de seus governos *impecáveis*. — Ela pausou, respirando fundo. Rory ficou boquiaberta. — Depois da chacina que causaram, os que sobraram resolveram não usar seus poderes para não ter o mesmo destino que os outros, e foi aí que deixamos de existir para eles. Viramos sombras de uma história mal contada — terminou, já se erguendo, deixando os pés da amiga curados, sem nenhum roxo que indicasse as algemas.

— E por que acobertaram a verdade? — Rory perguntou, já desconfiando da resposta que sua mente formulava, sussurrando-a no fundo do seu crânio, como o eco de um cânion.

— Nenhum rei teria coragem de admitir que matou milhares de pessoas por medo, Rory.

A princesa soltou um suspiro diante da reposta que, querendo ou não, não passava da mais pura verdade, e Samaira era a prova viva de como reis e rainhas podiam ser cruéis.

Mas Rory era descendente desses mesmos reis que tinham perdido seus poderes, não era?

— Então por que eu consegui fazer aquilo? — perguntou, afinal ela tinha sangue real.

— Ninguém sabe ainda...

A amiga começou a esfregar o rosto de Rory, tirando todos os hematomas com um olhar confuso conforme franzia o cenho. No entanto, o silêncio da Curandeira continuou. Não entendia como Rory tinha aquele dom — que a própria princesa não sabia se era uma dádiva ou uma maldição —, tampouco entendia todo o resto do que estava acontecendo.

O fato de ser diferente fez Rory pensar que outra pessoa também podia ser.

— E Marcus? Ele é um... Bom... Ele é igual a você?

Ela limpou a garganta e, por algum motivo, aquilo fazia seu peito se apertar com o medo da resposta. Ele a acharia um monstro por ser diferente? Por ter matado todas aquelas pessoas? Ele seria igual a ela?

Pela minha Casa, que importância isso tem?, Rory repreendeu a si mesma com um chacoalhar de cabeça para afastar aquelas perguntas antes que Darya pudesse responder.

— Ele é um Soprador, controla o vento.

Seus olhos continuavam a resplandecer conforme ela curava a amiga, sem perceber o semblante estagnado de Rory, que não sabia se aquilo deveria a aliviar ou não.

— Ah...

Ela suspirou, sem saber como continuar, deixando que um silêncio enorme recaísse sobre as duas. Darya mordeu o lábio superior na tentativa de esconder um sorriso estranho, terminando de curar a amiga, que voltou a fechar os olhos na esperança de colocar as ideias no lugar.

— Pronto — Darya declarou minutos depois, jogando os cabelos para trás, fazendo Rory esticar os braços e abrir os olhos.

— Muito obrigada — ela agradeceu, saindo da maca para dar um abraço nela.

— Você é minha amiga, não a deixaria ficar daquele jeito, assim como me deixou ficar com o emprego em Brayrer — Darya respondeu enquanto apertava Rory, que logo se desvencilhou da amiga com um olhar confuso.

— Por falar nisso, onde estamos? — perguntou.

A garota abriu um sorrisinho e começou a pegar alguma coisa embaixo da mesinha ao pé da cama.

— Não era seguro você continuar na capital, mas você não conseguia ir muito longe naquelas condições, por isso ele a trouxe para cá.

— E onde é *aqui* exatamente?

Jogou os cabelos para trás, cobertos de nós e sangue seco.

— Corin — ela respondeu, levantando-se com as mãos ocupadas. — Agora é melhor você ir tomar banho. — Darya entregou uma troca de roupas junto a um par de botas de cadarços pretos para Rory. — O general Áki vai querer falar com você — terminou, esfregando uma mão na outra como se estivesse tirando algum tipo de poeira invisível.

— General?

Ela achava que estava em um prédio abandonado com móveis roubados de um hospital, não em um quartel-general cheio de pessoas.

— Somos muito mais do que rebeldes arruaceiros, sabia? — ela brincou, tocando em seu brinco verde.

Rory soltou um suspiro ao mesmo tempo que seus olhos ficavam do tamanho de uma lua cheia. O brinco não era uma simples pedrinha, era um cervo.

— Vocês são os rebeldes — ela sibilou.

Olhou para a blusa de frio em suas mãos, era um tom de verde idêntico ao brinco da amiga, a fita de Marcus e a tira amarrada em seu próprio pulso.

— Nós usamos o termo "exilados". — Darya foi até a porta ao lado da cadeira de madeira, abrindo-a com a rapidez de um gato habilidoso. — Aqui é o banheiro — terminou, voltando seus olhos para a amiga, que começava a ir em sua direção com um suspiro, pasma com a nova descoberta.

Darya continuava com o mesmo olhar doce de sempre.

— Desisto de entender qualquer outra coisa — Rory refletiu consigo mesma ao cruzar a porta, fazendo a amiga soltar uma risada.

Correu os olhos pelo pequeno banheiro com um chuveiro de aço que pingava e uma privada com o mesmo tipo de material que brilhava um pouco com a luz da única lâmpada que iluminava o lugar, sem a presença de nenhuma janela sequer.

— É melhor não demorar muito, ok? A água não fica morna por muito tempo — Darya avisou antes de fechar a porta, deixando Rory sozinha naquele cubículo tão diferente dos banheiros do castelo.

Querendo ou não, ainda estava viva, e isso era o suficiente para ela não reclamar.

37

– Darya? – Rory chamou a amiga enquanto saía do banheiro.

Usava uma blusa de algodão e uma calça confortável enfiada por dentro do coturno alto, deixando-a com uma aparência bem melhor do que aquele vestido rasgado que deixara no banheiro, sem vontade alguma de olhar para aquela monstruosidade que Samaira tinha escolhido. Lembrar-se da madrasta era a última coisa que gostaria de fazer.

Ao perceber que estava sozinha, Rory foi até uma das janelas quebradas, sentindo o vento gelado beliscar a ponta de seu nariz. Observou a massa cinzenta de prédios e casas que se aglomeravam até onde sua visão alcançava, todos em um estado de decadência estranho.

Uma nuvem negra se erguia de várias fábricas um pouco além, para as quais a maioria das pessoas na rua seguia caminho com seus uniformes em um tom de amarelo envelhecido, dando um ar muito mais depressivo a seus rostos cansados pelo trabalho maçante.

Rory não estava apenas em um prédio abandonado, estava em um conjunto industrial.

Ela sempre soubera da existência deles, mas nunca se preocupara em mexer um músculo para saber como eram. E agora, sentindo o ar seco se infiltrando em cada parte dos seus pulmões conforme o vento começava a bater mais forte contra o seu rosto, Rory era capaz de sentir o gosto da bile na boca. Seu estômago se retorcia, não pela qualidade ruim do ar, e sim pelo fato de ela sempre ter vivido sob a noção de uma sociedade confortável e luxuosa, sem se importar com o resto de um povo que um dia herdaria junto com o restante de um país, junto com uma coroa e um título real que agora tinham evaporado, assim como qualquer outra coisa que ela possuíra uma semana antes.

Rory não era mais uma princesa, muito menos uma pessoa comum. Agora era uma Incendiadora, assim como seus antepassados cruéis foram um dia, e isso era a única coisa que lhe restava, algo que nem mesmo Samaira poderia lhe arrancar. O fogo a tinha escolhido e a tornara sua herdeira, ela querendo ou não.

— Tudo bem com você? — Uma voz rouca invadiu a sala, puxando Rory para a realidade, fazendo-a balançar a cabeça para afastar os pensamentos antes de levar o olhar até o amigo encostado na porta.

— Você estava me espionando?

Evitou a pergunta que não queria responder e foi se encostando no pilar mais próximo da porta com os braços cruzados e um suspiro audível.

— Eu ficaria mais escondido se fosse espionar você. — Marcus imitou Rory, cruzando os braços. — Você parecia tão concentrada que achei que não fosse me escutar.

— Eu só estava pensando.

— Darya me disse que conversou com você.

— Pois é.

Começou a encarar o colar pendendo de seu pescoço. Dylan mal sabia o que o cervo significava quando o dera de presente, e Rory não fizera ideia ao aceitar a fita do amigo.

— Eu não queria ter mentido para você, de verdade — Marcus admitiu.

Os olhos dele escureceram por um segundo, passando para um verde bem mais escuro conforme Rory ia sentindo o vento rodopiar ao seu redor, fazendo-a voltar seu olhar para o amigo que a encarava.

— Soprador — ela concluiu com um meio-sorriso, saindo do círculo de vento que a cercava. — Uma hora eu vou entender toda essa bagunça, mas não estou brava com você. Você me salvou, não há como eu ficar furiosa.

Com um suspiro de alívio, Marcus abriu um sorriso e levantou a postura, reavivando a cor normal em seus olhos conforme o vento parava.

— Obrigado. — Ele inclinou um pouco a cabeça para o lado, soltando um suspiro longo antes de voltar a falar: — Como você está?

Ele não era um idiota, sem contar que era teimoso demais para deixar a pergunta de lado, fazendo Rory torcer o nariz enquanto passava a encarar a janela quebrada ao lado do amigo.

— Sinceramente? Nem eu sei direito — admitiu, encostando a cabeça na quina da porta. — É muita informação para processar.

— Eu entendo. Sem contar que Darya não é muito boa em contar histórias — ele acrescentou, tentando quebrar a tensão que começava a se acumular nos ombros de Rory. — Ela tem esse problema desde que a gente era pequeno.

Sem esperar pelo comentário, Rory passou a encarar o amigo, sua expressão mostrando sua confusão.

— Vocês se conhecem há tanto tempo assim?

Ela arqueou uma sobrancelha.

— Eu a conheci com sete anos, ela veio para cá com o general Áki depois que os pais dela morreram no arquipélago. Minha mãe cuidou dela até ir para Brayrer, mas ela voltou para cá.

— E você também — Rory completou com outro sorriso, surpreendendo-se ao ver o esforço que teve para fazê-lo.

— É... Acho que ela vai gostar de ver alguns filhos no mesmo lugar de novo — Marcus comentou e abriu um sorriso um pouco mais largo conforme seus olhos mostravam um pouco de animação.

— Você ainda não a viu?

Rory arregalou os olhos para o amigo, que soltou um suspiro calmo, fazendo-a se arrepender ao lembrar que o motivo era ela.

Ele não tinha saído de perto dela em momento nenhum, mas parecia não querer comentar sobre isso.

— Eu vou vê-la hoje à noite. — Ele estralou os dedos, soltando os braços ao lado do corpo. — Ela trabalha na fábrica o dia inteiro, sem contar que... — No mesmo instante, Rory se lembrou dos rostos tristes indo para a fábrica que sugava suas vidas assim como as cores de seus uniformes. Uma daquelas pessoas podia ser a mãe de Marcus, um rosto triste na multidão, morrendo aos poucos com a fumaça inflamando seus pulmões junto com uma promessa vazia de uma vida melhor que nunca chegaria naquele lugar coberto de concreto e aço. — Ei, o que foi?

Marcus puxou Rory para a realidade como um mágico tirando alguém da hipnose.

— Ah, não é nada. — Ela arrumou a postura enquanto seus olhos corriam pela sala, parando nas duas esmeralda que a encaravam. — O que você disse?

Com um sorriso, Marcus enfiou as mãos nos bolsos da calça jeans limpa e inclinou a cabeça na direção do corredor.

— Falei que a gente tem muita coisa para fazer hoje. Inclusive, o general Áki está esperando você no pátio há uns dois minutos — terminou, cerrando os dentes e arregalando os olhos.

Rory soltou um suspiro conforme arrumava os cabelos mais uma vez, tirando a poeira inexistente de sua roupa para depois arrumar as mangas de sua blusa de frio, já um pouco molhada nas costas por causa dos cabelos úmidos.

— Então?

Ela apontou para si mesma ao mesmo tempo que Marcus fazia uma careta exagerada em meio ao silêncio.

— Vamos logo que ele está esperando — ele declarou, mudando de assunto conforme começava a andar pelo corredor a passos largos.

Rory o seguiu a passos rápidos, já que sua altura não era muito favorável comparada aos bons vinte centímetros a mais do amigo. Ele continuou com um sorriso torto atravessando o lugar que parecia conhecer tão bem quanto a palma de sua mão, enquanto Rory passava os olhos pelas paredes tão desconhecidas, observando as lâmpadas que iluminavam os corredores com muito custo, esforçando-se para continuarem vivas.

Em nada era parecido com os castelos em que Rory passara a maior parte da vida e, por algum motivo, aquilo parecia aliviar uma dor que palpitava em seu coração junto com lembranças que ela queria afogar no fundo do mar do esquecimento. No entanto, algumas delas pareciam criar seus métodos para continuarem vivas junto com uma raiva que queimava dentro de seu peito, insistente em continuar acesas, assim como as lâmpadas do corredor, que agora se tornava um pouco mais estreito.

— Ai — ela grunhiu ao trombar nas costas de Marcus, que tinha parado abruptamente.

— Você tem que olhar para a frente quando está andando, sabia? — ele brincou antes de abrir uma porta que Rory nem sequer tinha notado.

— Como você é educado — ela revidou, revirando os olhos.

O amigo soltou uma risada curta, logo interrompida pela escada que ele começou a descer, seguido por Rory, que agarrava o corrimão de aço e focava os olhos nos degraus, que pareciam não ter fim.

38

O pátio era mil vezes maior do que Rory podia imaginar, com o chão coberto de concreto, um cervo enorme estampado em seu centro, pintado em milhares de tons de verde. O desenho parecia ter vida própria sob os raios de sol, que entravam pelo teto de vidro sustentado por vários pilares, onde um brutamonte de quase dois metros a esperava com um olhar indecifrável em seus olhos acinzentados. Ele ostentava um semblante misterioso enquanto uma fita prateada se destacava em sua pele negra, fazendo Rory se arrepiar ao vê-lo andando em sua direção com passos bem mais largos do que ela poderia esperar.

— Muito obrigado por trazê-la até aqui, Marcus — o homem agradeceu. Rory olhou para o amigo ao seu lado, tão natural quanto a folha de uma árvore. — Você já pode ir.

— Obrigado, general — ele respondeu, já indo embora, deixando Rory a sós com Áki. Nem todo olhar de súplica no mundo poderia fazer o amigo continuar ao seu lado, afinal ele tinha mais o que fazer do que ficar de babá em uma conversa. — Bom dia, garota — o general cumprimentou e acenou com a cabeça, fazendo Rory retribuir o cumprimento com os olhos, percebendo um tom seco na voz do homem, que logo limpou a garganta para continuar. — Acho que temos muito o que conversar, não acha?

— Definitivamente.

Rory se lembrou das milhares de perguntas que pairavam na sua cabeça, mas, antes que pudesse fazer qualquer uma delas, Áki começou com as suas.

— Acho que você já tem uma noção de tudo ao seu redor, assim como eu tenho uma noção sobre você. Mas existem certas coisas que você precisa saber, assim como preciso saber certas coisas a seu respeito.

Ele cruzou os braços expostos, cobertos de cicatrizes que iam até as costas de suas mãos, fazendo Rory franzir o cenho em curiosidade

— Como o quê? — perguntou, confusa, inclinando um pouco o rosto para olhar nos olhos do general, que ainda não tinha expressado uma emoção sequer.

— Pelo que Marcus me disse, acho que você é bem mais inocente do que o rei diz, não é? — Áki argumentou, arqueando uma sobrancelha para Rory, que soltou um suspiro longo antes de concordar.

— É... — concordou, fazendo o general limpar a garganta mais uma vez antes de continuar.

— Então gostaria de dar meus pêsames.

Ele estendeu a mão esquerda para Rory, que logo a aceitou. Contudo, antes mesmo que ela pudesse entrelaçar seus dedos em cumprimento, o general a puxou para um abraço para o qual ela não estava nem um pouco preparada.

Por mais que ele parecesse incrivelmente intimidador, Rory sentiu uma ponta de alívio correr por seu corpo ao abraçar aquela massa enorme de músculos, afundando-se entre os braços enormes do homem, que exalava um calor reconfortante de sua pele áspera, fazendo-a se desarmar diante da demonstração de afeto. Ninguém tinha dito que sentia muito por sua perda.

— Eu não o matei, foi ela... — contou ao se desvencilhar dos braços do homem, secando algumas lágrimas solitárias em sua bochecha e na ponta do queixo.

— Tudo bem, garota, não precisa explicar nada disso enquanto estiver aqui. Acredito que não foi você, e isso basta. — Ele apoiou uma mão no ombro de Rory, permitindo que ela visse um único deslize em seu olhar, uma mistura de dor e tristeza enterradas em algum canto de seu coração. — É difícil ser julgado por algo que não cometeu, e não vou fazer isso com você — terminou com um suspiro longo e esboçou um sorriso com o canto dos lábios.

Rory sentiu uma onda magnífica de alívio percorrendo seu coração junto com uma pontada de dor, da qual ainda não sabia como se livrar.

Talvez um dia aprendesse a conviver com ela, assim como a chama de raiva que queimava em seu ser.

— Muito obrigada, senhor... hã... quer dizer, general — agradeceu alguns segundos depois, enchendo os pulmões de ar conforme as perguntas voltavam a ocupar grande parte da sua linha de raciocínio.

— Fico satisfeito com o "senhor", garota — ele brincou, seus olhos mostrando um singelo traço de satisfação, já que o seu rosto parecia ser incapaz de demonstrar muitas emoções.

— Certo — concordou, mordendo o lábio inferior, pronta para expulsar todas as perguntas presas entre seus dentes. — Os exilados são tantos assim para terem um general?

— Somos como um iceberg, deixamos transparecer só uma migalha do que realmente somos para a sociedade. — Ele enlaçou uma mão à outra e começou a caminhar, forçando Rory a acompanhá-lo para onde quer que ele a estivesse levando. — Trabalhamos para ajudar pessoas como você, como Marcus e qualquer outro com quem possa esbarrar por aí. Então, sim, somos grandes o suficiente para haver generais, comandantes e até mesmo setores de exportação — explicou, lançando um olhar de soslaio para Rory.

Saíram do pátio, entrando em outro corredor que ela nem conhecia, fazendo suas sobrancelhas chegarem até o céu com a informação.

— *Exportação?* Isso é sério? — perguntou, incrédula, ao mesmo tempo que cruzavam com uma moça ruiva, que fez um leve aceno com a cabeça para o general antes de continuar seu caminho.

Rory levou um susto ao perceber o revólver preso à sua cintura, assim como uma faca exposta, enfiada dentro de seu coturno preto. Talvez eles não fossem tão pacíficos quanto ela esperava.

— Aquela era Azena, comandante do setor quinze — o general explicou. Ele observava Rory encarando a mulher, que seguia seu caminho pelo corredor como uma gazela andando por um campo. — Em algumas ocasiões, as armas podem ser bem mais eficazes do que nossos poderes. — Ele levantou um pouco a camisa, mostrando outro revólver preso a uma espécie de cinto em sua cintura. Rory arregalou ainda mais os olhos ao mesmo tempo que tentava seguir o ritmo daquela conversa sem que seu queixo acabasse parando no chão. – Você vai aprender isso em seu treinamento, garota – terminou, voltando a caminhar no mesmo ritmo.

Rory apertou o passo para segui-lo, ainda com os olhos do tamanho da lua.

– Eu vou ter um treinamento?

Ela inclinou o rosto para olhar nos olhos do homem. Por que motivo tinha de tocar em uma arma? Por que tinha de treinar?

Com um suspiro, o homem parou no meio do corredor, cruzando os braços mais uma vez ao encarar os olhos de Rory com seu olhar indecifrável.

– Se pretende continuar conosco, vai ter que aprender a se defender. Estão atrás de você, garota, e você vai ter que ser mais forte do que eles se quiser continuar viva – ele alegou.

O peito dele subia e descia em uma velocidade moderada, enquanto Rory parecia ter esquecido até mesmo como se respirava, sentindo o frio gélido correndo por sua espinha conforme processava o inevitável.

Talvez ela já devesse estar esperando por isso. Samaira jamais a deixaria em paz antes de ver o corpo inerte dela sob seus pés e, mesmo assim, Rory se arrepiou dos dedos até a ponta de seu último fio de cabelo com a confirmação.

Ela era uma procurada por não ter feito absolutamente nada. E o pior, não sabia se conseguiria ser forte por si própria; isso fazia um medo estranho palpitar dentro de seu coração conforme Áki continuava a lhe encarar, esperando uma resposta que Rory tinha medo de dar.

Contudo, aquele era o único jeito de continuar viva, e medo nenhum conseguia ofuscar o desejo que tinha de continuar respirando sem as grades de uma cela morta lhe cercando junto com o sorriso diabólico da mulher mais desprezível de todo o mundo.

– Tudo bem.

– Certo, então venha. Vou mostrar o resto do lugar antes de você se juntar aos outros para o almoço – ele concluiu.

Rory confirmou com a cabeça, seguindo-o pelo resto da excursão em torno daquele prédio, que mais parecia um labirinto de corredores, escadas e portas.

39

— Este é o refeitório. — Áki terminou a excursão apontando para o lugar quase do tamanho do pátio, com suas paredes pintadas de verde-claro enquanto o chão era repleto de ladrilhos que um dia foram azuis. — Pode ir comer com os outros, ok?

— Hã... Você não vai comer?

Rory correu os olhos pelo lugar repleto de pessoas, sem encontrar um rosto conhecido sequer.

— Como em outro lugar. — Ele deu um leve tapinha no ombro de Rory antes de começar a sair do lugar com sua expressão neutra. — Nos vemos em breve, garota.

Ele bateu a porta atrás de si, fazendo Rory estremecer ao perceber que estava sozinha em um lugar repleto de estranhos cheios de poderes estranhos.

Sem se mover, ela apenas encarou o refeitório, já que seus pés pareciam ter esquecido como caminhar e sua boca era incapaz de emitir som conforme ela continuava a observar com as mãos coladas ao lado do corpo.

Em um canto do lugar, uma bancada dividia duas mulheres do resto das pessoas. Elas serviam mais comida para os que entregavam seus pratos a elas conforme o restante continuava sentado em suas cadeiras ao redor de mesas feitas do que parecia ser ferro, fazendo um barulho ecoar cada vez que alguém colocava um prato sobre a mesa ou arrastava um copo de alumínio. Rory provavelmente devia fazer o mesmo se quisesse comer, mas, por um instante, sentiu que todo seu corpo ia derreter diante daquilo tudo.

Querendo ou não, ela não tinha muitas experiências em socializar, a não ser quando era obrigada a conhecer pessoas falsas, cujo objetivo era ganhar crédito com a realeza, ou responder perguntas para as quais ela não tinha respostas em entrevistas chatas, assim como o conselho, que parecia a ignorar como se ela não passasse de uma mosca voando pelo lugar.

Tudo era bem diferente para ela, e o fato de ser quase uma estranha no meio de todas aquelas pessoas a deixava desconfortável, já que todos tinham seus próprios grupos, nos quais conversavam entre si, desde os mais velhos até algumas crianças, que se desprendiam do colo dos pais para irem brincar pelo lugar.

Era tudo tão...

— Ei, Rory. — Uma voz lhe puxou para a realidade, fazendo-a focar no rosto que se aproximava cada vez mais para lhe dar um abraço que ela não esperava.

— Oi.

Ela retribuiu o abraço do amigo, que a cobriu com sua altura bem maior do que a dela. Ela conseguia sentir o cheiro maravilhoso de sabonete e baunilha impregnado em sua pele aconchegante e quente em um clima frio.

Talvez não fosse uma má ideia continuar ali por algumas horas, esquecendo-se de todos os problemas, como se um cobertor fofinho a envolvesse durante uma tempestade. Mas, pelo bem de toda a lógica, Rory logo se desvencilhou, observando um pequeno grupo de pessoas que parecia assistir à cena com os olhos arregalados.

— Como foi?

Marcus enfiou as mãos nos bolsos da calça, esboçando um sorriso singelo conforme Rory voltava seu olhar para o amigo, desviando a atenção daquelas pessoas.

— Foi cansativo — admitiu com um suspiro longo e fechou os olhos por um segundo, até seus pulmões estarem cheios de ar mais uma vez.

— Entendo. — Ele passou uma mão pela nuca para logo agarrar a mão de Rory. — Venha, você deve estar morrendo de fome — terminou, inclinando a cabeça para a mesa de onde ele tinha saído e todos a encaravam, fazendo-a hesitar por um instante antes de responder.

— Tudo bem.

Ela o seguiu até a mesa. Darya, um menino loiro, uma garota de olhos verdes e mais dois rapazes estavam lá, comendo algo que exalava um cheiro divino que ela não costumava sentir no palácio.

— Aqui, eu já tinha feito seu prato. Se demorasse mais, talvez não fosse sobrar — Darya falou.

Rory se sentou em uma cadeira ao lado da amiga, que lhe entregou o prato de comida com arroz, feijão, algumas fatias de salame e algo que aparentava ser purê de batata, fazendo Rory perceber como estava faminta quando seu estômago roncou diante da comida.

— Obrigada. — Ela agarrou o garfo sem nem olhar para o resto das pessoas, que a fitavam, deixando a fome falar mais alto conforme continuava a levar garfadas de comida à boca. — Hã, algum problema?

Limpou a boca depois de mastigar a comida, notando que as pessoas a encaravam. Marcus continuava a comer sua comida no mesmo ritmo de Darya, que olhou ao seu redor para entender ao que a amiga se referia.

— Você é bem mais bonita do que na TV, sabia? — o garoto loiro disparou e ergueu o garfo na mão com um sorriso torto.

Marcus engasgou com a própria comida conforme arregalava os olhos para o amigo ao seu lado.

— Meu Deus, Conor, fique quieto — Darya reclamou.

Rory franziu o cenho, com o garfo em uma das mãos.

Depois de tudo o que tinha acontecido, ela esperava algo bem diferente do que um comentário desses.

— Eu só disse a verdade para ela, ué! Você que é muito melodramática — ele respondeu entre uma garfada e outra.

Rory continuou a observar a cena sem saber o que dizer.

— Não ligue para ele, não. É um imbecil completo. Ah, meu nome é Suli, por falar nisso — a garota de olhos verdes se pronunciou ao mesmo tempo que arrumava o rabo de cavalo, lançando um sorriso gentil para Rory, que esboçou outro sorriso, mas, antes que pudesse falar qualquer coisa, foi impedida pelo rapaz.

— Eu sei que você me ama, meu amor — Conor protestou, dando uma piscadela para a menina, que revirou os olhos com um suspiro cansado, fazendo o garoto mudar seu foco. — Então, é verdade que você matou um monte de guardas sem mover nenhum dedo? — continuou, virando-se para Rory enquanto apoiava a cabeça sobre o punho fechado com o cotovelo sobre a mesa. — Ai, cara! — reclamou pelo murro que Marcus lhe deu na barriga.

Rory soltou o garfo no prato com um suspiro antes de se voltar para o garoto de olhos meio azulados.

— Não foi minha intenção fazer aquilo. — Ela olhou para as próprias mãos sobre a mesa antes de voltar seus olhos para o sorriso torto de Conor. — Mas não seria problema nenhum colocar fogo em você.

Marcus mordeu o lábio inferior para conter o riso.

Contudo, ela nem sequer fazia ideia de como colocar fogo em alguém sem usar um fósforo, o que, por sinal, não tinha intenção nenhuma de fazer.

— Uau... Sua namorada é esquentadinha, hein, Marcus?

Ele ergueu as duas mãos em sinal de rendição.

Conor inclinou a cabeça para o amigo, que logo deu um tapa na nuca dele enquanto suas bochechas ruborizavam, assim como as de Rory.

Como alguém podia aguentar aquele ser humano?

— Ela é minha amiga, seu tapado — Marcus protestou ao mesmo tempo que o amigo começou a massagear a nuca.

— Entendo seu tipo de amizade... — ele provocou mais uma vez, fazendo o rosto de Rory ficar ainda mais vermelho antes de ela protestar, reunindo toda sua sanidade possível para juntar as sílabas e as palavras.

Um... Dois... Três suspiros.

— Se eu fosse você, deixaria de ser infantil, sabe? — ela alegou, arqueando uma sobrancelha.

As meninas continuavam a rir, assim como os outros dois garotos, que só observavam o show sem dizer uma palavra.

— Então eu posso chamar você para sair e o senhor *ciumento* aqui não vai se importar? — Conor continuou com um sorriso torto.

Marcus voltou o olhar para Rory, esperando a resposta dela com um semblante estagnado.

— Ele é sempre assim?

Rory se virou para Darya, que começava a parar de rir, recompondo-se aos poucos antes de dar a última garfada no resto de sua comida.

— Sempre — ela respondeu com um muxoxo conforme ia se levantando. — Vai comer mais?

— Hum... Não — Rory respondeu, levantando-se junto com a amiga, com o prato quase vazio, aliviada por poder sair de perto de Conor.

— Vou só devolver os pratos lá na cozinha e já a levo para o seu quarto. Você vai dividir comigo e com Suli — Darya afirmou, pegando o prato de Rory com um sorriso que logo foi retribuído.

O fato de ter companhia fazia Rory até gostar da ideia, ela nunca tinha dormido em um lugar que não fosse apenas dela, cercada de empregadas que até penteavam seus cabelos, que, por sinal, tinha demorado uma eternidade até estar penteado mais cedo. Talvez fosse a hora de apresentar uma tesoura para eles, afinal um cabelo desse tamanho não parecia ser muito confortável diante do novo cenário.

— Que lindo vocês me ignorando. Adorei!

Conor inclinou a cabeça para o lado enquanto batia palma, fazendo até mesmo Marcus se levantar com o prato na mão e um suspiro longo.

— Nos vemos mais tarde? — ele perguntou antes de seguir o mesmo caminho de Darya até a cozinha.

— Acho que sim — Rory respondeu, ignorando o garoto que agora falava sozinho com os braços cruzados e uma expressão magoada muito mal fingida.

— Ok — Marcus respondeu, indo até a cozinha.

— Isso é patético! Sou um ser com muito mais atitude do que ele, sabia? — Conor reclamou, fazendo biquinho como uma criança chorona.

— Pela minha Casa — Rory resmungou, indo na direção da amiga sem aguentar ficar mais nem um segundo com aquele garoto. — Vamos, senão eu vou ter um colapso com aquela criatura.

Ela bufou, começando a andar ao lado de Darya.

— É claro.

40

— Bom, não é nenhum palácio, mas...

— É ótimo — Rory interrompeu a amiga.

Levantou-se da cama de solteiro, forrada com um lençol verde, idêntica às outras duas do outro lado do quarto. Darya tinha razão, não era igual ao quarto em que Rory costumava dormir; ainda assim, não era nenhum tipo de cela ou coisa do tipo, sem contar que ela não precisaria se lembrar de nada que evolvesse seu antigo lar, seu irmão ou o monstro que ele chamava de mãe, o que já tornava tudo um pouco mais aconchegante.

— Que bom — Darya concordou com um sorriso e prendeu os cabelos em um rabo de cavalo. — Então, vamos?

— Para onde? — Ela desviou o olhar da janela que dava vista para a grande massa de casas e prédios que encarava desde que chegara, focando seu olhar na amiga com curiosidade; não devia estar encarando aquela janela por tanto tempo. — Achei que eu pudesse ficar aqui durante o resto do dia... Bom... até o jantar, pelo menos.

Com um suspiro, a amiga soltou as mãos no colo e lançou um olhar compreensivo para Rory antes de começar a falar:

— Áki disse que seu treinamento começa hoje com a gente. — Começou a amarrar o cadarço, hesitando um pouco em continuar, já com a voz um pouco mais baixa. — Geralmente, quem chega aqui tem um dia livre, mas... Bom... você precisa aprender a se defender rápido, entende? — ela terminou, com um suspiro, e desarmou o sorriso com um pouco de preocupação se misturando a algo que parecia pena.

Sem nem pensar, Rory se sentou outra vez na beirada de sua cama, sentindo sua espinha gelar com o pior tipo de sensação, fazendo-a desejar o cobertor quentinho do abraço de Marcus ou o simples "Você é forte" de seu pai, mesmo que ela não fosse. Se ela não podia descansar nem por um dia, talvez as coisas estivessem bem mais complicadas do que ela pensava.

— Estão me procurando tanto assim? — ousou perguntar.

Entrelaçou os dedos das mãos, tentando se lembrar de como se respirava, já que o quarto começava a parecer uma câmara de vácuo.

Inspirar, expirar... Inspirar, expirar...

— Como eu posso dizer...? É complicado — Darya gaguejou, fitando as próprias mãos e tentando encontrar um jeito amistoso para contar as coisas, fazendo a amiga arfar.

Era como se Rory conseguisse sentir um rolo compressor a esmagando com toda a força, fazendo a máquina pulsante que ela chamava de coração ficar em fragalhos, soltando parafusos para todos os lados conforme começava a dar curto-circuito.

— O quanto estão me procurando? — Rory sibilou. Tentou encontrar todas as letras na esperança de falar conforme continuava tentando respirar. *Inspirar, expirar...* — Darya, me responda! — insistiu, deixando transparecer todo o seu pavor.

— Desde que você escapou, eles fazem anúncios a cada três horas na TV. Tem uma foto sua em cada poste da cidade oferecendo recompensa para quem tiver informações. — Darya suspirou e se levantou, indo se sentar ao lado de Rory. A Incendiadora levou uma mão à boca, percebendo que a amiga ainda não tinha acabado. — Os guardas fazem rondas todos os dias pelas ruas atrás de você do meio-dia a uma hora. Dizem que você é uma aberração, uma mutação pior e terrível do que já fomos. E...

— E?

Olhou para o rosto da amiga, que fitava o concreto no chão. Precisava saber quanto Samaira desejava seu sangue, precisava saber o quão perto já estava de fosse lá o que fosse lhe acontecer.

— Eles determinaram um toque de recolher a partir do pôr do sol, junto com a ameaça de que, quem estiver acobertando você, terá o mesmo destino que você devia ter tido na praça — terminou com um suspiro.

Darya tampou o olhos, abaixando as mãos da boca até sua nuca com um olhar na direção de Rory, esperando para ver a reação da amiga.

Era isso.

Se a pegassem, todo mundo naquele prédio morreria só por tê-la visto. Darya, Áki, Marcus... Todos que ela conhecera desde que acordara corriam risco de vida pelo simples motivo de ela existir, de respirar sem sentir dor, de ainda estar viva, estragando os planos de seu irmão diabólico, tão parecido com a mãe.

Rory já tinha visto Dylan morrer sufocado pelo próprio sangue, e não precisava ver mais ninguém morrer na sua frente — morrer por sua causa.

Meu Deus! Ela se sentia uma completa egoísta só por estar ali, levando uma multidão inteira junto com ela para um matadouro, no qual só ela deveria entrar — pessoas que, por sua vontade egocêntrica de continuar viva, morreriam da maneira mais cruel possível. Da maneira como ela devia ter morrido dois dias antes, agoniando em uma dor incessante até todos os seus membros se tornarem apenas cinzas em meio às labaredas de fogo.

— Ei, venha aqui. — Darya puxou a amiga para um abraço, deixando Rory se encostar em seu ombro conforme sua respiração ofegante parecia tão desnorteada quanto as batidas de seu coração. Ela estava pondo em risco a vida de Darya, que não tinha feito nada além de ser gentil. — Vai ficar tudo bem. Não se preocupe.

— Você... Você pode morrer. Todo mundo aqui pode morrer por minha causa. E-eu não queria... — Rory gaguejou antes de se afastar dos braços da amiga, secando as lágrimas que não conseguira conter diante da situação.

— Ninguém vai morrer aqui — uma voz ecoou atrás de Rory, fazendo-a se virar para notar Suli a encarando com um olhar doce. — Não vão encontrar você, não é mesmo, Darya?

Ela se sentou do outro lado de Rory e apoiou uma mão em seu ombro.

— É claro que não! E se por algum acontecimento impossível eles a encontrarem, vamos acabar com cada um deles, nem que você saia queimando tudo pela frente.

Darya arqueou uma sobrancelha, formando um sorriso fino conforme apertava uma das mãos de Rory.

— Eu não quero queimar tudo pela frente.

Rory se lembrou do corpo do soldado sendo reduzido às cinzas diante de seus olhos enquanto se sentia mais viva do que nunca com suas labaredas.

Ela não era um monstro, não era uma assassina, e não tinha a menor intenção de fazer aquilo de novo.

— É por isso que estamos aqui — Suli declarou, apertando a outra mão de Rory, fazendo-a sentir os dedos calejados da garota de olhos verdes. — E é por isso que você vai treinar.

— Sim — Darya concluiu, acenando positivamente com a cabeça para as duas.

Rory retomou o controle de sua respiração, tentando se acalmar para o bem de qualquer parte inteira que ainda restasse de seu coração ao passo que sentia uma pontada de conforto brilhando em um cantinho escuro de sua alma.

— Muito obrigada. De verdade. É que... eu estou colocando todas vocês em perigo só por estar aqui.

Rory focou o olhar em suas botas, incapaz de ver a pena estampada no rosto das duas.

— Você mandou as pessoas irem atrás de si mesma por acaso? — Suli forçou Rory a encará-la com sua voz forte.

— Não. É que...

— Você nos obrigou a escondê-la, então?

— Não, mas...

— Então você não está colocando ninguém em perigo. Coloque isso na sua cabeça e pare de se sentir culpada! — Suli exclamou, soltando a mão de Rory e se levantando, colocando as duas mãos na cintura, arqueando uma sobrancelha. — Entendeu bem?

Sem nem poder se lamuriar, Rory foi interrompida por Darya, que se levantou e se juntou à amiga, esperando uma resposta dela, que continuava sentada na cama, observando as duas a encarando com um olhar ansioso. Ela estremeceu ao perceber que as duas não desistiriam tão fácil de tentar animá-la.

— Tudo bem...

— Tudo bem o quê? — Suli falou, levando o indicador até a ponta da orelha, inclinando o corpo para Rory, que soltou um suspiro em meio a um sorriso fino.

— Tudo bem, eu não vou me sentir culpada por isso — completou.

Levantou-se, erguendo as mãos em sinal de rendição.

No fundo de seu coração, ela não tinha certeza de que aquilo era verdade, afinal ainda era culpa dela, ainda era por causa dela e, querendo ou não, não sabia consertar nada daquilo, mas... as duas meninas não precisavam saber disso, já que pareciam felizes quando apertaram Rory em um abraço e a puxaram para fora do quarto com sorrisos no rosto.

Deve ser assim que é ter amigas de verdade, Rory pensou. Não "amigas" que se interessavam em passar tempo com ela só por causa do seu status, e sim amigas de *verdade*, que se importavam com ela mesmo que isso lhes custasse a vida um dia — o que com certeza não estava muito longe da realidade.

41

— Estão atrasadas — uma mulher protestou assim que Rory entrou na sala de treinamento ao lado das amigas.

Observou todo o lugar até focar os olhos na ruiva à sua frente, fazendo-a paralisar por um instante ao perceber o semblante sério da mulher, que agora cruzava os braços na frente do corpo, arqueando uma sobrancelha como se esperasse uma justificativa das três.

— Desculpe, comandante — Darya e Suli disseram em uníssono, abaixando o olhar para o chão.

Rory continuou a encarar a mulher, estudando a estrutura assustadora, que agora usava bem mais armas no coldre do que quando se cruzaram no corredor, sem contar que ela mal tinha notado a longa cicatriz atravessando o rosto da comandante.

Sem saber o que fazer, Rory desviou do olhar amedrontador da mulher, focando os olhos em um ponto vago da sala, onde alguém aparecia e desaparecia magicamente, fazendo a comandante soltar um suspiro exasperado antes de falar, sua voz saindo tão dura quanto a de um professor reprovando um aluno:

— Vão ficar cinco minutos a mais para compensar o tempo perdido. Agora podem ir — Azena declarou e fez um gesto com a mão, dispensando-as com uma autoridade que ela com certeza tinha. — Hum... Você não, princesa.

Ela agarrou o braço de Rory antes que ela seguisse Darya e Suli, fazendo-a arregalar os olhos ao sentir a mão apertando seu antebraço com uma força desnecessária conforme um frio gélido corria por sua espinha.

Não importava se aquela mulher era uma comandante ou não, Rory não gostava nem um pouco dela e, pelo visto, sua opinião não mudaria tão cedo. Mas, antes que pudesse se desvencilhar das mãos da mulher, seus olhos focaram na pistola em sua cintura, assim como as duas adagas enfiadas em suas botas, que a fizeram paralisar no mesmo instante, sentindo um medo desconfortável rastejando por seu estômago, como uma centopeia, lembrando-a de que, querendo ou não, ela não devia brigar. Não com uma mulher armada até os dentes.

— Eu vou treinar você... pessoalmente — Azena continuou, aproximando o rosto do de Rory com um olhar implacável.

— Tudo bem.

Rory engoliu em seco pelo menos duas vezes, procurando as palavras, que pareciam ser apagadas de seu dicionário mental.

— Não foi um pedido, princesinha — ela concluiu, soltando o braço de Rory conforme formava um sorriso fino, repuxando parte da cicatriz que atravessava seus lábios, indo até a ponta do queixo.

Será que aquela mulher era assim por natureza ou só estava com vontade de acabar com Rory com uma das balas de sua arma?

— Entendi.

Rory suspirou enquanto concordava com a cabeça, girando o punho, continuando a olhar nos olhos verdes da comandante, tentando entender o motivo de tudo aquilo, já que nem a conhecia.

— Que bom então. — A comandante apoiou as mãos no coldre em sua cintura com um suspiro cansado antes de se virar, dando passos ágeis até um canto da sala. — Venha logo, princesa. Não vai botar fogo em nada desse jeito — gritou ainda de costas, pegando alguma coisa dentro de um armário de metal.

As outras pessoas se viravam para observá-la, forçando Rory a se movimentar para dispensar os olhares curiosos que a fitavam como se ela fosse um grande espetáculo.

Eu não quero atear fogo em nada!, ela tinha vontade de gritar ao se aproximar de Azena, sentindo o peso de todas as pessoas que paravam discretamente o que estavam fazendo para observá-la "botar fogo" em alguma coisa.

— Será que poderíamos começar com outra coisa?

— O quê?! — Azena exclamou conforme se virava para Rory com o cenho franzido, segurando dois revólveres que estavam dentro do armário de armas.

— Eu perguntei...

— Eu sei o que você perguntou. — Ela maneou a cabeça com um sorriso estranho. — Eu só não ligo, princesa — concluiu, pressionando as duas armas contra a barriga de Rory, forçando-a a segurá-las ao mesmo tempo que tentava não tremer, seus olhos continuando focados na comandante. — Se não notou, você não está mais em um castelinho de contos de fadas. Aqui eu dou as ordens, entendeu? — ela rosnou com os olhos focados, tentando capturar cada emoção transparecendo no rosto de Rory, que sentiu cada fio de cabelo arder de raiva, muita raiva.

— Comandante Azena! — uma voz bradou em um canto do lugar.

A mulher arregalou os olhos ao olhar para um ponto acima da cabeça de Rory, forçando-a a se desvencilhar da comandante para visualizar o dono da voz, surpreendendo-se ao ver o general ao lado de Marcus, que esboçava um sorriso torto ao encontrar os olhos de Rory.

— General — Azena cumprimentou, abaixando o olhar.

— Peço mais paciência com nossa nova integrante, ela sofreu muito nos últimos dias e não precisa de mais pressões psicológicas — Áki explicou, cruzando os braços conforme erguia a postura, deixando bem clara sua autoridade acima da mulher, que agora parecia ter dificuldade para respirar. — Não, ela não é igual aos outros de sua linhagem e não é a culpada por seus problemas pessoais, comandante. Lembre-se de separar as emoções de seus objetivos — declarou, soltando um suspiro. Azena passou a olhar em seus olhos um pouco mais brilhantes, fazendo Rory ficar confusa, até notar o que estava acontecendo. *Mas é claro que ele pode fazer isso! É claro que ele tem um dom!* — Sim, garota, você está certa. É por isso que confio em você. — Ele focou os olhos em Rory, fazendo-a arregalar os olhos com a boca semiaberta, sentindo uma mistura de medo e curiosidade por ele saber exatamente o que ela estava pensando, afinal ele podia rastejar pelas profundezas de seu cérebro sem dar um sinal sequer, vasculhar cada parte que ela achara que poderia guardar para si mesma, cada segredo, sentimento, lembrança ou pensamento que jamais desejara falar em voz alta. Ele conseguiria saber de tudo. — Me desculpe, não vou *lê-la* se não quiser — ele concluiu com um sorriso gentil, fazendo Rory corar mais uma vez.

— Eu agradeceria.

Ela sentia vergonha de si mesma por saber que alguém conseguia entrar em sua cabeça torturada e ver todas as fraquezas e traumas que guardava para si mesma, ou melhor, tentava esconder de si mesma.

E, pior, Áki podia não ser o único!

Rory estava no meio de centenas de pessoas, cada uma com algo diferente correndo por seu sangue, e sabia-se lá quantos outros podiam vasculhar seu interior, revirar cada pedaço de sua mente até ter cada parte do seu ser na palma da mão.

— Estamos entendidos, comandante? — Áki perguntou assim que seus olhos voltavam a ter o tom acinzentado normal, forçando Rory a voltar para a realidade.

— Sim, senhor — Azena concordou conforme assentia, cerrando os punhos ao lado do corpo com toda a força que podia.

— Certo. Nos vemos no jantar então — o general concluiu, indo embora com a mesma rapidez com que tinha chegado.

Marcus foi para um canto da sala, maneando a cabeça com um sorriso no rosto, fazendo Rory acompanhá-lo com os olhos, até sentir uma respiração pesada sobre seu ombro.

— Tudo bem, princesinha, vamos começar por tiro... — Azena sibilou, cerrando o maxilar em um suspiro.

Rory focou os olhos na comandante com o coração um pouco acelerado, ficando consciente demais dos revólveres em cada uma de suas mãos, tão estranhos e, ao mesmo tempo, assustadoramente familiares entre seus dedos.

— Ok — concordou, seguindo a comandante até outra parte da sala, dividida por uma parede de vidro, onde vários pontos vermelhos brilhavam por causa de um projetor suspenso no teto.

— Fique aqui — Azena ordenou quando as duas chegaram em uma linha preta no chão, delimitando certa distância delas até os pontos na parede.

Em um instante, a comandante colocou um pé atrás do outro, ajeitou a coluna e tirou as pistolas do coldre, apertando o gatilho com o indicador. Um estrondo ensurdecedor explodiu no ar, seguindo de outro, e de outro, e de outro, acertando cada lugar marcado com um olhar focado, fazendo-a arregalar os olhos mais uma vez enquanto um frio congelante se instalava em seu estômago ao perceber a fumaça saindo pelo cano da arma.

Ela olhou para a comandante, observando Azena abrir um sorriso, satisfeita ao ver todos os pontos verdes sobre a parede intacta ao passo que as balas permaneciam caídas no chão.

— Agora você vai fazer o mesmo — ela esclareceu, devolvendo as armas para o coldre com um olhar debochado, soltando um suspiro cansado ao se voltar para Rory, como se estivesse discutindo sobre a cor das paredes. — Cada uma está carregada com seis balas, sendo que você tem onze alvos para acertar, ou seja, os pontos vermelhos — terminou, apertando um botão na parede, fazendo todos os pontos verdes voltarem a suas cores normais. Ela arqueou uma sobrancelha para Rory. — Está esperando o que, princesinha?

Talvez eu esteja esperando você me ensinar de verdade!, Rory pensou consigo mesma. Encarou os pontos, sentindo o peso do revólver em suas mãos conforme analisava tudo o que tinha de fazer com um olhar confuso.

— Argh... — Azena resmungou ao ver a confusão espalhada no rosto de Rory. — Você pensa demais, sabia? Enfim, levante os braços na altura do ombro, mire, aperte o gatilho e acerte o alvo. Ou quer que eu chame uma empregada para fazer isso, *vossa alteza*? — debochou, levando uma mão à têmpora com um suspiro exasperado, fracassando miseravelmente em tentar seguir as ordens que Áki lhe impusera poucos minutos antes.

— Tudo bem.

Rory levantou uma das mãos, apontando o revólver para o primeiro ponto vermelho bem à sua frente. Respirou fundo, tentando criar coragem para apertar o gatilho e deixar a primeira bala correr pelo vento, rasgando todos os átomos e moléculas vagando pelo ar.

Ela sabia que devia atirar, que devia acertar o alvo e pular para o outro, afinal o mundo tinha se tornado uma armadilha, esperando, impaciente, para pegá-la, acabando com cada pedacinho de vida até que não restasse mais nada dela junto com todos os outros ao seu redor.

Então por que não conseguia apertar o gatilho? Por que algo dentro de si mesma gritava para ela não fazer aquilo, sendo que o resto do mundo procurava uma chance de enfiar uma bala bem no meio de seu crânio sem nenhum pingo de pena?

Ela nem ia matar alguém.

Era só um alvo! Era um pontinho vermelho que ela tinha de acertar na parede. *Só um pontinho!*

— Quer que eu chame uma empregada para fazer isso, princesinha? — Azena insistiu, cruzando os braços ao redor do corpo com um olhar incisivo, fazendo Rory cerrar o maxilar. — Acho que seria melhor chamar a sua madrasta, não é? Ela deve levar mais jeito para esse tipo de coisa, não concorda, princesa? — a comandante falou mais uma vez, aproximando-se um pouco de Rory, fazendo-a sentir o hálito frio que aquela mulher expelia, forçando-a a fechar os olhos com o estômago começando a se revirar de raiva e desgosto. — Se bem que ela provavelmente iria preferir usar uma faca a um revólver, não acha? — continuou, tirando uma adaga da cintura, analisando o objeto com uma atenção exagerada, diminuindo cada vez mais o espaço livre entre as duas.

Cada parte do corpo de Rory parecia borbulhar de raiva e, de repente, olhava para a adaga jogada ao seu lado, banhada em sangue, assim como suas mãos, que agora se encontravam livres das pistolas que ela pensara segurar. Seu rosto se tingiu de um vermelho tão escuro quanto seu vestido coberto de sangue... assim como o rei...

Dylan tingia tudo de vermelho enquanto engasgava com o próprio sangue, sem conseguir pronunciar nenhuma palavra sequer diante da dor agonizante do líquido escarlate ocupando o lugar do ar em seus pulmões. Samaira esboçava o pior sorriso do mundo conforme seu rosto se enchia de sangue, da mesma forma como as paredes iam ganhando um tom rubro junto com a enorme poça se formando no chão com as gotas que caíam do teto, fazendo o coração de Rory gritar de todas as maneiras possíveis. No entanto, ela tentava mexer os lábios, incapaz de dizer uma palavra conforme as paredes pareciam se espremer ao seu redor, junto com o ar, que ia se esvaindo de seus pulmões a cada lágrima que escorria por seu rosto trêmulo.

"Você vai morrer de qualquer jeito, querida", a voz de Samaira sussurrou ao pé do seu ouvido, retorcendo cada fibra do seu ser. Sua garganta pareceu se apertar com a força de mil correntes em seu pescoço.

Pare, Rory tentou gritar, mas apenas seus lábios se mexiam, sem emitir som algum além do ruído frágil vindo da dor excruciante que invadia cada parte de sua alma como um veneno letal. Samaira soltou a gargalhada mais tenebrosa que Rory já ouvira em toda a vida conforme tudo ao seu redor ia se tornando uma mancha vermelha diante de seus olhos.

Vermelho de sangue. Vermelho de morte. Vermelho de fim. E...

Vermelho de fogo.

42

Sem nem pensar, Rory forçou o dedo indicador, abrindo os olhos com todo o ódio queimando dentro de seu ser. Sentiu a força da arma ao disparar a primeira bala enquanto um barulho agudo cobria seus ouvidos, tornando-se apenas um zumbido conforme seu corpo tremia em choque, seu peito subindo e descendo com a mesma intensidade com que a chama furiosa queimava em seu ser. Observou o ponto na parede ficar verde com o choque da bala contra ele.

Soltou a pistola no chão ao mesmo tempo que suas pernas cediam sob o peso de seu corpo, permitindo-se cair de joelhos sobre o concreto gelado. As lágrimas ferviam sobre suas bochechas tão trêmulas quanto o resto do seu rosto conforme ela levava as mãos aos olhos, incapaz de ouvir qualquer coisa ao seu redor. Um zumbido latejava em sua cabeça junto com as batidas aceleradas de seu coração.

— Ei, está tudo bem. — Rory sentiu, mais do que ouviu, alguém dizer enquanto algo parecia acariciar suas costas. Ela continuou curvada no chão, tentando abraçar a si mesma com os dedos trêmulos, até que... — Ei, Rory! Olhe para mim! — Ela sentiu um par de mãos agarrar seu rosto, forçando-a a encarar o olhar preocupado de duas esmeraldas. — Olhe para mim, por favor.

— E-eu... Meu pai... Eu... — ela gaguejou.

Sua visão ia se embaçando com as lágrimas, sua voz se perdia no poço em que se sentia afundar cada vez mais.

— Vai ficar tudo bem — Marcus murmurou, embalando-a em um abraço forte. Ela afundou o rosto em seu peito, com as mãos apertando suas costas, desesperada para se soltar do que fosse que estivesse a levando para baixo. — Eu estou com você. — Ele continuou acariciando sua cabeça com movimentos lentos, deixando-a chorar o quanto quisesse, sem se importar com todas as pessoas boquiabertas do outro lado do vidro, chocadas ao ver Rory se despedaçar em milhões de pedaços de uma hora para a outra. — Eu não vou deixar que ela machuque você — continuou, fazendo-a apertá-lo com mais força. Seu coração se dilatava aos poucos, as lágrimas escorrendo mais lentas por seu rosto entre uma respiração e outra. — Não vou deixar ninguém machucar você, entendeu?

Rory queria saber o que falar, nem que fosse para agradecer ou apenas expulsar todas as dores presas em sua boca em formato de palavras, mas de alguma forma tudo aquilo ficava preso em sua garganta. Ela arfou, afastando o rosto do peito do amigo até encontrar seus olhos, ansiando por enxergar verdade naquelas íris, já que, de alguma forma, parecia impossível se distanciar dos demônios que sua madrasta enfurnara dentro de seu peito por meio das cenas mais dolorosas.

E, querendo ou não, Rory precisava de uma esperança, alguma coisa em que pudesse se ancorar para continuar lúcida, nem que fosse só um pouquinho.

— Eu prometo — ele continuou com um suspiro, encostando sua testa na dela enquanto Rory sentia outra lágrima cair de seus olhos. — Ninguém mais vai machucar você — sussurrou, fechando os olhos, desejando que aquilo fosse verdade tanto quanto ela.

Algo dentro dela sabia que não era verdade, como se algo gritasse que ela ia se machucar. Não importava o quanto ele a protegesse de Samaira, ela sempre ia arranjar um jeito de feri-la do mesmo jeito que a torturava por meio das lembranças.

Contudo, naquele segundo exato, Rory queria fazer o máximo para afogar essa certeza gritante, focando na única coisa verdadeiramente real diante dos seus olhos, que por um zilhão de motivos parecia muito mais encantador do que olhar para dentro de si mesma.

43

— Não acha que deveria dormir mais cedo, garota? — Rory escutou uma voz ecoando em seus ouvidos.

Continuou olhando o céu da beirada do terraço, sentido o vento gelado passar por seu rosto conforme a escuridão a transformava em uma mera silhueta.

— Você tem me falado há uma semana, general — constatou, balançando os pés no ar, sentada bem na beirada do prédio que já lhe era familiar.

— E eu poderia saber por que você não me escuta? — Áki perguntou, sentando-se ao lado de Rory com um suspiro curto, amarrando todos os seus dreads em um rabo de cavalo frouxo. — Dormir tão pouco não faz bem — terminou enquanto coçava a ponta da orelha com o indicador rodeado com um anel feito do que parecia ser bronze.

Por mais que ela não tivesse tido nenhum outro surto em público, Rory não conseguia mais ficar de olhos fechados por muito tempo, já que seu cérebro a forçava a rever milhares de cenas várias e várias vezes, até ela acordar suando frio debaixo das cobertas em que se escondera, tentando evitar uma nova onda de pena de Suli e Darya, que não sabiam esconder a preocupação com ela, ainda mais durante os treinos, nos quais ela fracassava miseravelmente em criar uma simples faísca.

— Você também não parece dormir muito.

Rory levou uma mecha solta para trás da orelha sem tirar os olhos da escuridão gelada da noite, que vinha se tornando sua companhia mais fiel.

Ainda que Áki não tivesse apresentado aquele lugar a Rory, ela acabara o roubando para si depois de sair do refeitório no meio do jantar, asfixiada pelas palavras decoradas de seu irmão maquiavélico ao lado da rainha.

"Ela é um monstro com sede de sangue e poder, e tenho certeza de que não vai pensar duas vezes antes de matar alguém, assim como fez com nossos corajosos soldados, vítimas dessa psicopata assim como meu pai. Ela não passa de uma mutação corrompida do mal. Uma falha genética incrustada de ódio, sangue e destruição..."

Kade falara com um olhar determinado para a câmera, ostentando, orgulhoso, uma coroa branca rodeada de pequenas safiras tão azuis quanto suas íris, dividindo a tela da pequena televisão com fotos do que restara dos corpos incinerados por Rory no meio da rua coberta de cinzas negras, marcando até onde suas labaredas insaciáveis tinham ido.

"Ela é um perigo para o nosso país e não vai parar enquanto não for morta!", ele declarara no fim do anúncio, sempre do mesmo jeito, arrumando outros cem adjetivos horríveis para Rory a cada dia durante esses comunicados irritantes. Algumas horas antes, por exemplo, ele tinha optado por "manipuladora", "praga", "desequilibrada" e, é claro, "sanguinária".

— Eu não vou dormir à meia-noite para acordar às três da manhã — Áki respondeu depois de um minuto de silêncio, trazendo Rory para a realidade conforme seus olhos passavam a focar os pontinhos luminosos entre a massa compactada de casas, prédios e ruas.

— Não sinto sono — Rory tentou mentir, e sua voz saiu tão fraca quanto o sussurro do vento.

— Nós dois sabemos que isso não é verdade, garota.

Áki olhou para a distância que seus pés estavam do chão com o semblante indecifrável.

— Entrou na minha cabeça de novo?

Virou o pescoço tão bruscamente quanto seus ossos permitiam para encarar o rosto do general com a boca semiaberta, seu coração batendo um segundo mais rápido.

— Não preciso disso. Todos conseguem ver o quanto você precisa de ajuda. — Ele elevou um pouco a voz conforme fechava as mãos, pousando seu olhar profundo nos olhos de Rory. — Estamos preocupados com o seu estado.

— Eu não estou com *estado* nenhum, general — Rory resmungou, apertando ainda mais as mãos contra o concreto, esforçando-se para que a cola invisível não soltasse todos os cacos soltos de seu corpo.

— Você tem se fechado dentro de um casulo, menina. Acha que jogar todos os problemas goela abaixo vai fazer eles diminuírem, mas, na verdade, eles só vão crescer cada vez mais dentro de você mesma. — Áki uniu as mãos, entrelaçando todos os dedos e puxando o ar poluído para os pulmões. — Você não precisa fazer isso, acredite em mim.

— E o que quer que eu faça? — Rory suspirou, estendendo as mãos para o alto. — Vou atirar em toda televisão que encontrar pela frente? Ou você espera que eu saia gritando para os quatro ventos ouvirem a história melodramática da minha vida? Porque nesse momento eu tenho certeza de que meu irmão está fazendo isso muito bem, não acha? "A princesa matou meu pai por causa dos seus problemas psicóticos envolvendo a mãe suicida e vai matar todos vocês se não for pega imediatamente."

Ela bufou, fazendo o general manear a cabeça.

— Sabe... Eu nunca quis ir para o exército — mudou de assunto, seu olhar vagueando para longe de uma forma peculiar.

— O que isso tem a ver com o assunto? — Ela deixou escapar, mordendo o interior de sua bochecha com um certo remorso ao notar sua falta de consideração.

Ela estava ocupada demais com seus próprios demônios para se preocupar com os dos outros e, de alguma forma, dar-se conta disso foi como uma facada rasgando parte de seu estômago até abrir espaço suficiente para o vento congelar seu interior.

— Eu ia fugir, tinha tudo planejado... — Áki continuou, ignorando o comentário de Rory com uma naturalidade incrível. — Eu ia vir para cá com a minha mãe. Ela odiava o alistamento do arquipélago, não só pela idade, mas a maioria morria no meio de algum lamaçal ou em algum navio militar.

Os olhos dele focavam e desfocavam de algum ponto em seu campo de visão. Rory ficou em silêncio, não só por vergonha, como também pela curiosidade infestando cada traço do seu ser junto com uma dose familiar de preocupação, já que, pela primeira vez, Rory conseguia ouvir um traço de tristeza acompanhando as palavras do general, que ela sentia conhecer tão mal naquele momento.

— Um dia, meu pai prendeu minha mãe em um quarto e bateu nela até ela desmaiar. Ele era um bêbado completo e não sabia fazer nada além de reclamar e bater, o dia inteiro...

Ele cerrou os punhos ao lado do corpo com o olhar fixo na ponta de suas botas.

Rory cobriu a boca com as mãos, incapaz de dizer alguma coisa. Continuou encarando o general sem ideia alguma do que fazer. Queria abraçá-lo e confortá-lo, mas Áki não esboçava nenhum tipo de emoção maior, nenhum indício de que fosse desmoronar ou chorar diante da situação.

Por mais que fosse evidente seu abalo com a história, ele ainda parecia forte, calmo e sereno como sempre, fazendo Rory ficar surpresa ao perceber, já que ela mal conseguia pensar em Samaira sem começar a tremer de raiva e medo.

Ela não era igual a Áki, e talvez nunca chegasse a ter um pingo da coragem daquele homem, que, apesar de tudo, ainda aceitava colocar todo o seu povo em risco para ajudá-la.

— No dia seguinte, eu fui pra cima dele e jurei que, se ele encostasse mais um dedo nela, eu o mataria — o general continuou, levantando a cabeça para o céu, procurando alguma estrela que pudesse fazer companhia para aquela lua tão solitária. — Foi nesse dia que eu descobri o que tinha dentro de mim...

— Eu... — Rory tentou falar, mas desistiu, passando a encarar a palma das mãos.

— Eu tinha dezessete anos quando entrei na cabeça dele. Aquele homem me odiava tanto que mal conseguia olhar na minha cara, achava que eu era um estorvo para ele, sem contar o quanto me culpava pelas brigas que tinha com a minha mãe. A mente dele era um verdadeiro tormento. — Ele puxou o ar para dentro dos pulmões e continuou: — E foi aí que eu percebi o que ele queria fazer comigo, mas já era tarde demais...

— Ele o colocou no exército? — Rory perguntou, arrependendo-se na mesma hora por atear mais combustível àquelas memórias horríveis.

— Ele me vendeu para que eu pudesse repor o lugar de outra pessoa lá, já que eu só poderia me alistar com dezoito anos — Áki respondeu, enfim mirando os olhos nos de Rory.

— E-eu sinto muito... Não queria me intrometer... — ela balbuciou, focando o olhar mais uma vez para as próprias mãos.

— Tudo bem, garota — Áki respondeu, pousando a mão no ombro esquerdo de Rory conforme tentava esboçar um sorriso gentil. — Agora entenda uma coisa. — Ele colocou a mão livre na ponta do queixo dela, erguendo seu olhar até que ela o olhasse nos olhos.

Ele não era Dylan, mas até agora parecia a coisa mais próxima que Rory teria de um pai pelo resto da vida, fazendo uma onda de saudade percorrer seu ser. Olhou aqueles olhos acinzentados, que transmitiam o mesmo olhar que seu pai lhe lançava quando ela buscava ajuda em seus braços durante a infância, quando todas suas preocupações não passavam de algumas crises de gripe e brigas com seus amigos imaginários durante alguma brincadeira com Kade.

— Olhe para mim — Áki balbuciou com um suspiro, deixando um pequeno espaço de silêncio percorrer os dois. — Eu tive todos os motivos do mundo para deixar meus problemas transformarem minha vida em um inferno completo. Mas escolhi não dar a eles esse poder, do mesmo jeito que você pode escolher se vai se render a eles ou assumir o controle da situação, garota. Entendeu?

Ele apertou um pouco mais forte o ombro de Rory, o suficiente para deixar claro seu apoio a ela, como se ele estivesse sussurrando: "Não deixe que ela a mate como eu não deixei que ele me matasse, garota".

E isso é tudo o que eu quero.

Ela tinha vontade de gritar, implorar por ajuda até suas cordas vocais não aguentarem mais emitir nenhum ruído sequer. Mas tudo o que Rory conseguiu fazer foi ficar em silêncio, procurando alguma parte inteira entre os fragalhos de sua alma para que pudesse guardar dentro de uma caixinha chamada esperança.

— Talvez — sussurrou, abraçando a si mesma na esperança de espantar o frio impregnado em suas roupas por causa do vento cada vez mais gelado.

Talvez o vento, Rory pensou, fosse uma das únicas coisas que mais se assemelhasse à vida. Em uma época, ela era suave e serena, trazendo consigo o sentimento de liberdade e alívio capaz de encher as pessoas de esperança e ideias sobre o futuro. E de uma hora para a outra ela se tornava fria e veloz, deixando um rastro de solidão e medo incompreensíveis, até que, sem mais nem menos, ela se acalmava outra vez, trazendo uma brisa reconfortante, esquentando tudo que um dia ficou congelado.

E por mais que parecesse impossível, Rory ainda queria sentir essa brisa bater suavemente contra o seu rosto, limpando toda a sujeira que aquele furacão monstruoso estava fazendo.

Talvez Marcus possa trazer a brisa, Rory pensou consigo mesma, lembrando-se da promessa que o amigo tinha feito a ela, o que fez todo seu rosto ganhar um tom avermelhado. Maneou a cabeça, agradecendo pela escuridão disfarçar seu rubor conforme ia se levantando, criando coragem para voltar para a cama. Repreendeu-se por qualquer coisa que estivesse pensando, colocando toda a culpa de seus pensamentos nas horas curtas de sono.

— Boa noite — Áki pronunciou sem se mexer. — Tente acordar mais tarde, ok? — terminou, virando o rosto para o lado, até que Rory pudesse ver seu perfil.

— Vou tentar — mentiu, esboçando um leve sorriso em seu rosto antes de sair do terraço, enfrentando os vários lances de escadas para chegar ao seu andar.

44

Por mais que as escadas fossem ladeadas por lâmpadas fluorescentes — roubadas, é claro —, era quase impossível enxergar alguma coisa durante a noite, já que todas ficavam apagadas no intuito de economizar energia e chamar menos atenção, dando a Rory a oportunidade de continuar de olhos abertos por mais algum tempo, nem que isso significasse ficar quase cega com a escuridão.

Contudo, os degraus largos e o corrimão de aço faziam tudo se tornar um pouco menos perigoso enquanto Rory descia os degraus, esforçando-se o máximo para não emitir som algum conforme seus pés tocavam o chão, já que a maioria dos habitantes do prédio não tinha nada contra dormir, ainda mais sem serem interrompidos por barulhos vindos dela depois do toque de recolher.

Rory abriu a porta lateral e entrou em um dos corredores, contando os números das portas conforme seus olhos corriam soltos na penumbra em uma tentativa forçada de limpar a mente.

1D. 2D. 3D. 4D...

— Ai! — grunhiu e cambaleou, assustada ao trombar com alguém, que começava a agarrar sua cintura, impedindo-a de se afastar.

Seu coração acelerou de medo.

Com exceção dela e do general, ninguém mais andava pelos corredores depois do toque de recolher, muito menos alguém que pudesse prendê-la com tanta força.

— Me solte ou eu grito — ela rosnou, tentando empurrar quem quer que fosse o dono daquela silhueta negra.

De alguma forma, nada do que tentava parecia fazer diferença para a sombra, que agora a prensava contra a parede. Cada molécula em seu corpo se aterrorizou com o desespero crescente em sua garganta, seu peito subindo e descendo em uma velocidade muito mais rápida.

— Por favor — murmurou, sua voz se enchendo de pavor.

Seus olhos estavam do tamanho da lua, sem conseguir enxergar o rosto à sua frente, que parecia rir de sua cara com um certo gosto.

Era isso, aquele soldado devia estar se divertindo à custa do sofrimento dela, aproveitando cada momento antes de devolvê-la para o rei de olhos azuis.

— Por favor, me solte. Por favor! — continuou, conforme começava a bater no vulto. — Me solte! Me sol...

Antes que Rory pudesse continuar, as mãos que a agarravam pela cintura se afrouxaram e ela escutou um suspiro.

— Hum... Não vou soltar se você continuar gritando — sussurrou, aproximando o rosto ao de Rory, que quase se desmanchou sobre o chão, com seu coração se revezando entre pulos de alívio e batidas nervosas.

— Eu vou matar você — Rory sibilou. — Argh! Como eu odeio você! — terminou, batendo contra o vulto, que esboçou um sorriso torto à sua frente.

— Você queria que eu deixasse você cair no chão?

— Engraçadinho — sussurrou. Tentou empurrar o ombro esquerdo do amigo, aproximando-se mais um pouco até enxergar um sorriso branco, acompanhado de dois olhos familiares. — O que você está fazendo aqui? — perguntou, torcendo o nariz, segurando os antebraços dele.

— Você não é a única que pode ter insônia, sabe? — ele respondeu, inclinando um pouco o rosto até encontrar os olhos de Rory com um sorriso fino.

— E você tem insônia por acaso? — ela protestou, inclinando a cabeça para o lado, observando o rosto pouco iluminado de Marcus, incapaz de acreditar que o amigo teria dificuldade para dormir.

Dois dias antes, Conor não parara de reclamar sobre como o amigo dormia igual a uma pedra. "Você precisa ver como ele dorme! Parece um morto jogado na cama", ele tinha comentado durante o almoço, fazendo Rory rir ao imaginar a cena improvável enquanto Marcus ficava vermelho diante de todo o refeitório.

— É claro que sim. Dormir no mesmo quarto que Conor não é uma tarefa fácil, sabia? Ele parece um trator ambulante quando dorme — Marcus se defendeu, fazendo uma careta exagerada.

Rory arqueou uma sobrancelha com um meio-sorriso.

— Hum, sei... — ela sussurrou, concordando com a cabeça, sem muita confiança no argumento de Marcus.

Ele forjou um semblante de indignação antes de continuar, apoiando uma das mãos no ombro de Rory, a outra ainda em sua cintura.

— Pelo menos eu não saio gritando por aí no meio da noite, não é? — ele constatou com um olhar avaliador, desmanchando o sorriso por um instante na esperança de parecer mais convincente. — Foi uma surpresa ninguém ter saído para reclamar com você, sabia?

— Ei! — ela protestou, beliscando o abdômen do amigo, tentando não falar muito alto. — Foi você que apareceu de uma hora para a outra bem na minha frente — continuou, notando, pela primeira vez, as covinhas se formando no rosto de Marcus.

— Não sei se você não viu, mas eu não pareço nada com um fantasma — ele constatou, arqueando uma sobrancelha e apontando um dedo para si mesmo, fazendo Rory soltar um suspiro.

— Eu sei, idiota — ela sibilou, olhando para um ponto na parede atrás de Marcus antes de voltar a falar, fazendo até mesmo o amigo mudar sua feição, esperando-a prosseguir: — Bom, você sabe... só pensei que fosse um...

— Eu já disse que ninguém vai fazer mal a você aqui.

Fitou Rory com certa preocupação, deixando-a embriagada com o furacão de sentimentos rodopiando nos olhos do amigo, tão confusos quanto os que assombravam os corredores de seu próprio coração todos os dias.

— Não é tão fácil quanto parece — ela sussurrou conforme encarava as pupilas dilatadas de Marcus.

Sentiu certa familiaridade com o que quer que circulasse dentro daquelas íris esverdeadas, rodeadas de algo que Rory não sabia nomear. Com um suspiro, soltou o corpo contra a parede.

— Eu não vou deixar machucarem você — ele insistiu, sua voz saindo um pouco mais rouca enquanto uma urgência estranha crescia entre uma palavra e outra, aumentando conforme seus olhos pareciam gritar mais um milhão de palavras que seus lábios não conseguiam formar.

— Você sabe que isso é mentira — Rory constatou, encostando a cabeça na parede.

Passou a encarar o cervo bordado na camisa larga de Marcus, um pouco mais desbotada que a blusa um tanto apertada que ela pegara emprestada de Darya pela manhã.

— Não é mentira — ele sibilou, analisando cada traço do rosto de Rory, até continuar: — Se aquela cobra maluca encontrá-la, juro que a mando pelos ares... — Marcus sussurrou quando uma brisa leve pareceu beijar o rosto de Rory, deixando um leve sorriso correr por seu rosto ao notar o que o amigo estava fazendo. — E pode apostar que vou adorar fazer isso — terminou com um suspiro longo, soltando um breve sorriso que fez Rory encostar mais uma vez a cabeça na parede, sentindo um vento calmo correr em seu pescoço nu conforme os pensamentos inundavam sua cabeça.

Talvez Marcus não fosse o único que gostasse de ver Samaira rodopiando no ar, ainda mais se ela *acidentalmente* saísse de vez da atmosfera terrestre, explodindo no vácuo do espaço depois de colidir com algum cometa. *Um bem grande de preferência*, Rory pensou consigo mesma, soltando um risinho abafado antes de voltar à realidade, sentindo todos os seus cabelos se eriçarem com o peso do olhar de Marcus, que a encarava com um sorriso fino estampado no canto de sua boca.

— Viu? Não é tão difícil assim.

Ele soltou um suspiro, tentando esconder algo estampado em seus olhos enquanto ajeitava a postura, deixando a cabeça um pouco inclinada para fitar os olhos da amiga, que começava a ficar consciente demais das mãos envolvendo sua cintura. Sua mente pareceu se afogar em um mar confuso.

— Talvez... talvez eu devesse ir dormir — ela gaguejou sem desviar os olhos de Marcus, esquecendo-se do que ele tinha falado poucos segundos antes.

— Sim.

Por mais que os dois concordassem, Rory não mexia nenhum músculo, perdida demais entre a brisa anormal e o calor febril que o corredor parecia exalar conforme Marcus se aproximava um pouco mais.

Por que você está fazendo isso? Não, não, não! Você tem que se afastar... Afastar!, gritava consigo mesma, perdendo todas as letras dentro de sua garganta antes de conseguir pronunciá-las, hipnotizada com as duas esmeraldas, que não paravam de encará-la.

Por que estava tão quente?

— Acho que eu também preciso ir — Marcus sussurrou, tão próximo de Rory que ela já podia sentir seu hálito fresco.

O coração dela parecia pular para fora do peito conforme seus narizes pareciam prestes a se tocar e, o mais confuso, ela não fazia nada para diminuir a distância entre ela e ele, que começava a levar uma mecha de cabelo solto para trás da orelha de Rory.

Ela tentou se lembrar de respirar, espantada com a proximidade de seus rostos, de sua mão, de seus olhos. O que estava acontecendo? Eles eram amigos!

Amigos.

— Eu... — tentou falar, mas as palavras pareciam presas dentro de sua garganta, relutantes em sair enquanto seu coração parecia correr uma maratona.

Ela tinha de sair dali. Tinha de ir para o quarto, dormir e obedecer ao toque de recolher, tinha de acabar com aquela história e estabelecer uma distância segura entre eles antes que os tendões do seu coração resolvessem se desprender junto com qualquer outra parte de seu corpo.

Mas Rory não deu um passo sequer, nem um protesto sequer, o que, de alguma forma, fazia seu coração bater cada vez mais a cada segundo de silêncio, observando os olhos de Marcus analisando cada expressão em seu rosto.

Minha nossa! Rory precisava de ar, contudo, antes mesmo que pudesse desmaiar ou entrar em uma crise de asfixia, Marcus se aproximou ainda mais, tocando seus lábios avermelhados nos dela tão gentilmente quanto a brisa do vento, fazendo Rory se derreter no chão, tornando-se um monte de ossos e músculos desagrupados jogados em um poço coberto de sentimentos que ela nem sabia que existiam até agora.

E no instante em que ele passou a beijar seu maxilar, uma onda de eletricidade correu pelo corpo de Rory, interligando todos os seus nervos. Ela levou a mão até a nuca de Marcus, a outra estendida contra o cervo de sua camisa desbotada, sentindo o calor aconchegante que o amigo exalava tão naturalmente. Bom... se eles ainda fossem amigos.

Ele era gentil e, ainda assim, transmitia certa voracidade cada vez que seus lábios tocavam na pele febril de Rory.

— *Princesa...* — ele sussurrou, desvencilhando-se em busca de ar enquanto encarava os olhos dela.

Rory começou a negar com a cabeça, incapaz de encontrar ar suficiente para os seus pulmões. Seu coração parecia ser grande demais para seu corpo.

— Não — ela protestou, forçando sua boca a pronunciar a palavra que custara a sair para logo se aproximar mais uma vez de Marcus, sentindo o cheiro inconfundível de sabonete impregnado em sua pele.

Ele beijou cada canto da sua boca, sorrindo entre um beijo e outro, ao passo que Rory via um filme passar diante dos seus olhos.

De todos os amigos, ele era seu favorito. De todos os sorrisos, o dele era o mais cativante. E, de todos os lugares, Rory não gostaria de estar em nenhum outro em que ele não estivesse, porque, sem que ela percebesse, ele era uma das partes inteiras de seu coração.

E aquilo era tudo o que importava.

45

— Oi? — Rory disse ao observar a porta do quarto se abrindo na penumbra antes de uma silhueta pequena invadir o espaço.

— Posso ficar com você? — Kade perguntou, limpando o nariz com o antebraço entre uma fungada e outra, segurando um urso de pelúcia debaixo do braço.

— Venha aqui — Rory chamou, sentando-se na cama, abrindo espaço para o irmão conforme levantava o cobertor, afastando alguns fios rebeldes do rosto com a outra mão. Mesmo na penumbra, ela conseguia enxergar os olhos cintilantes dele brilhando com a pouca luz que se infiltrava entre as cortinas rosadas, um tom avermelhado rodeando suas íris. — Por que você está chorando? — perguntou.

Ajeitou-se ao lado do irmão, ficando o mais próxima que conseguia conforme esfregava os olhos na esperança de afastar o sono.

— Eu sonhei que um monstro queria me pegar — ele contou, soltando um suspiro longo antes de apoiar a cabeça no pequeno ombro da irmã. — Ele era muito feio e tinha dentes desse tamanho.

Kade abriu os braços o máximo que podia.

De olhos arregalados, Rory tampou a boca e prendeu o ar dentro dos pulmões. Kade concordava com a cabeça antes de ela voltar a se pronunciar, sua voz se misturando a uma onda de curiosidade infantil:

— E o que você fez?

— Hã, eu corri. Mas ele era muito rápido e... — Ele respirou fundo e soltou as mãos sobre o cobertor, deixando o ursinho de lado conforme olhava as próprias mãos. — Quando eu olhei para trás, ele agarrou meu pé e me jogou no chão...

Lançou um único olhar para a irmã antes de focar em um ponto vago na parede.

— E você se levantou?

— Não sei. Foi nessa parte que acordei — Kade explicou, esfregando o olho esquerdo com as costas da mão conforme parecia se encolher na cama, seu pijama azul-marinho se destacando entre a coberta cor-de-rosa, combinando com os travesseiros macios.

— Nossa. — Rory refletiu entre um suspiro e outro. Olhou para a prateleira de brinquedos por um bom tempo, até se voltar para o irmão, envolvendo-o em seus pequenos braços conforme um sorriso brotava em seu rosto. — Se você quiser, pode dormir aqui. Desse jeito, quando o monstro aparecer, a gente se esconde debaixo da coberta... — sugeriu. Afastou o rosto, olhando nos olhos azuis do irmão, que começava a concordar veementemente com a cabeça. — Ele nunca vai achar a gente assim — terminou com um suspiro, encostando a testa na do irmão e fechando os olhos.

— Acho que vai dar certo. — Kade se desvencilhou, enterrando-se dentro dos cobertores, deitando-se tão devagar quanto seus músculos permitiam. — Obrigado, Ró — terminou com um bocejo.

— Eu amo você e não vou deixar monstro nenhum o pegar. Você é meu irmão.

Voltou a se deitar, sentindo o irmão se aconchegar ao seu lado conforme um suspiro longo enchia seus pulmões de ar.

46

— Ei. Acorde, Rory. Vamos. Acorde. — Uma voz ecoava no fundo de sua mente, religando-a à realidade. Demorou a abrir os olhos, tão pesados quanto duas bigornas ao mesmo tempo que a dor começava a martelar seu crânio, tão insistente quanto as memórias que seu cérebro lhe forçava a assistir, torturando-a com um passado que nunca mais voltaria. — Ufa, até que enfim você acordou.

Rory esfregou os olhos, fugindo da prisão em que seus pesadelos a colocavam, trancafiando-a toda vez que tentava dormir.

— Eu dormi demais? — perguntou com os olhos entreabertos, encarando a silhueta familiar de Darya à sua frente, tão agitada quanto um gato prestes a tomar banho.

— Não, não. Ainda são duas e meia — ela respondeu.

A garota estralou os dedos, seu rosto demonstrando uma preocupação exagerada conforme uma veia parecia saltar de seu pescoço, fazendo Rory esfregar os olhos até conseguir enxergar todo o lugar com uma onda de adrenalina correndo por seu sangue.

Mal fazia uma hora que ela tinha ido se deitar e, de algum jeito, tudo já tinha um ar bem mais assombroso do que quando encostara a cabeça no travesseiro.

O quarto ainda estava escuro, sendo iluminado apenas pela luz fraca da lua, deixando o rosto de Darya ainda mais sombrio. Rory continuava a analisar o lugar, fracassando em encontrar Suli, que estivera quase desmaiada sobre a cama quando ela adentrara no quarto a passos silenciosos.

— O que aconteceu? — Sua voz saiu bem mais fina do que gostaria.

Voltou a encarar a amiga com os olhos arregalados, observando o uniforme impecável que Darya passara a vestir, bem diferente da calça de pijama e a regata que ela usara, inerte sobre a cama.

— Venha logo. — Ela puxou a mão de Rory, tirando-a da cama aos tropeços. — O general está chamando todos no refeitório, é importante — terminou, coçando a ponta do nariz com o indicador antes de soltar a mão de Rory para agarrar um par de botas espalhadas pelo chão. — Vamos!

Sem cerimônia, Darya jogou os sapatos contra os braços de Rory, fazendo sua cabeça rodar feito uma montanha-russa. Agachou-se para calçar as botas, sentindo a cabeça pesar conforme seus músculos se retraíam com o pouco tempo de sono.

— O que aconteceu? — Rory insistiu mais uma vez depois de amarrar os cadarços, fazendo um esforço sobre-humano para se reerguer.

Seu corpo gritava por descanso de todas as formas possíveis.

Bom, pelo menos já estava acostumada com aquela sensação, deixando toda a situação um pouco mais fácil ao passo que voltava os olhos para a amiga parada diante da porta, prendendo os cabelos em um coque frouxo enquanto esperava por uma resposta que Darya não parecia a fim de dar.

— Ai, venha logo!

Ela bufou ao ver a insistência de Rory, deixando-a parada no mesmo lugar para ir abrir a porta do quarto com força, seus olhos transparecendo uma preocupação nauseante. Rory apertou o passo, seguindo Darya até o corredor sem falar mais nada. Sentia seu estômago se revirar com o nervosismo que a outra garota exalava.

Em todo o seu tempo naquele lugar, Rory só tinha visto Darya ficar nervosa quando Conor fingira um desmaio para conseguir roubar um beijo dela ao mesmo tempo que ela tentava curá-lo de algo inexistente. Se bem que aquela Darya não chegava nem aos pés da que Rory começava a encarar, observando seus músculos rígidos, os nós de seus dedos pálidos, tamanha a força que fazia conforme cerrava os punhos ao lado do corpo, seus ombros ficando ainda mais tensos a cada passo dado.

— Darya — Rory chamou assim que alcançaram a escadaria, descendo de dois em dois degraus para alcançar a amiga, que parecia prestes a sair correndo.

— Vamos, Rory — ela falou sem diminuir o ritmo, seus olhos focados nos degraus iluminados por uma luz fraca vinda das lâmpadas curiosamente acesas.

— Darya!

Rory segurou o ombro da amiga até conseguir impedi-la de continuar.

— Vamos.

— Darya, o que está acontecendo? — ela interrompeu a amiga, sentindo uma necessidade urgente de abraçá-la ao notar o pavor excruciante em seus olhos.

— As coisas estão feias, Rory — Darya sibilou, virando-se para o rosto da amiga, seus olhos azuis em um tom avermelhado conforme as lágrimas ameaçavam cair. — As coisas estão muito, *muito* feias — continuou antes de segurar o antebraço de Rory, fazendo-a estremecer dos pés à cabeça.

Um medo alarmante parecia ser injetado em suas veias, acompanhando uma chuva de memórias que ela preferia esquecer.

Querendo ou não, Rory sempre fora a irmã com problemas, e não importava o que acontecesse, Kade era o irmão que escutava a esses problemas, o que, de alguma forma, fizera com que ela esquecesse que ele também tinha os seus, assim como Darya, uma garota de quinze anos disposta a ajudar todo mundo e que naquele momento parecia se afundar em um mar de lágrimas que começavam a escorrer por seu rosto, tão cheia de problemas quanto Rory. A Incendiadora nunca tinha visto nada de errado no sorriso largo que a amiga estampava todos os dias, andando de um lado para o outro com uma luz que nunca pensou que se apagaria.

Rory sabia como era se afundar em um mar de desespero e, por esse motivo, retorcia-se com o estado preocupante da amiga, sentindo um trator esmagar seu coração conforme tentava acalmá-la, abraçando-a por tempo suficiente, até que Darya se desvencilhasse para enxugar as lágrimas.

— As coisas estão muito piores do que a gente pensava, Rory — ela falou e secou as lágrimas com as costas da mãos, fungando uma única vez. Seus olhos assumiam um tom mais claro, sumindo com todos os traços de choro evidentes em seu rosto. — Nem o general pensava que isso fosse acontecer. Tudo parecia tão calmo... Ninguém suspeitava do que estava acontecendo.

Acontecer? Suspeitar?

Talvez seja essa a sensação de se afogar no concreto, Rory pensou, sentindo todos os seus músculos se petrificarem ao passo que sua mente repetia as palavras com um eco silencioso, arranhando as paredes de seu crânio até uma onda de desespero sangrar em seu interior.

Por mais que aquela certeza corresse todos os dias por suas veias, Rory era incapaz de sentir o terremoto estremecendo seu corpo, desmoronando a fina camada de esperança que ela tentara construir no decorrer dos dias.

— Eles me acharam... — sussurrou consigo mesma, sentindo as palavras arderem sobre sua pele.

Me acharam. Me acharam. Me acharam. Me acharam. Me acharam. Me acharam. Me acharam. Me acharam. Me acharam...

— É muito pior do que isso, Rory — Darya contou, sua voz saindo bem mais tensa do que ela gostaria enquanto apoiava a mão no ombro da amiga.

E era assim que o mundo acabava.

47

A cada palavra, Rory sentia como se uma nova bala atravessasse sua pele, fuzilando toda sua alma, até a voz de Darya se anular por completo, tornando-se um simples zumbido aos seus ouvidos. O sangue pulsava por todo seu corpo junto com um tremor febril, mal se equilibrando sobre os próprios pés conforme começava a correr, tropeçando nos degraus e cambaleando nos corredores a cada passo dado, incapaz de focar completamente seu olhar com a enxurrada de lágrimas que se desprendiam de seus olhos junto com os gritos furiosos que pensava estar gritando.

Eles foram pegos...

Talvez Darya estivesse tentando segurá-la. Rory sentiu uma rápida pressão em seus braços, no entanto continuou a correr, perdida demais nas palavras da amiga, que agora dilaceravam todo o seu interior como uma epidemia mortal.

Torturaram...

As paredes, as pessoas, as portas, tudo parecia rodopiar ao seu redor, bagunçando toda a realidade que um dia existira ou que ela pensara que existira, porque, de uma hora para a outra, tudo parecia ter sido inventado com o único propósito de matá-la. Talvez a vida estivesse a matando aos poucos, tirando tudo o que ela achava ser bom até que ela mesma se afundasse na escuridão.

Eles gravaram...

— Não aconteceu. Não aconteceu... — Rory murmurou consigo mesma, abrindo a porta tão violentamente quanto seus braços lhe permitiam, incapaz de focar na multidão de rostos conforme corria até a única pessoa que importava naquele refeitório.

— Me diga que não é verdade! — esbravejou com toda a força, batendo contra o peito largo de Áki. Sua voz ficou embargada em meio às lágrimas quentes em seu rosto. — Fale! Isso não é verdade, não é?! Me diga...

Sua cabeça parecia prestes a explodir com a dor excruciante. Seus olhos eram incapazes de conter as lágrimas que rolavam por suas bochechas avermelhadas.

— Fique calma, garota.

Áki segurou os punhos de Rory, seu semblante tão indecifrável quanto todos os dias.

— Não me peça para ficar calma! — grunhiu, sua voz se afinando com a histeria. Tentou se desvencilhar das mãos firmes do general. — As pessoas estão morrendo por minha causa. Como pode pedir isso para mim? Não é verdade!

— Venha aqui, menina. Seu amigo vai ficar bem — o general garantiu.

Então ele a puxou para perto, abraçando-a com toda força, até Rory ceder, afogando-se em lágrimas desesperadas enquanto seu coração gritava de todas as maneiras possíveis.

— Não. Ele é meu amigo. Eu... — gaguejou ao afundar o rosto no peito do general, sentindo-se fraca demais para continuar gritando.

— Eu sinto muito, de verdade... — ele admitiu e acariciou seus cabelos. — Ele é um dos nossos, todos eram.

— Quinze pessoas. Foram quinze pessoas... — Rory balbuciou, incapaz de escutar qualquer outra coisa ao passo que sua mente ecoava as palavras de Darya.

"Conor foi com os outros roubar suprimentos mais cedo, porém os guardas acabaram os pegando, e... e seu irmão... ele estava lá, junto com eles..."

— Meu irmão... — sibilou, fechando os olhos com toda a força que tinha.

As lágrimas continuaram a rolar, desprendendo-se de seus cílios longos, assim como seu coração, que sangrava entre as milhares de rachaduras abertas, que começavam a se tornar enormes crateras dentro de seu ser.

"Ele os acusou de saberem onde você estava por causa das pulseiras no pulso e um dos nossos tentou fugir, mas, no instante em que ele ficou invisível, os guardas atacaram. Levaram Conor como refém e queimaram o restante, bem ali, no meio da rua."

Aquilo fervia seu sangue, desintegrando cada átomo de seu corpo. Sua mente se prendia em uma cela de palavras aterrorizantes.

"Depois que o fogo acabou, eles deixaram um pen drive no corpo de um deles... Eles sabiam que nós íamos ir atrás deles. E seu irmão... Bom, ele queria que você recebesse uma mensagem."

Como as coisas tinham chegado a esse ponto? Kade não era um maníaco, muito menos um mensageiro macabro disfarçado de rei jovem. Ele era um príncipe, Rory pensara. Era só um príncipe que deixava as aulas de francês para ir jogar xadrez com o mordomo, que ria até do jeito como o vento rasgava o céu. Esse, sim, era o Kade que Rory conhecia, o Kade que ela amava com todas as forças, e que agora simplesmente resolvera matar quinze pessoas por causa de *uma maldita pulseira* parecida com a dela.

— Eu o odeio. Eu a odeio — Rory sibilou antes de começar a soluçar, com uma nova onda de raiva correndo por suas veias, até se misturar com o desespero imaculado em seu corpo. — Ele não podia... não podia...

As palavras se perderam no começo de sua garganta, emboladas em um emaranhado de sentimentos terríveis.

— Eu sei garota, eu sei.

Áki suspirou e continuou a acariciar seus cabelos, apoiando a ponta do queixo em sua cabeça, os olhos focados na multidão que os rodeava de olhos arregalados.

— É culpa minha... Tudo isso é culpa minha... — ela começou a falar, cerrando os punhos com toda a força, sentindo a pulseira queimar sobre sua pele, incendiando todos os seus pensamentos com a dor do remorso se misturando a uma raiva inevitável. — Tudo é minha culpa... — repetiu, as unhas perfurando sua carne maculada de pânico.

— Não diga is...

— Ainda bem que você tem noção! — alguém esbravejou do fundo do refeitório, fazendo Áki arregalar os olhos.

Rory se forçou a virar o rosto, buscando todas as forças para focar o olhar, ainda que as lágrimas continuassem a descer.

— Pare com isso, Steffan — o general rosnou, fitando os olhos de um garoto ruivo que começava a avançar entre as pessoas com um semblante terrível.

— Não! — ele gritou, cerrando o maxilar com toda força. Ele se aproximou de Rory, que parecia se encolher rapidamente, soluçando, conforme tentava conter as lágrimas de dor. — A culpa é dela. E só dela!

— Deixe-a em paz, Stef! — Marcus rugiu, separando-se da multidão, criando uma barreira entre Rory e o garoto enfurecido.

Rory não sabia o que fazer, porque, mesmo que tivesse forças, aquele rapaz ainda estaria certo: a culpa era dela, e mais ninguém poderia assumir seu papel no meio de todo aquele caos.

— Fique quieto, Marcus! — Steffan rugiu, empurrando-o com força antes de focar o olhar em Rory. — Ela não liga para ninguém aqui! Vai deixar todo mundo morrer só para salvar a si mesma! — berrou, apontando o dedo por cima do ombro de Marcus. As outras pessoas começavam a se agitar, fazendo a cabeça de Rory rodopiar conforme as acusações continuavam a bater contra seus ouvidos. — Você acha que essa princesinha é diferente, mas não passa de uma sanguinária igual todos os outros!

Ela nem conhecia aquele garoto e, pelo visto, já tinha transformado a vida dele em um inferno.

— Já chega, seu imbecil — Marcus rosnou, dando um soco contra o maxilar de Steffan com o punho fechado, arrancando um grunhido dele.

O sangue começou a gotejar do lábio inferior do garoto, deixando a multidão enlouquecida. Áki deu gritos de ordem, sua voz tão grossa quanto um rugido de leão.

— Fiquem calmos! — ele rosnou, fazendo Steffan soltar uma risada escandalosa e abrir os braços, apoiando as mãos na cabeça com certo desespero, encarando Rory com toda a raiva do mundo.

— Se não fosse ela, meu irmão ainda estaria vivo! — ele esbravejou.

Marcus cerrou os punhos, segurando-se para não o atacar outra vez conforme o sangue pulsava em seu ouvido tão freneticamente quanto o coração de Rory, que parecia se contorcer a cada palavra, sentindo uma nova bala perfurar seu crânio.

— Steffan!

— Nunca mais fale assim dela, idiota! — Marcus esbravejou.

Em seguida, agarrou o colarinho da camisa do garoto com toda a força. Um vento feroz bateu contra o seu rosto, fazendo-o grunhir de raiva conforme as lâmpadas começavam a piscar com o poder de Steffan, deixando Rory cada vez mais desorientada. A luz fazia seus olhos arderem, cegando o pouco que conseguia enxergar enquanto as acusações incessantes continuavam rasgando seus ouvidos.

— Parem! — Ela tentou gritar, sua voz saindo como um mero ruído.

Suas pernas perderam as forças, obrigando-a a se ajoelhar diante da rápida escuridão que invadia suas vistas.

— Se ela nunca tivesse chegado, ninguém teria morrido! — Steffan gritou, abafando a fala de Rory.

As luzes voltaram em um supetão, no entanto logo se viram envoltos pela escuridão mais uma vez. Áki tentou separar os dois, incapaz de chegar muito perto com a rajada de vento que os rodeava.

— Agora já chega, garoto! — o general berrou, seu grito se juntando ao das pessoas ao seu redor.

— Parem, por favor — Rory repetiu, apertando a palma das mãos contra os ouvidos em uma tentativa fracassada de abafar os gritos ensurdecedores.

Mas, por mais que ela tentasse, sua voz parecia se anular no meio do caos, as palavras se perdendo no meio do vento anormal.

— Pare de defendê-la, seu idiota! — Steffan rugiu, fazendo uma das lâmpadas acima de sua cabeça explodir com um estrondo, os cacos sendo arrastados pelo redemoinho furioso de Marcus. — Um corpo bonito não vale a vida de ninguém — terminou, atingindo a barriga do amigo com o punho esquerdo. Marcus se curvou para frente antes de dar outro soco no rosto de Steffan, fazendo-o cambalear por alguns segundos antes de voltar a falar. — Você gosta dela, não é? — sibilou, soltando uma risada estranha antes de encará-lo, o sangue escorrendo de sua sobrancelha cortada. —

Meu Deus! Você tem noção de que Conor poderia estar aqui se não fosse ela? – esbravejou, agarrando o antebraço de Marcus com toda a força.

As luzes piscavam com mais intensidade, fazendo Rory grunhir enquanto o ar parecia se recusar a invadir seus pulmões, forçando-a a dar arfadas desesperadas, com o mundo girando ao seu redor.

Era tudo culpa dela. Tudo culpa dela. Tudo culpa dela. Tudo culpa dela. Tudo culpa dela. Tudo culpa dela. Tudo culpa dela. Tudo culpa dela. Tudo culpa dela. Tudo culpa dela.

Mesmo que estivesse de olhos fechados, as paredes pareciam se fechar ao seu redor, prendendo-a em um cubículo minúsculo, tão escuro quanto a cela em que ela se sentia presa, algemada em uma cadeira invisível, forçando-a a engolir goela abaixo todas as memórias que um dia ela lutara para esquecer. Sua pele parecia se fragmentar em milhares de pedaços conforme as palavras continuavam a ecoar em seus ouvidos, deixando as letras rasgarem sua pele exposta com a mesma violência do vento rodopiando à sua frente.

Aquilo estava errado, muito errado...

– Parem – tentou mais uma vez, sua voz sendo levada pelo vendaval ao mesmo tempo que algo parecia comprimir seu coração.

– Chega de jogar suas dores nela, Steffan! – Áki rugiu, incapaz de se aproximar mais do furacão repleto de cacos de vidro.

– Eu só não quero ver mais ninguém morrer, general! – o garoto esbravejou antes de ser atingido mais uma vez por Marcus, tão cheio de ódio quanto a rajada de vento que começava a empurrar Steffan, cargas elétricas crescendo sobre a ponta de seus dedos enquanto caía no chão.

– Parem com isso... – Rory sibilou mais uma vez.

Sentiu o sangue umedecer seus dedos quando começou a escorrer de sua orelha, acompanhando as lágrimas ferventes que escorriam de seus olhos, incapaz de contê-las conforme seu corpo se contorcia com uma agonia excruciante, forçando-a a se encolher cada vez mais sobre o chão incrivelmente mais frio do que seu corpo febril.

Seu próprio corpo pareceu desistir de lutar, pedindo para morrer a cada nova onda de dor, atravessando sua alma com uma agonia irreal.

Chega! Pare com isso, por favor!, ela gritava no fundo de sua cabeça, sentindo todos os músculos queimarem ao passo que uma voz sussurrava em resposta: *Você só tem um futuro, Rory, e ele não vai terminar assim.*

Mas ela não queria uma resposta, só queria que aquilo acabasse, que seu cérebro parasse de torturá-la, matando-a aos poucos até a dor se tornar insuportável.

Só um futuro Rory, só um.

— Não! — ela gritou, sua voz irrompendo o ar no mesmo instante em que seu corpo parecia explodir de dor, anulando todos os sons ao seu redor conforme se debruçava no chão, cedendo à dor, que começava, aos poucos, a anestesiá-la.

Um futuro, Rory.

Um futuro...

A voz continuava, ecoando junto com as batidas de seu coração, desacelerando a cada arfada que ela dava em busca de oxigênio, sentido todo o seu corpo adormecer. Um calor escaldante anulou todos os seus sentidos por completo, desligando tudo até sobrarem apenas alguns pensamentos flutuantes, desconexos demais para que ela pudesse assimilar alguma coisa no vazio de sua mente, tão inerte quanto seu corpo jogado no chão.

48

— Já pensou em voar? — ele perguntou, observando um pássaro rasgar o céu, as mãos apoiadas no parapeito.

— A gente sempre voa de avião, Kade — Rory respondeu, observando uma nuvem solitária na imensidão do azul do céu, tão claro quanto seu vestido.

— Não assim, boba. Mas daquele jeito. — Ele apontou o dedo para outro pássaro no céu, seus olhos refletindo a luz do sol com excelência. — Olhe para ele.

— Ok.

— Ele é livre, pode ir para onde quiser. Não precisa obedecer a ninguém... entende?

Ele suspirou, incapaz de desviar os olhos do pássaro.

— Hum... — Rory respirou fundo, fechando os olhos por um longo momento, sentindo o sol ricochetear em sua pele. — Liberdade.

— Parece tão bom, não é?

— Sim. — Ela correu os olhos pelo horizonte à sua frente, juntando céu e terra em uma linha desnivelada de casas e prédios. — Bom até demais.

— Não! — Uma voz invadiu sua cabeça, desviando-a do passado asfixiante. — Volte para mim, meu amor.

Entretanto, quando a voz se silenciou, a vida voltou a ser um mar de memórias à meia-noite, esperando ansiosamente para afundá-la mais uma vez durante a nova tempestade que se formava em seu interior.

— Pela minha Casa. O que você fez com este lugar?

— Eu pintei, não viu?

— É claro que vi, sua doida! — Kade respondeu, olhando para as paredes cobertas de flores. — Mas por que não me chamou? Fiquei uma hora inteira estudando francês, e você desenhando nas paredes! De verdade, estou decepcionado — terminou, cruzando os braços em um movimento exagerado.

— Você é muito melodramático... — Ela limpou uma mancha de tinta do rosto e encarou sua obra antes de chegar mais perto do irmão, apoiando a cabeça em seu ombro conforme fitava uma margarida recém-pintada com um suspiro. — Todo mundo faz tudo por mim neste lugar. Queria que alguma coisa fosse só minha — terminou, fazendo Kade relaxar os ombros antes de passar o braço ao redor de sua cintura com um suspiro, interpretando o pensamento da irmã.

— Igual àquele pássaro, não é? — ele falou, apontando o dedo para o desenho no alto da parede.

— Igual ao pássaro...

— Fique comigo. Por favor, não me deixe, Rory — a voz ecoou em seus ouvidos, desesperada por algo que Rory nem conseguia pensar ao passo que uma nova onda afogava seu barco, distorcendo toda a sua mente em um único passado.

— O que quer fazer agora?

— Hum... Xadrez — ele respondeu, dando a mão para a irmã enquanto caminhavam pelo corredor com um sorriso no rosto.

— Não faz nem duas horas que a gente jogou! Não pode ser outra coisa? — Rory questionou, incapaz de esconder o desânimo depois de ter jogado quatro partidas.

— Não. Você só está com medo de perder de novo, é normal — Kade provocou com um sorriso no rosto, encarando a irmã com uma sobrancelha arqueada.

— Meu Deus! — Ela apertou ainda mais a mão do irmão. — Eu que o ensinei a jogar, idiota!

— Parece que o aluno superou a professora, não é? — ironizou com um sorriso torto, fazendo Rory revirar os olhos com um sorriso fino no rosto.

E outra vez as lembranças a deixaram, jogando-a na beira de uma praia repleta de pensamentos, fazendo todo o seu corpo estremecer. O calor escaldante em sua pele ia dando lugar a um frio refrescante, ligando todos os seus nervos ao mesmo tempo que a voz continuava ecoando ao pé do seu ouvido, suplicando para que ela acordasse.

— Volte para mim, *princesa*. Por favor, volte.

Volte. Volte. Volte...

Volte.

Rory ainda se sentia fraca demais, despedaçada demais e, mesmo assim, agarrou-se a todas as letras daquela simples palavra, deixando-a invadir seus pulmões junto com uma rajada de ar, seu coração batendo com mais velocidade ao passo que as sílabas ricocheteavam nas paredes de seu coração, acordando todo o seu ser conforme ela voltava para a realidade, abrindo os olhos com um gemido estranho, sentindo uma luz ofuscante sobre seu rosto.

Ela estava na mesma sala em que acordara depois de ter sido salva da praça repleta de cinzas, mas agora todas as janelas estavam intactas, sem nenhum vidro quebrado. Outras macas vazias estavam espalhadas, acompanhadas de pequenas mesinhas de ferro, idênticas à que estava ao seu lado. O outro era ocupado por uma cadeira feita do mesmo material, onde Darya tirava um cochilo com a cabeça apoiada no ombro de Áki, sentado ao seu lado com alguns papéis no colo, assim como Azena, que lia atentamente todos os papéis em um canto da sala.

No entanto, a voz não era de nenhum deles, era?

— O... o quê? — sibilou, sentido alguém a envolver assim que tentou se sentar, notando um cheiro inconfundível invadir seus pulmões conforme ela fechava os olhos. Sabonete e baunilha. — Marcus? — murmurou, abraçando o corpo sentado à sua frente com toda a força.

Seus pensamentos voltavam a clarear junto com uma leve dor de cabeça.

— Estou aqui, amor — ele sussurrou de volta, aproximando seu rosto até encostar o nariz no dela enquanto se ajeitava na maca. — Estou aqui.

Acariciou o rosto de Rory como se ela fosse feita de papel, prestes a ir embora com um mero sopro.

— Eu voltei — ela murmurou, apoiando uma mão no ombro dele.

Levou a outra até a nuca, sentindo a respiração pesada dele contra seu rosto acalmando todos os seus nervos.

Notou um leve roxo em cima da pálpebra dele. Não parecia um ferimento grave, mas era o suficiente para provar que a briga durara alguns socos a mais depois de ela ter apagado.

— Não me deixe mais — sussurrou alguns segundos depois, sua voz saindo rouca.

Rory fechou os olhos, concordando com a cabeça antes de voltar a falar, sentindo um aperto no peito com cada palavra que saía de sua boca:

— Eu não vou. Nunca mais — falou, incapaz de saber se aquilo era mesmo verdade.

O mundo inteiro ansiava por ver seu sangue escorrendo em uma praça. Ainda assim, ela concordou, sentindo uma necessidade urgente de se agarrar a algo. Sua respiração falhou ao passo que a carga de sentimentos aparecia no olhar de Marcus, tão hipnotizante quanto sua voz ressoando em seus ouvidos, já sem nenhum vestígio de sangue.

Sem nem pensar, ele a puxou para si, tocando seus lábios nos dela. Uma única lágrima escorreu dos olhos de Rory, uma mistura de alívio, felicidade, medo e... amor.

— Você promete? — ele perguntou, afastando-se o suficiente para sussurrar antes de Rory se aproximar de novo, passando os dedos pelos cabelos despenteados dele ao beijá-lo, inundando o seu rosto de sentimentos a cada inspiração dificultosa.

Por mais que ela tentasse, era impossível não se perder na imensidão daqueles olhos verdes, que formava uma combinação surreal com seus cabelos escuros como café torrado pela manhã e tão macios quanto bolas de algodão, esticadas para formar milhares de ondas fluidas que Rory não se importava de bagunçar.

— Promete? — Marcus insistiu mais uma vez, juntando o máximo de sanidade que tinha para se afastar alguns centímetros, seus olhos incendiando o rosto de Rory.

— Prometo — mentiu, concordando com a cabeça.

Seu coração se retorceu de culpa por ver o sorriso no rosto de Marcus, que voltou a beijá-la sem nem ligar para quem quer que estivesse observando a cena.

— Uau! — Darya exclamou, seus olhos ficando do tamanho da lua.

Áki tentou esconder um sorriso conforme Azena arqueava uma sobrancelha, jogando um dos papéis sobre o colo para assistir ao show instantaneamente interrompido enquanto o rosto de Rory enrubescia.

E por mais que todo o seu ser transbordasse de vergonha, Marcus continuava sentado à sua frente, segurando sua mão com o olhar voltado para seus olhos castanhos como se eles fossem a coisa mais fascinante do mundo, fazendo Rory estremecer dos pés à cabeça antes de Darya voltar a falar, trazendo-a para a realidade de onde ela parecia ter fugido:

— Não acredito que você teve que ficar em coma por um dia e meio para revelar o que está rolando — ela falou, encabulada, mostrando uma decepção bem teatral antes de voltar os olhos para Marcus. — E você também! Ela precisa dar uma de morta para você tomar coragem? — Darya terminou, fazendo Marcus soltar uma risada curta.

Áki meneou a cabeça com um sorriso no rosto, levantando-se devagar conforme ajeitava os dreads do rabo de cavalo amarrado na base da nuca.

— Também é muito bom vê-la acordada, garota — ele saudou.

Aproximou-se da maca, revezando o olhar entre ela e Marcus, que continuava sentado na maca, sem se importar com o olhar acusador de Azena, que também se aproximava, desfilando pela sala com suas duas armas presas no coldre.

— Achei que teríamos que roubar um desfibrilador para acordar você — a comandante ironizou e apoiou uma mão na cabeceira da maca, fazendo um sorriso se repuxar dos lábios de Rory, antes de ela arregalar os olhos, ficando consciente demais daquelas palavras.

— Calma. Eu fiquei mesmo inconsciente durante todo esse tempo? — perguntou. Todos ao seu redor soltaram suspiros piedosos, abaixando os olhares para qualquer coisa que não fosse ela, o que era mais do que o suficiente para que Rory tivesse uma resposta. — Entendi — falou, focando os olhos em sua mão entrelaçada na de Marcus, que a apertou ainda mais conforme alisava as costas de sua mão com o polegar. Rory ergueu o olhar para ele, sentindo uma pontada de dor em seu rosto, forçando-a a se arrepiar por completo ao se lembrar de tudo o que acontecera. — Eu sinto muito — sussurrou, incapaz de conter uma onda de culpa em seu ser.

Por mais que tivesse desmaiado com o baque da notícia, ela ainda estava viva e, querendo ou não, não perdera nada além de um dia em coma, e viver era algo que nenhum dos outros tivera a oportunidade.

— Seu irmão é um monstro. Não é sua culpa que ele seja assim — Darya falou, apoiando uma das mãos no ombro de Rory em sinal de apoio.

Áki concordou com um balançar de cabeça.

Antes que ela pudesse abrir a boca para falar sua lista de motivos para ser culpada, Marcus se pronunciou:

— Você não precisa pedir desculpas pelos erros dos outros.

Ele tinha um olhar penetrante que se revezava entre Rory e Áki, que assumiu a fala:

— Garota, entenda que é tão vítima quanto qualquer um aqui, isso se não for a mais prejudicada. Então não carregue o peso do que fizeram com você. — Por mais que Rory tentasse, ela ainda não sabia como fazer isso e, ainda que descobrisse, seria difícil demais se desfazer de todas as coisas que continuavam atormentando seu coração. — Entendeu? — Áki insistiu, soltando um suspiro demorado.

Rory começou a pensar.

Talvez ela pudesse ter esperança, não é? Afinal, assim como naquelas histórias velhas da biblioteca, esperança era uma coisa com penas, feito um pássaro, Rory pensou, assim como a liberdade que ela continuava pintando nas paredes rachadas de seu coração, na esperança de um dia vê-la se materializar em sua vida.

Com um suspiro, encheu o peito de ar, espantando os devaneios com algumas respirações curtas antes de responder, focando seu olhar em uma das únicas esperanças que ainda tinha:

– Tudo bem.

Marcus com certeza tinha a coisa com penas, assim como Darya, que parecia cintilar ao lado do general, tão satisfeito quanto um pai estaria... Quanto Dylan estaria.

– Isso é muito bonito, eu sei – Azena se pronunciou depois de alguns minutos de silêncio, cruzando os braços na frente do corpo. Lançou um olhar para Áki, limpando a garganta uma única vez antes de continuar: – Agora, senhor, acho que deveria contar a ela o que descobrimos, não é mesmo?

– Vocês descobriram o quê? É sobre Conor? – Rory questionou, desmanchando o sorriso em seu rosto.

Revezou o olhar entre a comandante e o general, já um pouco mais tenso do que segundos antes.

– Infelizmente não. Ainda não sabemos nada sobre ele – Áki respondeu com um suspiro, sentindo a tensão se acumular no ar.

Darya mordeu o lábio inferior, esfregando uma mão na outra.

– É o *pen drive* então? – Rory tentou outra vez, fracassando em esconder o medo estampado em seus olhos com a angústia de receber a resposta que não fazia ideia se queria ouvir.

– Ninguém mexeu nele. Achamos que você gostaria de ter essa privacidade e... essa escolha – o general explicou, passando as mãos mais uma vez pelos seus dreads.

Rory soltou um suspiro, sentindo certo alívio se misturando com o medo de ver o que quer que seu irmão tivesse para falar.

Ainda assim, esse não parecia ser o motivo de tanta preocupação vinda de Áki, o que fez Rory sentir uma onda de curiosidade invadir seu ser, até tomar conta de suas palavras.

— Então o que é? — perguntou, passando os olhos por cada um deles enquanto colocava uma mecha solta de cabelo para trás da orelha.

Sem jeito, Áki soltou um longo suspiro, limpou a garganta e focou em um ponto da paisagem que uma das janelas exibia. Ele levou dois dedos até a ponta do queixo, analisando a maneira certa de explicar o que quer que estivesse acontecendo.

Isso tudo fazia com que Rory ficasse cada vez mais ansiosa, incapaz de imaginar que assunto seria tão delicado para que o general precisasse encontrar as palavras certas.

Assim, como se lesse a sua mente, Azena se voltou para o general, lançando um único olhar com uma sobrancelha arqueada.

— Conte, senhor.

— Darya? — Áki a chamou, deixando as mãos atrás do corpo. — Acho que seria melhor se você falasse sobre isso.

— Tudo bem.

— O que foi? — Rory perguntou, incapaz de aguentar todo o suspense ao seu redor.

— Bom, eu descobri o porquê de você desmaiar assim.

Sem entender, Rory apenas voltou seu olhar para Marcus, buscando por alguma resposta em seus olhos, embora tudo o que ela conseguisse enxergar fosse preocupação, fazendo-a se voltar para Darya com o coração correndo uma maratona.

— Você é uma Incendiadora, Rory — Darya continuou, observando o olhar preocupado da amiga ao mesmo tempo que respirava fundo. — Mesmo você não fazendo nada, o fogo continua correndo por seu sangue, assim como acontece com qualquer outro exilado...

— E? — Rory perguntou, sentindo um leve arrepio correr por sua espinha.

Marcus continuou segurando sua mão, apertando-a um pouco mais, como se oferecesse apoio.

— Geralmente, nós invocamos nosso poder e o expulsamos quando queremos. — Ela se encostou na beirada da maca para segurar sua mão livre. — Só que, em vez de expulsá-lo e queimar tudo o que quiser, você incendeia a si mesma. E, em autodefesa, seu corpo meio que se desliga antes de você entrar em colapso, entende? – Darya concluiu, fracassando ao tentar soar menos deprimente.

– O que você quer dizer com "colapso"?

Rory fixou os olhos em Darya, tentando não parecer muito chocada com a ideia de que ela era um perigo para si própria.

– Danos permanentes – Darya respondeu depois de alguns segundos tentando encontrar as palavras certas.

Rory sentiu uma faca atravessar seu pulmão esquerdo, inundando tudo de sangue, até não encontrar mais espaço para respirar.

– Então eu posso simplesmente morrer com isso? – sibilou, sentindo uma dificuldade enorme em pronunciar as palavras.

Forçou-se a não chorar.

Era isso!

Ela nunca tivera ataques de pânico, crises de ansiedade ou coisa assim, tudo aquilo não passava de outra maneira que ela encontrara de se autodestruir. Mesmo querendo continuar viva, sua mente ainda queria que ela morresse aos poucos, comprimindo a única coisa lhe restara contra ela mesma, para depois reanimá-la e começar tudo de novo antes de decidir colocar um ponto-final.

– Isso não vai acontecer – Áki protestou, sua voz saindo rígida.

Marcus concordou com a cabeça.

– Mas é possível? – insistiu outra vez, sentindo seu estômago se revirar como um ninho de cobras diante do silêncio. – Hein?

– Sim – Darya respondeu, abaixando os olhos para as próprias mãos enquanto respirava fundo, fazendo a espinha de Rory gelar conforme sua visão ameaçava perder o foco.

Ela queria viver, no entanto até seu próprio corpo era um perigo, ameaçando incinerá-la de dentro para fora se ela não controlasse... Bom, se é que ela poderia controlar isso.

– Dá para parar? – perguntou, correndo os olhos pelas pichações nas paredes na esperança de conter as lágrimas que ameaçavam cair.

— Ninguém sabe como, nunca vimos alguma coisa assim por aqui — Azena falou, focando os olhos na ponta de suas botas engraxadas, os fios ruivos cobrindo a cicatriz de seu rosto.

Era isso. Ela não podia ser apenas uma Incendiadora, era necessário se autodestruir para fechar o pacote, acompanhando as muitas outras maldições que ela parecia ter adquirido nos últimos tempos.

— Mas a gente vai arranjar um jeito — Marcus se pronunciou, esboçando um sorriso triste ao encarar os olhos de Rory. — O que importa agora é que você acordou. Não é mesmo, general?

— Sim, sim. Você vai ficar bem, garota — Áki concordou, coçando a ponta do queixo.

— Estamos todos com você, Rory. Vai dar tudo certo.

Darya esboçou um sorriso gentil antes de Marcus colocar a mão em seu ombro, forçando Rory a se virar para encará-lo, os olhos dela cintilando com o reflexo das lágrimas.

— Ei, vai dar tudo certo, *princesa* — ele garantiu, afundando-a outra vez em seus braços expostos, fazendo Rory soltar um suspiro ao sentir o conforto dos batimentos cardíacos ressoando ao pé de seu ouvido apoiado no peito dele.

Por mais que não fosse uma distração, sentir o calor que ele emanava fazia Rory se acalmar, sentindo a segurança que seu contato proporcionava conforme ela fechava os olhos, concentrando-se nas batidas melódicas que ecoavam em seus ouvidos. As lágrimas começavam a escorrer de seus olhos involuntariamente.

— Por que tudo tem que dar tão errado? — sibilou, acomodando-se ainda mais nos braços de Marcus.

Soltou um suspiro, seus olhos ganhando um tom avermelhado conforme seu coração se afundava outra vez no vazio criado por sua tristeza, por um momento se esquecendo da existência de Darya, Áki e Azena, que se comunicavam por olhares, concordando em deixar os dois a sós.

— Vamos jantar no refeitório se precisar de alguma coisa — Áki disse baixinho antes de sair com os outros.

Marcus concordou com a cabeça antes de a porta ser fechada, deixando o lugar em completo silêncio. Uma brisa suave entrou por uma janela aberta.

— O que eu fiz de tão errado? — Rory murmurou, quebrando o silêncio.

Fungou uma única vez, molhando a camisa verde-escura de Marcus com suas lágrimas, que pareciam rolar em câmera lenta.

— O mundo é frio e escuro. — Ele suspirou, acariciando os cabelos soltos de Rory enquanto apoiava o queixo em sua cabeça, com uma linha de raciocínio que ela ainda não tinha entendido. — Ele quer o fogo que você tem — ele falou, afastando-se um pouco, até conseguir pressionar a mão contra o coração de Rory. — Isso aí dentro que a faz brilhar não importa o que aconteça.

Ela se sentia no escuro, afundando em um mar negro, repleto de tudo o que mais a assustava. Como Rory poderia iluminar a si mesma se nem sabia encontrar a luz?

— Eu não brilho.

— Brilha. E brilha muito. — Marcus soltou um longo suspiro antes de secar as lágrimas em seu rosto com o polegar. — É por isso que eu a amo.

De repente, Rory se sentiu paralisada no tempo, incapaz de respirar um segundo que fosse conforme piscava os olhos, com a boca entreaberta, sentindo-se anestesiada por um tipo de endorfina à qual não sabia reagir.

— O que você falou? — perguntou, incrédula, fazendo um esforço enorme para encontrar as palavras ao passo que seu coração se recusava a bater.

— Eu disse que é por isso que eu a amo — Marcus falou, esboçando um leve sorriso e segurando seu rosto.

— O quê? — Rory sibilou, incapaz de ficar de boca fechada.

Seus olhos ficaram maiores do que a lua, e seu coração parecia prestes a explodir dentro do peito. Marcus se aproximou ainda mais para responder ao mesmo tempo que o mundo inteiro parecia se despedaçar ao seu redor.

Rory não sabia o que fazer nem como agir, sentindo todos os seus pensamentos se esvaírem conforme começava a duvidar se aquilo tudo era real.

— Eu amo você, princesa — ele sussurrou ao pé do seu ouvido, encostando a testa na dela de antes pronunciar as outras palavras: — Amo tanto que chega a doer de um jeito que você não faz ideia.

Antes que ela pudesse dizer qualquer outra coisa, Marcus a beijou, fazendo o mundo inteiro girar ao seu redor enquanto milhares de borboletas começavam voar em seu estômago.

Ele tinha gosto de menta e, ainda assim, lembrava algo quente, abrasador, assim como o calor que emanava de seu corpo, fazendo Rory delirar com a sensação de que era mesmo real.

— Será que você entendeu agora? — ele falou baixinho, encostando seu nariz no dela ao encarar suas íris castanhas.

Rory pôde enxergar cada marca e detalhe de seu rosto, desde o desenho da sobrancelha à curva de seus lábios avermelhados, fazendo seu coração disparar junto com a certeza que crescia em seu peito.

Ela amava aquele Marcus à sua frente, assim como amava aquele garoto vestido de terno, pronto para dançar com ela no meio de uma festa, do mesmo jeito que amava aquele entregador mal-educado, todo encharcado no meio da chuva só por causa dela.

De um jeito ou de outro, Rory o amava, não importava qual fosse a versão que ele apresentasse e aquilo, aquela sensação incendiadora que crescia em seu peito, só fazia esse pensamento se aflorar ainda mais, desabrochando em cada canto da sua alma ao passo que ela tentava encontrar o ar que seus pulmões almejavam.

— Eu amo você — sussurrou, sorrindo. Voltou a mão para a nuca dele. — Eu amo você. Eu amo você. Eu amo você.

Como se ela fosse feita de penas, Marcus a puxou para o seu colo, diminuindo todo o espaço entre eles conforme seus olhos corriam por todos os traços do rosto de Rory.

— Meu Deus! Com como você brilha.

Ele jogou a cabeça para trás, seus lábios se repuxando em um único sorriso conforme covinhas se formavam ao redor de seu rosto. Os olhos de Rory brilharam com a cena.

Ela podia estar se afogando em um mar escuro, mas talvez... apenas talvez... ela pudesse encontrar essa luz, enxergar o que todos pareciam ver de tão especial nela.

Talvez pudesse se reerguer. Levantar-se como um pássaro voltando a voar bem na direção do sol.

49

— Sinceramente, eu achei que vocês dois não fossem aparecer para o jantar — Darya falou depois de mastigar, soltando uma risadinha abafada enquanto apontava o garfo vazio para Marcus e Rory.

Os dois se sentaram ao seu lado, fazendo um barulho estranho com os pratos em contato com a mesa de aço, presa no chão de concreto do refeitório.

— Engraçadinha — Marcus ironizou, dando a primeira garfada em seu prato cheio de arroz, feijão e um pouco de lentilha.

Assim como ele, Rory mordiscou o conteúdo de seu prato, incapaz de dar bola para o comentário de Darya com sua barriga roncando, pedindo por algo que forrasse seu estômago, tão vazio quanto uma câmara de vácuo.

— Então é mesmo verdade? Não acredito que nenhum de vocês nunca disse nada — Suli se pronunciou, sentando-se bem à frente de Rory.

— Eu não achei que era um problema — Marcus falou antes de mastigar, levando o punho até a boca conforme levantava o olhar para Suli.

— É sério? Eu sou sua irmã! Acho que tinha pelo menos esse direito — ela comentou, gesticulando, fazendo Rory engasgar com a própria comida, seus olhos ficando maiores que o céu conforme ela ia tossindo.

Meus Deus! Que história era essa de *irmã*? *Como assim?*

— Calma. Vocês são irmãos?

Deixou que a surpresa percorresse cada uma de suas palavras ao mesmo tempo que revezava o olhar entre Suli e Marcus, que tentava esconder um sorriso conforme mastigava outra porção de arroz.

— A gente não costuma sair falando isso pelos quatro quantos, mas sim.

Ele voltou os olhos para a comida mais uma vez com um sorriso no rosto.

— Não é uma coisa muito importante — Suli argumentou antes de agarrar seu garfo, apontando-o para Marcus ao continuar: — *Mas* ele devia ter falado para você... Bom... já que vocês estão, tipo... namorando?

Rory sentiu sua boca se abrir por conta própria ao passo que suas sobrancelhas iam parar lá no teto com a surpresa.

Se bem que... olhando dessa forma, eles até que se pareciam. O formato do nariz, a cor dos cabelos, os olhos, o sorriso...

Ah! Como nunca tinha parado para pensar? É claro que Marcus tinha irmãos, mas Suli? Senhor! *Suli!*

— Pela minha Casa! — Rory exclamou, deixando o garfo cair sobre o prato antes de cobrir a boca com as mãos. — Isso é sério mesmo?

— Uhum — Suli respondeu, concordando com a cabeça antes de dar uma garfada em sua comida, fazendo Rory lançar um olhar indignado para Marcus.

— Desculpe? — ele sibilou de boca cheia, fazendo Rory revirar os olhos com outro suspiro.

— Vocês têm outro irmão que eu conheça?

Ela tentava evitar qualquer outra surpresa.

— Se isso contar, eu cresci com eles.

Darya balançou o garfo para Rory antes de engolir um pedaço de carne.

— Mais alguém? — Rory perguntou, arqueando uma sobrancelha para Marcus.

— Os outros dois não moram aqui — ele respondeu com um sorriso ao colocar a mão sobre seu joelho. — Pode ficar tranquila.

Ela suspirou, voltando os olhos para Suli, analisando a semelhança entre os dois, pasma por nunca ter reparado no quanto se pareciam, até que...

Um chiado inconfundível silenciou a todos, fazendo-os focar seus olhares nas TVs suspensas no teto, mostrando um brilho azulado com o logo real.

— Eles mudaram os horários? — Rory sussurrou no ouvido de Marcus, sentindo o gosto da bile invadir sua boca, lembrando-se dos comerciais pavorosos do irmão.

— Não que eu saiba — ele respondeu sem desviar o olhar das televisões, agarrando a mão direita de Rory por baixo da mesa.

Os outros continuavam focados nos monitores, esperando fosse lá o que o "novo rei" estivesse prestes a anunciar.

Então, antes mesmo que ela pudesse desviar o olhar, o televisor piscou uma única vez, mostrando um ser muito diferente do que Rory estava acostumada.

Kade usava a mesma coroa branca, rodeada de várias safiras azuis, combinando com o terno azul-celeste coberto por detalhes em branco. Em seu anelar, um anel de sinete, tão brilhante quanto uma das pedras da coroa.

Seu rosto, por outro lado, parecia tão sombrio quanto o garoto ajoelhado ao seu lado, o corpo coberto de hematomas. Sangue gotejava de seu nariz, juntando-se à poça de sangue que se formava ao seu redor, causada por um ferimento exposto em sua coxa esquerda, tão profundo quanto o corte em seu rosto, escondido pelos fios loiros grudados em seu rosto pelo suor e sangue seco.

— Conor — Rory sibilou, sua voz se enchendo de um pavor excruciante.

Seus olhos pareciam prestes a pular para fora, fugir para outra realidade em que nada daquilo fosse real.

Ao lado de Kade, Samaira ostentava um vestido violeta, tão carregado de pedras preciosas quanto a coroa que ela continuava usando, orgulhosa. Seus olhos demonstravam um prazer abrasador com a situação de Conor, que começava a tossir, as algemas em seus pulsos tintilavam com o mexer de suas mãos, fazendo todos presentes no refeitório se agitarem. No entanto, o pior não tinha nem começado.

— Meu povo. — A voz de Kade ecoou por todo o salão, atravessando os ouvidos de Rory como uma bala atirada em sua garganta. — Como resultado de nossos trabalhos, conseguimos identificar esse traidor, cúmplice de nossa assassina mais cruel junto com outros quinze integrantes, mortos da mesma forma que aquela psicopata deveria ter morrido.

Como num aviso, Conor ergueu o rosto, expulsando alguns fios rebeldes do rosto, encarando Kade, seus olhos azulados fervendo em uma raiva sobre-humana quando ele cuspiu em sua direção, tão bravo quanto um cão raivoso.

— Mentiroso, filho de Satanás! — ele vociferou, incapaz de elevar muito a voz em meio às tosses. — Tomara que você afunde com o peso da coroa, seu idiota! Rascunho do capeta!

E, no mesmo instante, um guarda atirou em sua perna, fazendo-o soltar um grito gutural enquanto cerrava os punhos, incapaz de conter as lágrimas de dor que começavam a escorrer por seu rosto, misturando-se ao sangue seco em suas bochechas.

— Meu Deus — Rory sibilou, sentindo um aperto profundo em seu coração; sua caixa torácica parecia comprimir seus pulmões ao extremo.

— Viram? É isso que acontece com traidores — Kade continuou, sem esboçar nenhuma emoção. Levantou uma fita verde no ar, nem ligando para o sofrimento do garoto ao seu lado. — É isso o que acontece com pessoas como ele. Rebeldes inconsequentes. Não passam de aberrações assassinas, incapazes de entender o significado da paz. São monstros capazes de destruir a vida de qualquer ser que quiserem e são movidos pelo ódio, idênticos à minha irmã.

— Assassino — Conor grunhiu, cerrando a mandíbula com toda a força para conter os gritos de dor.

Rory se retorceu por dentro com a visão.

Isso não pode estar acontecendo, repetiu consigo mesma, sentindo as lágrimas arderem por trás de seus olhos. Suas mãos começavam a tremer, assim como as de outras pessoas, incapazes de conter suas lamúrias no meio do refeitório.

Alguns gritavam, enfurecidos, enquanto outros se derramavam em lágrimas, fazendo a cabeça de Rory rodopiar no mesmo lugar conforme uma náusea a afligia.

— São mercenários infiltrados no nosso meio como pragas destrutivas em nosso país! — A câmera focou apenas em seu rosto antes de ele terminar, seus olhos tão frios quanto seu coração aparentava ser. — Vamos encontrar esses demônios e incendiar um por um, até não restar mais nenhum resquício desses assassinos. E, tenham certeza, farei o possível e o impossível para acabar com a assassina do rei.

A tela voltou a assumir seu brilho azul, estampando uma única mensagem, clara como água sob os olhos de Rory:

PODER AO REI!
PODER ÀS CASAS!

Poder...

Eles anunciavam uma caçada surreal a pessoas inocentes, torturavam um garoto em rede nacional, e ainda queriam poder?! Que tipo de monstros eram aqueles?

— Ei, a gente vai dar um jeito nisso, tudo bem? — Marcus falou ao seu lado, seus olhos pousando nos de Rory.

Ela continuou focada nas letras do monitor, como se nada mais existisse ao seu redor, porque, por um instante, era isso que ela sentia — tudo parecia se resumir àquela única frase, aquela maldita frase que começava a apertar sua garganta, atrofiando todos os seus músculos. Sua mente se inundava com aquelas palavras, misturando-se com as de Samaira, tão diabólicas quanto seu sorriso maquiavélico.

"Tudo tem seu preço, querida..."

A frase se materializava em sua cabeça, enchendo-a de raiva ao mesmo tempo que o sangue começava a pulsar em seu ouvido.

"O poder também tem."

"E seu pai só iria atrapalhar... igual a você."

Aquela mulher tinha matado por isso e, agora, caçaria Rory até no inferno para continuar com aquele poder.

Se bem que... quem perseguiria alguém quando se pode simplesmente atrair?

É claro!

50

— Rory — Marcus a chamou outra vez, forçando-a a encará-lo conforme seu coração acelerava.

— O *pen drive* — ela sibilou, levantando-se na mesma hora ao passo que seus nervos se agitavam com seus pensamentos fluidos.

— O quê?

— O *pen drive*. Eu preciso dele agora.

Rory sentiu toda a sua pele esquentar a cada inspiração de seus pulmões.

Era isso que Samaira ia fazer, torturaria pessoa por pessoa até Rory se render, ceder sob a pressão de todas aquelas vidas em seus ombros. Então, fosse lá o que fosse que Kade tivesse mandado, não podia passar de outra ameaça, outra *pressão* para fazê-la cair. E seria muito pior do que uma bala na perna, já que tiveram a *delicadeza* de deixá-lo escondido, reservado apenas para que ela olhasse.

— Eu preciso daquele *pen drive*, Marcus — ela sibilou, colocando as mãos sobre a cabeça, o desespero crescendo em seu ser. — Eu preciso saber quem eles mataram. E preciso saber agora.

Seus olhos ferviam de medo, a bile serpenteando seu paladar, seu coração incapaz de bater.

— Do que você está falando? — ele tentou perguntar, sendo ignorado quando Rory saiu pelo refeitório em busca do general de olhos acinzentados.

Que vida eles tirariam para ameaçá-la? Quem teria um destino pior que o de Conor? Pior do que aqueles quinze exilados?

Rory desviou das mãos de Marcus, entrando na multidão de pessoas enfurecidas. Sua respiração falhava, acompanhando os ritmos estranhos da onda de calor que palpitava em seu corpo, criando uma agonia fervente em seus ossos.

Ela queimava a si mesma, e aquilo ardia dentro de si, acendendo toda a adrenalina de seu ser. Uma vertigem acompanhava a dor excruciante de seus músculos, obrigando-a a dar arfadas bruscas de ar enquanto se deslocava entre as mesas, esbarrando em vários corpos enfurecidos no caminho. Por mais que ela tentasse, sua audição parecia quase nula diante do sangue palpitando em seus ouvidos.

Isso não ia acontecer de novo! Ela não ia apagar, ela não podia apagar.

— General! — Rory começou a gritar, buscando pela massa de músculos cicatrizados no meio de todas aquelas pessoas. — General!

Mais uma vez, seus olhos se focaram em qualquer sinal de Áki conforme continuava andando pelo refeitório.

Antes que gritasse outra vez, seus olhos encontraram uma massa de cabelos ruivos rosnando ferozmente para alguém se acalmar enquanto concordava com a cabeça.

Rory não gostava muito dela, mas ainda assim correu até lá. Seu coração parecia dar fisgadas dentro de seu próprio peito.

— Comandante, preciso de você! — ela falou, parando na frente da mulher, apoiando as mãos nos joelhos e puxando o ar para seus pulmões, ardendo com o próprio fogo que criava dentro de si.

— Não acredito que alguém ainda a deixe ficar sob o nosso teto! Essa menina é a razão de todos os problemas que temos aqui! — um homem esbravejou para Azena, forçando-a a soltar um suspiro longo antes de agarrar os braços de Rory.

— É, eu sei muito bem disso — ela concordou.

Abandonando o homem, Azena levou Rory para fora do refeitório, entrando em um corredor bem mais silencioso antes de soltá-la. Rory apoiou as costas na parede para tentar encontrar oxigênio, olhando para uma lâmpada fluorescente em uma tentativa fracassada de afastar a vertigem.

Tudo parecia muito menor conforme ela respirava, sentindo todos os seus órgãos inflamarem como lenha seca lançada em uma fogueira incrivelmente quente.

— Vou chamar uma Curandeira para você — Azena falou com um suspiro, tirando um palito de dente da boca.

— Não!

— Eu não gosto muito de você, mas adoraria não ter que ver você entrar em coma outra vez — ela falou, encostando as costas na parede de frente para Rory, cruzando as pernas.

Seus olhos verdes refletiam um desinteresse curioso conforme os segundos se passavam.

— Não vou entrar em coma — Rory sibilou, fechando os olhos por longos dois segundos antes de voltar seu olhar para a comandante, tentando não parecer desesperada demais em suas palavras. — Preciso ver a mensagem do *pen drive* agora.

— Eu já disse e vou repetir: não quero ver você entrar em coma, princesinha — Azena protestou, cruzando os braços na frente do corpo e balançando a cabeça, jogando grande parte dos cabelos para trás com o movimento. — Ninguém está muito bem no momento, e não quero lidar com mais um problema no meu setor, entendeu? Veja a droga do *pen drive* quando quiser, mas agora não.

— Você não entende. — Ela puxou uma grande quantidade de ar para os pulmões enquanto tentava afastar o incêndio dentro de seu corpo. — Eu *preciso* ver o que tem nele.

— Do jeito que você está é mais provável desmaiar antes de abrir o arquivo — a comandante acrescentou, apontando para Rory. — Agora, se isso for tudo, quero terminar de jantar antes de lidar com aquele bando de gente.

— Escute — clamou, agarrando os braços de Azena ao elevar o olhar para encará-la, fazendo a comandante arregalar os olhos com o gesto —, estão querendo me fazer desistir com isso — continuou, apontando para a porta do refeitório. Sua respiração falhou. — E seja lá o que fizeram, é muito pior do que Conor... — Sem responder, Azena soltou apenas um suspiro, desviando o olhar para o fim do corredor. Algo parecia arder atrás dos globos oculares de Rory, forçando-a a insistir mais uma vez. — Por favor! Eu preciso saber quem eles torturaram. Eu tenho que saber! — insistiu, sentindo os próprios pés queimarem dentro de suas botas.

Por mais que Rory odiasse tudo aquilo, não podia ficar no escuro, ignorando o fato de fosse lá quem fosse que estivesse sofrendo por ela. Não era justo, assim como nada que circulava ao seu redor. Até mesmo o silêncio do corredor parecia injusto comparado ao nervosismo que se acumulava dentro do refeitório só por causa de um vídeo, no qual o verdadeiro culpado usava uma coroa e um inocente era baleado, porque, assim como todas as outras coisas, não passava de mais uma prova de injustiça que o mundo lhe mostrava, esnobando de tudo o que tentasse ser melhor do que ele.

— Por favor, comandante — Rory suplicou, suas mãos ardendo com o fogo pulsante de seu ser, incinerando seus órgãos pouco a pouco.

— Argh! Vamos logo com isso então — ela cedeu, começando a caminhar pelo corredor. — Mas, se você apagar, eu não vou salvá-la, entendeu?

— Isso não vai acontecer — Rory respondeu, forçando seus pés a caminharem na direção que Azena tomava.

As luzes pareciam fracas demais para o corredor mal iluminado, sem nenhuma janela que pudesse ajudar a clarear o ambiente e fazer o ar estagnado circular, causando um cheiro estranho de mofo e umidade ao qual Rory nunca se acostumava. No entanto, como Áki dizia, refeitórios no subsolo eram muito mais seguros do que em lugares abertos, ainda mais quando se era procurado.

Antes que as duas subissem as escadas no fim do corredor, Azena virou para a direita, passando pelas salas de treinamento, até parar diante de uma das portas trancadas, feita de um material tão denso quanto as mesas do refeitório. Rory agradeceu por não precisar subir os degraus, que pareciam impossíveis de se vencer com seu corpo tremendo tanto quanto se fosse inverno.

— Entre logo, vai.

A comandante bufou e abriu a porta para Rory, revelando uma sala bagunçada, iluminada por uma única lâmpada suspensa no teto, presa por vários fios despencando do concreto.

Ao entrar, Rory se deparou com um único sofá de couro velho, encostado em uma parede repleta de lembretes amarelos, cobertos de anotações pequenas demais para que ela enxergasse. Na outra parede, várias caixas se empilhavam uma em cima da outra, estufadas de papéis e pastas pretas. A última era ocupada por uma longa prateleira de livros desorganizados atrás de uma mesa de madeira, coberta de papéis e um único computador, tão empoeirado quanto as lombadas dos livros desgastados.

— Ei, imagino que a senhorita gostaria de ver a mensagem ainda hoje — Azena reclamou, balançando um pequeno quadradinho preto na frente de Rory, trazendo-a de volta para a realidade.

Ela o agarrou de uma vez conforme ia se sentando na cadeira, inspecionando o modelo de computador à sua frente. Sua artéria parecia prestes a se romper com o calor excessivo acumulado em seu pescoço.

— Tem algum ventilador aqui? — perguntou, esfregando os olhos com as costas das mãos, tentando focar suas vistas no monitor, piscando lentamente conforme a comandante o ligava, fazendo uma luz azul tomar conta de toda a tela.

— Eu já a avisei, princesinha. — Ela bufou, ignorando a dificuldade de Rory para respirar sem deixar de digitar no computador. — Agora, você vai se acalmar e me entregar esse maldito *pen drive*?

Fique calma. Fique calma. Fique calma. Fique calma, repetia consigo mesma, buscando acabar com o que quer que estivesse deteriorando seus órgãos. Girou o pequeno quadradinho negro entre seus dedos, respirando do melhor jeito que conseguia conforme analisava o objeto, sentindo a necessidade de focar em alguma coisa para não se perder na própria mente.

O *pen drive* tinha uma ponta metálica, presa a um quadradinho preto com o símbolo real em dourado, manchado por uma pequena gota do que parecia ser sangue seco.

Sangue de quem quer que estivesse sofrendo nas mãos de seu irmão, morrendo aos poucos só pela vontade macabra que Samaira tinha de matá-la.

— Pode mudar de ideia, tá bom? Não precisa ver se não quiser mais — Azena argumentou, encarando os olhos amedrontados de Rory.

O computador continuava à espera do dispositivo a ser inserido.

— Não — respondeu, balançando a cabeça ao passo que ia estendendo o *pen drive* para a comandante, sentindo a bile invadir seu paladar mais uma vez. — Eu tenho que saber quem estão torturando — terminou, encarando a longa cicatriz estampada no rosto de Azena.

A cena de Conor voltou a assombrar seu pensamentos, misturando-se ao sangue na adaga de Samaira.

— Tudo bem então. — A comandante suspirou, enfiando a ponta metálica no computador, que respondeu na mesma hora, mostrando um único arquivo dentro da pasta solitária. — Faça o que acha que deve fazer — Azena terminou, deixando o arquivo aberto.

Com um suspiro, revezou seu olhar entre Rory e o monitor. Sem dizer mais nada, saiu da sala, batendo a porta com força.

Rory respirou fundo, incapaz de desviar os olhos do pequeno quadradinho brilhando à sua frente, desafiando-a a abri-lo e assistir ao que quer que seu irmão tivesse a dizer.

Talvez ver isso acabasse com as lembranças que tinha dele, memórias de um Kade mil vezes melhor do que ele se mostrava agora, de um Kade que ela amara de todas as maneiras e um Kade que nunca conseguira fazer o mesmo.

"Mas você nunca me amou, não é?"

Aquela pergunta voltava a ecoar em seu crânio, arranhando todas as lembranças daquele garotinho feliz junto com o desenho de um garoto, uma coroa, uma cela e, o mais doloroso, uma resposta.

"O que você acha, Rory?"

Bom, ela tinha passado dezesseis anos achando que ele a amava, dezesseis anos achando ser irmã de uma garoto sarcástico e extrovertido, incapaz de fazer qualquer coisa contra ela.

Agora, contudo...

Por ter acreditado nesse amor, agora ela tinha de lutar contra um mundo inteiro, esconder-se de um crime que não cometera, aguentar o peso da morte de dezenas de pessoas inocentes, e, ainda por cima, aguentar a tortura que sua própria mente lhe impunha, aprisionando-a em seu passado, enquanto seu futuro ia sendo incendiado por seu próprio fogo. Esse era o preço que ela pagava por ter confiado, ou melhor, por ter amado alguém que talvez nunca tenha existido.

Rory agarrou o mouse do computador e clicou no vídeo, seu corpo se incendiando por completo conforme um círculo branco rodopiava à sua frente.

Loading...

51

— Oi, Ró. — A voz de Kade ecoou em seus ouvidos assim que ele se reclinou em uma poltrona, esboçando um sorriso genuíno e rodando um abridor de cartas na mão. — Sabia que Glassdome é muito mais silenciosa sem você? Se bem que ultimamente um monte de gente vem me perturbando, mas acho que é só por causa da coroa. Você sabe, os serviços de um rei...

Ele riu, seus olhos vagando pelo resto da sala que a câmera não mostrava e, ainda assim, Rory conhecia como a palma da mão.

— Eu até que gostei do escritório real, é bem... escuro, acho, só que ainda assim há uma coisa bem agradável no ambiente, dá para entender? Enfim... — Ele suspirou, apoiando uma perna sobre o joelho, seus cabelos arrumados conforme a coroa branca repousava em sua cabeça. — Acho que você já tem noção de que o país inteiro quer vê-la morta, então vou adiantar algumas coisa, tá?

O sangue de Rory parecia ferver dentro de suas veias, esquentando de todas as formas. Uma onda de raiva revirou seu estômago, acordando uma das piores sensações que ela podia sentir conforme o vídeo continuava.

— Mesmo sabendo que vai morrer, você continua enfurnada em algum lugar com aquele entregador. Pois é, eu sei ligar as peças, irmãzinha. — Ele sorriu, seus olhos brilhando com a luz emanada da câmera, antes de unir a ponta dos dedos, um a um. — Minha mãe não ficou nem um pouco feliz com o perdido que você deu. Aliás, nunca imaginei que você ia dar uma de endemoniada e queimar todo mundo, foi uma cena muito impressionante para ser sincero. Mas voltando ao assunto, eu não estou com vontade de ouvir o alvoroço da minha mãe, muito menos o falatório dos lordes. Sendo assim, eu tive que arranjar um jeitinho para arrumar as coisas, se é que você me entende – ele falou, chamando alguma coisa com dois dedos, concordando com a cabeça, levantando-se devagar da poltrona.

Quando outra figura entrou na visão da câmera, o coração de Rory parou de bater, a cor fugindo de seu rosto ao passo que sua mente era incapaz de acreditar na cena que seus olhos enxergavam. Seu corpo estremeceu com a enxurrada de pavor que a inundou.

– Não vai dar um oi para ela, não, Jeftali? Acho que ela gostaria de ouvir a sua voz – Kade falou.

Um soldado colocou o conselheiro de joelhos, forçando-o a encarar a câmera antes de apontar um revólver para seu crânio, fazendo as lágrimas escorrerem pelo rosto de Rory conforme a raiva apertava sua garganta.

Jeftali não falava, muito menos protestava, fazendo Kade soltar uma risada curta enquanto analisava o estado do velho.

Sua túnica, antes branca e impecável, agora refletia o caos, imunda, com vários rasgos mostrando os cortes profundos, tingindo o tecido com o escarlate de seu sangue seco. Não muito diferente, seu rosto estava repleto de hematomas cobertos de sangue; seu olho esquerdo, tão roxo quanto uma das marcas em sua cabeça, tornando sua aparência deprimente. Suas bochechas – que um dia foram rosadas e cheias – mostravam sulcos, drenando toda a vida de seu rosto. Seus olhos mostravam as olheiras, muito piores do que Rory lembrava.

Ele parecia ter envelhecido dez anos, perdido toda a vontade de viver. Seus olhos refletiam uma dor profunda, muito pior do que seus ferimentos expostos.

Não é verdade, Rory repetiu consigo mesma, sentindo uma agonia profunda em seu coração. Fechou os olhos, tentando se esquecer do que estava à sua frente.

Não é verdade. Não é verdade. Não é verdade. Não é verdade. Não é verdade. Não é verdade. Não é verdade. Não é verdade. Não é verdade. Não é verdade. Não é verdade. É verdade!

— Bom, já que você não vai falar nada, pode deixar que eu digo — Kade prosseguiu, soltou um suspiro tedioso e voltou os olhos para a câmera. — Como você pode ver, irmãzinha, seu velho conselheiro aqui não está em uma posição muito boa. Aposto que pedir para um dos meus soldados enfiarem uma bala na artéria dele não vai melhorar nada... — O soldado voltou a arma para o pescoço de Jeftali, fazendo todos os órgãos de Rory se retorcerem de raiva, muita raiva. — Sendo assim — Kade continuou, deixando o abridor de cartas sobre a mesa antes de se voltar para a câmera —, acho melhor você sair do buraco em que se meteu, a menos que queira ver seu amigo aqui mortinho da silva, junto com... deixa eu ver... quem quer que venha a morrer por sua causa. Estamos entendidos, Ró? — Ele suspirou, alargando um longo sorriso enquanto cruzava os braços na frente do corpo. — É, acho que sim. A gente se vê em breve, maninha.

A tela do monitor voltou a escurecer. Rory se levantou em um salto, incapaz de conter o ritmo de sua respiração. A raiva fervilhava em sua mente, fazendo todos os seus ossos gritarem com uma dor excruciante. Tentou sair do escritório da comandante, abrindo a porta com toda a força que tinha conforme seu raciocínio se tornava nebuloso demais para que pudesse pensar em muita coisa.

— Sinto muito, princesinha — Azena lamentou, observando o estado caótico de Rory, tão perdida quanto um cego.

— Eles... Meu Deus — Rory sibilou, levando as mãos à boca.

Arregalou os olhos, incapaz de juntar todas as letras de uma frase conforme tentava processar tudo aquilo.

Depois de tudo o que acontecera, Rory ainda tinha um pontinho de esperança, algo no fundo de sua alma que ainda queria acreditar que Kade era apenas influenciado pela mãe, criado a partir das maquinações terríveis que ela impunha sobre o filho, impedindo-o de ser uma pessoa boa de verdade enquanto sua sombra o cobria.

Como ela ia acreditar que alguém como ele tinha conserto? Como ele seria influenciado pela mãe se ela não aparecera em nenhum momento? Se em vez de sentir pena, ele ria, abrindo o mesmo sorriso que fazia Rory pensar que estava tudo bem, mesmo quando o mundo inteiro parecia desabar perante seus olhos?

Mas agora tudo o que podia enxergar naqueles dentes gerava dor em seu coração, relembrando-a de tudo o que ela tivera de ver, ouvir e sentir por causa de duas pessoas malucas.

— Ele é um monstro — falou consigo mesma, ignorando a presença de Azena no corredor.

Apoiou as costas na parede, levando as mãos até os cabelos conforme o suor começava a escorrer de sua testa, tão quente quanto o resto de seu corpo.

— Ei, princesa! — uma voz gritou do começo do corredor, aproximando-se ainda mais conforme as lâmpadas fluorescentes o iluminavam. Sem dizer nenhuma palavra, Rory apenas abraçou o corpo à sua frente, sentindo o coração palpitar contra o dele. Azena respirou fundo, expressando pena. — Você está queimando! — Marcus se espantou, apoiando a testa contra a de Rory conforme levava a mão à sua nuca. — Vamos atrás de Darya, ela vai ajudar você — terminou, agarrando o punho dela em uma tentativa fracassada de tirá-la do lugar.

— Eu já disse que não vou apagar! — ela esbravejou, desvencilhando-se de sua mão enquanto levava a ponta dos dedos às têmporas. Por mais que ela negasse, Rory conseguia sentir seus órgãos tentando resistir ao fogo, entrando em um estado constante de agonia conforme seu sangue se juntava às labaredas. — Eu confiava nele — sibilou, andando em círculos.

Marcus lançou um olhar duvidoso para Azena, que retribuiu com um suspiro cansado conforme levava o olhar para as próprias botas, dando mais do que o suficiente para que ele entendesse o contexto do que fosse lá que estivesse acontecendo.

— Ei. Vai ficar tudo bem, tá legal? — ele falou, abraçando-a mais uma vez. Seus olhos começaram a brilhar, fazendo um vento calmo correr pelo corpo de Rory em uma tentativa falha de resfriá-la. — A gente vai encontrar uma solução. O general sempre arruma um jeito de consertar as coisas.

"Jeito."

Aquela palavra parecia fazer o estômago de Rory se revirar por completo. Ela se lembrou das palavras do irmão — Kade também tinha dado um "jeitinho" e nada do que acontecera tinha sido bom.

— E se não houver solução? — Rory perguntou, sua voz se embargando em uma onda constante de raiva. — E se ele continuar torturando todo mundo enquanto eu não me render? Vai existir outro jeito? Porque eu tenho certeza de que ele não vai parar. Não até me ver morta nas mãos daquela assassina maluca! — O fogo queimava dentro de seu corpo, agitando todas as suas moléculas. Chamas ferozes pareciam incendiar seus globos oculares. — Talvez não exista jeito. Talvez não exista outra forma de consertar as coisas, porque eu simplesmente não consigo enxergar! — esbravejou, sentindo todas as suas preocupações se materializando em palavras que não conseguia mais guardar para si. — Todo mundo me fala que vai ficar tudo bem, mas nada vai ficar bem! Porque não importa o quanto as pessoas digam isso, algo sempre piora todo santo dia!

Rory nem sabia que volume sua voz já alcançava, ignorando a chegada de Suli e Darya, que começaram a assistir a tudo de queixo caído, sem ideia do que fazer para acalmar os nervos da amiga.

— Rory — Azena tentou chamá-la, contudo tudo o que sentia era a raiva corroendo seus ossos, apertando sua garganta e a afundando em um mar de pânico.

— Não! Eu cansei de ter que me acalmar! Porque o mundo não está nem aí para o que eu faço ou deixo de fazer! Ele só continua jogando mais e mais mortos nas minhas costas, e *eu não aguento mais isso*! — declarou, desvencilhando-se das mãos de quem quer que estivesse tentando segurá-la.

O mundo parecia girar ao seu redor, comprimindo-a em um pequeno cubículo em que o ar parecia já não existir mais.

— Garota!

Ela mal sabia em que momento o general chegara, mas, pensando bem, nada daquilo tinha importância no momento.

— Eu quero que isso pare! — grunhiu, apoiando o rosto nas mãos. Seu peito subia e descia em um compasso acelerado. — Eu preciso que tudo isso pare, porque eu não consigo mais! — Rory terminou, soltando as mãos ao lado do corpo conforme seus olhos se voltavam para o público ao seu redor, embora ela fosse incapaz de assimilar qualquer emoção enquanto seus olhos pareciam queimar.

Nada parecia fazer mais sentido, assim como as vozes, sendo anuladas uma por uma ao seu redor conforme um chiado fraco ecoava em seus ouvidos, tão baixo quanto o nível de sua voz, que de uma hora para outra se esvaiu por completo, acompanhando os últimos resquícios das lágrimas em seus olhos, que evaporaram com o calor de seu rosto, assim como as gotas de uma goteira que pingava sobre seu antebraço.

Antes que ela se rendesse ao fogo de seu corpo e se trancafiasse na prisão de suas memórias, Rory sentiu outro pingo cair sobre seu braço, gerando um grande alívio em seus nervos conforme outro caía em seguida, acompanhado de outro, e de outro, e de outro... Antes que o próximo atingisse sua pele febril, alguém a puxou pelo braço, obrigando-a a se desvencilhar ao mesmo tempo que um desespero urgente ia se misturando com a raiva imaculada de seu ser, forçando-a a correr pelo corredor. Algo parecia nublar sua mente, tornando todos os seus pensamentos irracionais demais para serem compreendidos até por ela mesma.

Sua cabeça parecia um furacão repleto de raiva, medo e tristeza, onde o único pensamento racional que circulava era a necessidade compulsiva de chegar até o terraço, um desejo que ela não fazia a menor ideia de onde tinha surgido nem fazia questão de tentar adivinhar.

Sentiu seu coração bater mais a cada passo que dava, desvencilhando-se das mãos que tentavam segurá-la e se afastavam com a mesma rapidez que se aproximavam ao tocar na pele ardente de Rory, cada vez mais quente.

Ela continuou a correr, uma das únicas coisas de que ainda não tinha sido privada por aquele fogo furioso.

52

Corra, Rory!

Corra até seus pés falharem, até o fogo que queima dentro de você se apagar e o ar invadir seus pulmões comprimidos.

Corra até as paredes ficarem para trás e o céu cobrir seus olhos com o brilho da lua, iluminando toda a escuridão que tenta invadir seu coração.

Corra até a chuva salpicar o seu rosto e lavar sua alma maculada de sangue inocente.

Corra até esse sangue escapar de sua memória.

Não importa o quanto doa ou queime. Apenas corra.

Porque não importa o quanto você tente, o mundo sempre vai querer roubar sua luz, seu fogo, sua chama.

Pois é isso que você é, uma chama.

E um dia...

Um dia você vai queimar o mundo inteiro.

53

Antes mesmo que ela se desse conta, suas mãos já estavam cravadas sobre o guarda-corpo, seus pés enraizados no concreto do terraço. Ergueu a cabeça, sentindo todos os pingos de chuva atingirem seu rosto quente como pequenas doses de consciência engarrafadas em cápsulas geladas, fazendo lágrimas rolarem de seus olhos conforme a lucidez apertava seu coração.

Seu cabelo, comprido e ondulado, voava com o vento da chuva, criando ondas turbulentas em um mar invisível, algo que ela sabia muito bem como interpretar conforme a raiva continuava serpenteando em seus nervos.

Ela só queria desaparecer, evaporar assim como as gotas de água em sua pele, ou ficar apenas invisível para se esconder de tudo e de todos que tentassem achá-la, embora o mundo com certeza pensasse o contrário, afinal a voz ainda continuava pairando em seu ouvido apesar de todo o mundo desabar ao seu redor.

Você só tem um futuro, Rory, e ele não vai acabar assim.

— Acho que é melhor chorar na chuva... — alguém refletiu, tão perto de seu rosto que ela podia sentir a presença de quem quer que fosse parando ao seu lado. — Pelo menos ela faz companhia para as nossas lágrimas. Já é ruim demais sofrer sozinha...

Por mais que ela ansiasse por desaparecer da face da Terra, afundando-se em um oceano de problemas irreparáveis, algo naquela voz fez Rory abrir os olhos, virar-se e encarar o ser que, assim como ela, mantinha os olhos fechados contra o céu.

Talvez ela também estivesse chorando, mas, ainda assim, seu tom de voz permanecia acolhedor e, de alguma forma, estranhamente familiar aos ouvidos de Rory, que continuou analisando a criatura à sua frente, fungando algumas vezes conforme esfregava os olhos com as costas das mãos, fracassando em dispersar a raiva em sua voz.

— Eu queria ficar sozinha — murmurou, observando a mulher focar os olhos nos dela, revelando íris tão azuis quanto ela podia imaginar.

— Você já ficou muito tempo sozinha, acredite em mim.

A mulher esboçou um sorriso triste nos lábios enquanto analisava o semblante de Rory, que soltou um suspiro bravo, cerrando os punhos sobre o guarda-corpo.

— Você não sabe nada sobre mim — grunhiu, voltando os olhos para as nuvens.

A imagem de Kade começava a flutuar em seu consciente, tão vívida quanto os últimos suspiros de Dylan.

— Acredite em mim — a loira suspirou, passando a mão pela longa trança amarrada por uma fita tão verde quanto sua blusa —, sei mais do que você...

— Não, você não sabe! — rosnou, interrompendo-a, sua voz se elevando junto com as batidas de seu coração.

Rory já tinha passado por muita coisa e não queria mais ouvir nenhum consolo, porque, de uma forma ou outra, nenhum deles resolveria sua vida, muito menos dissiparia a dor constante em seu peito.

— Todo mundo acha que eu tenho que pensar no lado positivo, mas não há mais lado positivo em nenhum canto da minha vida! Dezenas de pessoas estão morrendo, meu conselheiro está morrendo nas mãos do meu irmão, e Conor levou um tiro em rede nacional só por minha causa! Você acha mesmo que as coisas vão continuar bem? Porque, sinceramente, eu duvido muito! — terminou, quase sem fôlego.

Passou a encarar o rosto pálido da mulher, esperando por algum argumento que ela pudesse rebater, expulsando toda a sua raiva até sobrar apenas a tristeza acumulada, incapaz de ser esgotada em palavras.

Em vez de gritar ou a reconfortar, a mulher apenas soltou um suspiro longo, encarando os olhos de Rory por bastante tempo conforme uma tristeza inebriante era estampada em seu ser.

— Eu o vi sendo baleado — ela respondeu, sua voz um pouco mais alta do que o barulho do vento. Ela focou os olhos em vários pontos nem um pouco específicos. — Tenho certeza de que meu filho não merecia isso. Mas também sei que você não merecia a vida que teve. A fizeram sofrer demais, assim como Conor — a mulher terminou.

Ela soltou os ombros tensos e apoiou os braços no guarda-corpo, encarando as luzes decadentes da cidade conforme uma lágrima solitária escorrida por seu rosto, muito mais devagar que as gotas rápidas de chuva.

Rory ficou muda no mesmo instante, incapaz de reclamar de qualquer outra coisa, com as lágrimas de culpa escorrendo de seus olhos arregalados, sua boca semiaberta, com uma onda de remorso inundando seu corpo.

— Eu não queria... É... — gaguejou entre um suspiro e outro. — Eu só queria que isso acabasse de uma vez — desabafou, afundando o rosto entre as mãos conforme seu coração ardia com mais raiva.

Conor tinha uma mãe, e ela era obrigada a observar o sofrimento do filho sem poder fazer nada enquanto ele gritava de dor com o sangue escorrendo de seu corpo.

— Eu também — a mulher respondeu, soltando um suspiro longo antes de voltar a falar com Rory. — Mas Conor vai ficar bem, assim como Jeftali.

— Como você sabe? Eles... — tentou falar, porém as palavras foram interrompidas pela mão estendida à sua frente, acompanhadas de um rosto de quem sabe das coisas, fazendo Rory suspirar de raiva.

— Você nasceu para ser especial, Rory. Desde que era pequena, eu sabia que tinha algo em você... Algo que ia mudar o mundo. — Ela agarrou uma das mãos de Rory. Quando voltou a falar, sua voz falhou: — E eu sei que você e meu filho ainda têm muita coisa para fazer, vocês sabendo ou não — terminou, enxugando as lágrimas do rosto de Rory, embora as próprias continuassem a cair.

Rory não entendia a empatia naqueles olhos, muito menos o quanto o toque daquela mulher fazia as batidas de seu coração se acalmarem.

Ela queria se agarrar à esperança, queria encontrar a liberdade e queria viver. No entanto, fazer isso parecia cada vez mais complicado, como se de alguma forma o mundo se voltasse unicamente contra ela, disposto a massacrá-la de todas as maneiras possíveis até que cedesse às vontades dos outros.

— Como sabe que vou conseguir? — perguntou, sua voz se embargando com um zilhão de emoções e medos, memórias e vozes pairando em sua cabeça.

— Eu sei que você não vai desistir.

"Desistir."

Era uma simples palavra e, ainda assim, fazia todos os fios dos cabelos de Rory se eriçarem com a simples ideia. Se ela largasse tudo, se ela se entregasse a Kade e jogasse seu jogo, o que viria depois? Quem depois dela seria massacrado? Quem assumiria seu lugar contra aquele governo caótico que só agora ela enxergava? Porque, querendo ou não, viriam outros; outros torturados e rejeitados, dispostos a soltar o estopim de outra nova bomba, outra revolução, outra resistência.

O que aconteceria com essas pessoas, ou melhor, o que aconteceria com seu próprio povo se ela se entregasse? Seriam deixados de lado? Esquecidos outra vez pela sociedade? Ganhariam *o misericordioso perdão de seu novo rei*?

Não, é claro que não.

Exilados continuariam a morrer e a serem torturados como Conor só pelo fato de terem a apoiado um dia. Pessoas inocentes seriam torturadas só por serem especiais, por serem capazes de brilhar de um jeito que o mundo nunca entenderia.

E isso continuaria a acontecer, não importava se Rory se entregasse ou não, porque, no instante em que ela incendiara aquela praça, ela reabrira a ferida que o governo tentara esconder e, agora, as coisas não circulavam mais entre um assassinato e um assassino. Era muito maior do que ela, muito maior do que um simples "desistir".

— Eu não vou desistir — Rory respondeu em meio ao silêncio. Seus olhos arderam conforme ela soltava um suspiro, sentindo pela primeira vez algo certo tomando forma diante de sua mente, revelando a estrada em que entraria ao passo que um fogo diferente começava a correr dentro de seu ser, muito mais brilhante, forte e, ao mesmo tempo, avassaladoramente vivo. — Eu não vou desistir, não vou...

Cada palavra era como uma gota de chuva limpando sua visão turva, clareando todos os seus pensamentos. A mulher à sua frente mostrava um olhar encorajador, admirando o que quer que fosse que estivesse queimando nas íris de Rory.

Ela não ia mais se esconder de Kade, fugir igual a um cachorro agredido enquanto seu irmão continuava a matar mais e mais. Rory iria lutar, iria vencer e, no fim, iria incendiar todos os monstros assombrando sua realidade, porque estava cansada de deixar o mundo ditar as regras. O jogo iria mudar agora, e quem jogaria os dados seria ela.

— Eu vou atrás de Conor — sibilou, pensando tão rápido quanto as emoções correndo em suas veias.

— Eu sei que vai. — A mulher concordou com a cabeça, puxando Rory para um abraço forte ao passo que ela não fazia ideia de como continuava respirando com o compasso acelerado até demais de sua respiração. — Eu sei que vai.

Em meio ao abraço daquela mulher, Rory sentiu seu peito se abrir, revelando um novo sentimento, que, pela primeira vez, ela podia chamar de coragem.

"Você é mais corajosa do que qualquer um neste lugar."

A voz de seu pai ecoou em seu ouvido, unindo-se a algo muito maior do que sua escuridão.

— Muito obrigada, senhora — declarou depois de algum tempo em silêncio, desvencilhando-se dos braços acolhedores daquela mulher ao mesmo tempo que as engrenagens continuavam girando em sua cabeça com a raiva se misturando a um propósito diferente.

— Clarice. Pode me chamar de Clarice.

AGRADECIMENTOS

Bom, um dia eu me perguntei qual era o meu propósito, algo que me diferenciasse das outras pessoas e mudasse a vida delas nem que fosse um pouquinho e, agora, digitando as últimas páginas deste livro, nunca tive tanta certeza de que foi para isto que eu nasci: para tocar as pessoas por meio das letras, assim como elas me tocam. Então, antes de qualquer coisa, eu agradeço a Deus por ter me dado o dom para escrever, por estar do meu lado durante todos os dias da minha vida e por não me deixar desistir todas as vezes que cogitei a possibilidade. Te amo, Deus!

Agradeço à minha mãe, a mulher mais incrível de todo este mundo. Obrigada por todas as noites em claro, por todas as cobranças e esforços, afinal acho que valeu a pena. Você sempre acreditou nos meus sonhos e deu tudo de si para que eu ficasse bem e acho que nem o maior livro do mundo poderia descrever minha gratidão e meu amor pela senhora.

Agradeço ao meu pai, o maior herói da minha vida. O senhor sempre esteve perto de mim e me protegeu como se eu fosse uma das estrelas mais brilhantes da sua constelação, não importava o que lhe custasse, e, por mais que eu não diga, sou eternamente grata por ter um pai como o senhor. *Eu deixo muito.*

Também agradeço à minha avó por todo o apoio do mundo. Obrigada por nunca desmanchar esse sorriso maravilhoso e essa alma tão boa que a senhora carrega dentro de si e, acima de tudo, obrigada por ser essa lutadora incansável, disposta a fazer tudo por quem ama. Também agradeço os meus avós, pois sei como vocês estariam orgulhosos de mim hoje.

Agradeço aos meus irmãos. Vocês são meus melhores amigos e jamais poderiam sair do meu coração. Aliás, Davi, obrigada por escutar as ideias malucas da sua irmã aqui, principalmente quando você está jogando.

E, por falar em escutar, agradeço aos meus tios, primos e meus amigos – você também, Valentina, obrigada por escutar todas as minhas ideias, sei que nem sempre elas fazem sentido. Vocês sempre vão ser minha plateia número um, apoiando minhas decisões, comemorando minhas vitórias e me consolando nas derrotas. Muito obrigada!

E por último, mas não menos importante, eu agradeço a você, leitor; como Monteiro Lobato disse: "Quem escreve um livro cria um castelo, quem o lê mora nele". E eu agradeço a você por entrar no meu castelo e conhecer a vida da nossa princesa Rory.

Aposto que vocês ainda vão ter muito pelo que passar juntos.

SE VOCÊ GOSTOU DESTE LIVRO, VAI GOSTAR DE:

O que você faria se seus sonhos predestinassem sua morte? Durante todo seu ensino em Pitskarsia – a então renomada Universidade de Magia de Magos –, Hillary, uma aluna fascinada pela História da Magia e amante das lâminas, sofre com sonhos perturbadores que lhe revelam uma suposta guerra que destruirá seu país e que acabará com uma adaga misteriosa em seu coração. Caçada e forçada a fazer coisas que jamais pensou em fazer, o que ela mais deseja é mudar o que o destino predestinou para impedir a morte de muitas famílias, inclusive a sua. Então, para dar voz à justiça Hillary vai à luta. E entre feitiços que mexem com o mundo espiritual dos mais relevantes aos mais sangrentos, fará tudo para impedir que o mundo entre em colapso com uma guerra que foi predestinada há muito mais tempo do que qualquer um consegue imaginar.

Fly e Melody trabalham juntos há milhares de anos unindo casais. Como cupidos, não podem se envolver com humanos, um ato considerado um pecado imperdoável. Mesmo assim, Melody se deixa levar pelos sentimentos ao se apaixonar por um homem, o que a faz ser expulsa do céu. Além de perder Fly, quem um dia considerou o amor de sua vida, ela está sozinha e desamparada na terra. Tudo piora quando Fly, movido pela raiva, decide se vingar de Melody, sem saber que ambos são apenas ferramentas em um plano moldado pelos seres do inferno. Prepare-se para uma história emocionante sobre amor, desejo, traição e, principalmente, vingança.

Acompanhe o Grupo Editorial Coerência:

@grupoeditorialcoerencia

fb.com/grupoeditorialcoerencia/

@coerencia

lilian@editoracoerencia.com.br

www.editoracoerencia.com.br

Esta obra foi composta na fonte ITC Legacy Serif,
tamanho 11 pt, e impresso em papel pólen soft 80g/m².
São Paulo, janeiro de 2023